# 永远的见证人
布朗肖批评手册

尉光吉 编译

上海社会科学院出版社

莫里斯·布朗肖，小说家和批评家。
他把一生奉献给了文学及其独有的沉默。

# 编选说明

如何在黑暗中目睹一个没有面容的形象？如何在沉默中倾听一个没有言语的声音？为了向莫里斯·布朗肖这位"无形的伙伴"和"永远的见证人"致敬，当今思想将不得不面对由他亲自交还于中性的无尽死亡，并临着虚无的深渊，学会迈出意义的艰难步伐。半个多世纪以来，莫里斯·布朗肖的名字周围已聚集了众多脚步。本书正是对这些脚步的追溯和记录，不是为了清楚地还原一个生命审慎地抹去的在世踪迹，也不是为了严肃地绘制一幅让阅读走出迷津的地图，而是为了见证足迹本身的并行和交织，并让这些陪伴和碰撞的步履开辟出一块能够建立文学、哲学和政治共通体的领地，纯粹友谊的领地。

书中献给布朗肖的每一篇文本都是一份无与伦比的礼物，来自这些友谊的名字：伊曼纽尔·列维纳斯（Emmanuel Levinas），以"你"相称的独一无二的友谊；勒内·夏尔（René Char）、乔治·巴塔耶（Georges Bataille），战火中相遇的友谊；米歇尔·福柯（Michel Foucault）、雅克·德里达（Jacques Derrida）、让-吕克·南希（Jean-Luc Nancy）、菲利普·拉库-拉巴特（Philippe Lacoue-Labarthe），哲学的友谊、知识的友谊；迪奥尼·马斯科罗（Dionys Mascolo）、罗贝尔·安泰尔姆（Robert Antelme）、莫里斯·纳多（Maurice Nadeau），出版的友谊、行动的友谊；埃德蒙·雅贝斯（Edmond Jabès）、路易-勒内·德·福雷（Louis-René des Forêts）、雅克·杜班（Jacques Dupin），诗歌的友谊、目光的友谊；皮埃尔·马多勒（Pierre Madaule）、罗歇·拉波尔特（Roger Laporte），谈话的友谊、沉思的友谊……此外，让-保罗·萨特（Jean-Paul Sartre）、皮埃尔·克罗索夫斯基（Pierre Klossowski）、米歇尔·布托（Michel Butor）、亨利·托马（Henri Thomas）、米歇尔·德吉（Michel Deguy）、里夏尔·米耶（Richard Millet）、马克斯·阿洛（Max Alhau）也以作家和诗人之名献上了其阅读和批评的友谊；最后，迪迪埃·卡昂（Didier Cahen）和克里斯托夫·比当（Christophe Bident）分别在人物的概述和年表中给出了纪念的友谊和传记的友谊。

在友谊的悠远回响中，仍会传来这位坚定地弃绝自身之在场的隐士的切心低语。布朗肖的自述、书信、献词和评论将如反射的碎片般贯穿并萦绕全部友谊的文本，为他者的证词提供一个生命自身的原始材料。向莫里斯·布朗肖致敬：本书希望像他承受其生命的形式一样去承受对他的追忆和思索，从而承受生命或不如说是死亡的无限时间，通过这样的时间，它或许终有一天会在到来的研究中完成"书"的真正使命。

# 目 录

## 导 言

自由的存在：莫里斯·布朗肖　　　003
迪迪埃·卡昂

## 友 谊

诗人的目光　　　041
伊曼纽尔·列维纳斯

莫里斯·布朗肖　　　059
乔治·巴塔耶

与花串对话，向莫里斯·布朗肖致敬　　　071
勒内·夏尔

伙　伴　　　076
米歇尔·福柯

向莫里斯·布朗肖致敬　　　083
迪奥尼·马斯科罗

论莫里斯·布朗肖的《灾异的书写》　　　095
罗贝尔·安泰尔姆

无条件者 II：莫里斯·布朗肖　　　101
埃德蒙·雅贝斯

莫里斯·布朗肖　　　111
莫里斯·纳多

友 谊 128
路易-勒内·德·福雷

不可证实者 133
皮埃尔·马多勒

莫里斯·布朗肖 144
罗歇·拉波尔特

莫里斯·布朗肖与诗歌 160
雅克·杜班

永远的见证人 169
雅克·德里达

向莫里斯·布朗肖致敬 192
让-吕克·南希

## 批 评

致布朗肖的信：论《黑暗托马》 210
伊曼纽尔·列维纳斯

作为语言的奇幻：论《亚米拿达》 219
让-保罗·萨特

关于莫里斯·布朗肖：论《至高者》 241
皮埃尔·克罗索夫斯基

白夜：论《死刑判决》 261
罗歇·拉波尔特

沉默与文学：论《在适当时刻》 277
乔治·巴塔耶

阅读笔记：论《那没有伴着我的一个》　　285
米歇尔·布托

布朗肖的空间：论《文学空间》　　288
亨利·托马

我们死在其中的这个世界：论《最后之人》　　294
乔治·巴塔耶

居间的言语：论《等待，遗忘》　　308
米歇尔·德吉

思想的游戏：论《无尽的谈话》　　315
莫里斯·纳多

谈谈布朗肖：论《灾异的书写》　　322
迪奥尼·马斯科罗

布朗肖的卡夫卡阅读：论《从卡夫卡到卡夫卡》　　327
里夏尔·米耶

对峙中的共通体：论《不可言明的共通体》　　335
让-吕克·南希

短评：论《白日的疯狂》　　350
马克斯·阿洛

死亡的质疑：论《我死亡的瞬间》　　364
菲利普·拉库-拉巴特

# 附　录

莫里斯·布朗肖年表　　395
克里斯托夫·比当

# 导 言

# 自由的存在
## 莫里斯·布朗肖

迪迪埃·卡昂

## 迈 步

> 成为就其自身而言的他人。[1]

从乔治·巴塔耶到雅克·德里达，最具抱负的现代性思想家已把莫里斯·布朗肖认作 20 世纪的一位重要写作者。1948 年的《死刑判决》(*L'Arrêt de mort*)、1955 年的《文学空间》(*L'Espace littéraire*)、1969 年的《无尽的谈话》(*L'Entretien infini*)、1973 年的《诡步》(*Le Pas au-delà*)，25 年间，4 个标题，4 本书，提醒我们，莫里斯·布朗肖在何种程度上既是作家、小说家、文论家，也是思想家……他如何以典范的方式保持了写书人的身份。从一次关于俄耳甫斯的目光的沉思开始，他第一个表明文学创造首先如何是一场无止尽的运动，其中可能者的体验必定穿越不可能者的考验。现代思想——莫里斯·布朗肖从 1963 年起称之为"后文化"(post-culturelle) 思想——勾勒了一个出乎料想的未来，它受到时代、历史及其断裂（首先是奥斯维辛）的本质记忆如此强有力的启发，以至于摆脱一切形式的约束，不抱任何类型的成见。

穿越一种文学的思想，但首先，文学作为未来的思想，这就是向我们来临的未来，但它以它的方式来临，正如它应向我们到来，极其自由地抵达我们。那么，为何如此？

一种如布朗肖所言的把"耐烦"作为"最高级的紧急"[2]的体验和书写，能有何求？秘密，如果有秘密，或许就存于一种十分深刻的灵感的锐力，它混杂着一种清澈之声的无边低语和抵抗表面噪声与周遭话语的一切形式所承担的一种内在沉默的审慎喧哗。

那么，先知布朗肖？噢，当然不是，因为他首先是一个身怀疑虑和创伤的人，这就是为什么我们应同样牢记一份传记的构成要素。

莫里斯·布朗肖1907年9月22日出生于索恩河畔沙隆附近的甘恩一个富裕的农村天主教家庭。一家人生活在一幢巨大的宅子里——布朗肖在其最后一本书中称之为"城堡"。1922年一次简单的外科手术期间发生的医疗意外使其余生陷于脆弱的健康状态，或许也让他熟知了萦绕其绝大部分作品的死亡。1923年，布朗肖前往斯特拉斯堡开始学习德语和哲学。1930年，他凭一份关于"怀疑论者的教条主义观念"的研究获得了高等教育证书。不过，同伊曼纽尔·列维纳斯的相遇仍是其学习岁月里决定性的事件。

得益于列维纳斯，他发现了德国现象学，然后很快发现了海德格尔。自1927年起，布朗肖就开始阅读这位哲学家的巨著《存在与时间》(Sein und Zeit)。除了发现思想大陆带来的知识冲击外，同列维纳斯的这份独一无二的友谊还向布朗肖揭示了其自身未知的部分。布朗肖在1980年明言：

> 自从我遇到了伊曼纽尔·列维纳斯，我就用一种显证说服了自己：哲学乃是生命本身、青春本身，散发着无拘无束但又充满理性的激情……

这样一种激情无法满足于哲学话语所借用的惯常表达模式，更不用说哲学教师的学院生活模式了。在与大机构保持距离的同时，莫里斯·布朗肖无所保留地投入了其时代的生活，将其大部分时间用于记者、文论家和作家的活动。就这样，莫里斯·布朗肖根本不是由一种顽固的谣言以漫画手法描绘的纯粹精神，他一直都懂得承担他的责任。

当然，有过二战前的激进探索；有过一些摸索的词，一些从青年口中说出的自称决定性的话——噢，真是矛盾。有时，还有把战火引向敌人阵地的念头，还有宁可选择混沌及其神话的许诺，也不要触及世界终结的时代骚乱的冒险；由此出发，就是那些辛辣的口号，为了证明人们能够像这样找到对谈的人……

然后，特别是二战时期让他近距离目睹了死亡。[3] 这在当时是真正勇气和行动的时刻、作为和姿势的时刻、给出证据的时刻。这首先就在于拯救那些因这场战争——甚至超过了一切可设想、可想象和不可想象的战争——而遭受极度之野蛮的人——首当其冲的是犹太人。

所以，如果他曾在1930年代初期接近过极右势力，那么更确定无疑的是，他也在二战期间冒着生命危险保护了伊曼纽尔·列维纳斯的家人……从此没有人像他那样毫不妥协地担负起生命的创痛，莫里斯·布朗肖在自己身上承受战争。

从他二战前发表的上百篇政治和文学文章中，我们会首先留意到一种自我摸索的思想的徘徊。相反，他成熟的文论则深刻地翻新了文学批评的方法。1955年的《文学空间》整理并重写了在《批评》(*Critique*)、《现代》(*Les Temps modernes*)，然后是《新法兰西杂志》(*NRF*)这些刊物上定期发表的文本，它是我们现代性批评的一部奠基之作。其风格、其概念、其追求的高度浸透了巴特、福柯、拉康和德里达的作品。

如果说这本书标记了布朗肖作品中的一个日期，那么它无法与铭写它的轨迹相分离：一种不依据其体验本身之外的任何东西的文学思想。《文学空间》就这样从文学谜题的位置出发追问文学：在某种像文学这样的东西存在的事实里，关键是什么？

提供给读者的道路清晰可辨：接近文学空间，描述其未必可能的源头，返回由此展开的体验……返回这样一个步伐的方向；忠于其探寻的精神，忠于其书写的文字，这本书追随着其留下的足迹！

"本质的孤独"(*La solitude essentielle*)点明了沉思的起点。这"文学空间"远没有指定一个封闭甚至宜居的空间，而是确定了一个问题和一场寻觅的转瞬即逝的位置：当文学只是文学时，当作品不得不回应"作品的要求"时，文学变成了什么？如果写作意味着由此承担把自己交付给未知者的风险，那么作家又遭遇了什么？

布朗肖审慎地重思自身创造的步伐，镂刻出作家为了文学而介入文学的一种形式。因而"本质的孤独"就是承担这场书之历险的人的命运。

随后的三篇文章表述了作家所怀有的这种步入黑夜的渴念。三篇文章也是重新踏上体验道路的三个脚步，体验就是被归还于本质的文学。布朗肖再次从仔细地阅读现代性的重要作者开始。马拉美、卡夫卡、里尔克：他们都开辟了道路，把写作当成一种律令来生活。在有待完成的绝对使命的困扰下，他们各自听到了另一种生命的召唤，而不把一切献给死亡的迷恋。

就这样依靠他者的体验，布朗肖踏上了黑夜引领的道路。在题为《俄耳甫斯的目光》（Le regard d'Orphée）的部分，这本书抵达了其不归的临界点，即"吸引它的中心［……］因书的压力移动的中心［……］在移动中保持同一的中心［……］"[4]。作家在希腊神话里重新发现了这种不大可能的处境：艺术家被其作品彻底地吞没，不管危险如何，都不得不献身于其中。对"另一个黑夜"——守护黑夜之晦暗的黑夜——的接近，传达了作品的期待，描绘了作品的运动。这样的接近不从任何东西出发，如果不是从这个将其唯一的现实给予作品的被禁之黑夜的无底深处出发的话。这样的接近不去往任何地方，如果不是走向其源头之所在的话，因为作品只有基于其本源的深渊才会现身。所以它关乎一种危险的、全新的、创造的体验，不依托任何切实之物；而写作，布朗肖指出，就是服从"作品趋向于自身渊源的运动［……］在作品渊源这个中心里，作品只可能完成自我，作品在寻求这个中心时得以实现自我，而这个中心一旦达到，它就会使作品成为不可能的"[5]。

在绝妙的分析中，我们会一步步地追随这命定的游戏，其中唯有灵感允许作家实行跳跃、超越自我，以实质地献身于不可能之物；在书写之前书写，就这样滑入死亡的阴影……在从生命到作品的扩大中找到其拯救……我们会看到，这些受恩典启发的文字不仅把《文学空间》变成了一部关于创造的文论，也把如是理解的批评变成了一本关于纯粹文学的书。

1959年的《未来之书》(Le Livre à venir)指明了那个让面对"这书写的疯狂游戏"的作家感到心神不宁的问题的本质：文学何处去？或者，首先，它从何处来？这种率先让语言说话、触及知识整体却是为了与之撇清关系的"体验"如何？这本书就此勾勒了一种与萨特的模型截然相反的文学介入模式。1969年的《无尽的谈话》再次发起追问。对未知的渴求回应了认知的需要。"复多的言语"（parole plurielle）被用来描述文学——当它且因为它只是文学时——触及不可思考者，甚或触及绝对者的这一体验的界限。

与此同时，在与各种文类的完美对话中，布朗肖发展出一种有着高度原创之表达手法的虚构作品。早期的小说，1941年的《黑暗托马》(Thomas l'obscur)或1942年的《亚米拿达》(Aminadab)，当然仍受卡夫卡的文学宇宙的启发，有时好像还阐明了其文论的思想。相反，1950年代的记述（récits）则脱离了古典图示，以坚持书写本身的体验，因此也把特权赋予了创造的独一无二的运动。

1948年的《死刑判决》讲述了叙述者要如何亲历10年前（1938）"慕尼黑"时刻遭遇的悲剧性事件。在这浸透着历史的背景下，生命、死亡和女人J.的疾病，构成了一个把真实和想象融于一体的宇宙，以此煽动着叙述者难以平息的欲望。J.在似乎被疾病击垮时又瞬间恢复了生命，这短暂的复活成了全书不可捉摸的中心。如此难以置信、不可完成的死亡也解释了作品的标题。记述当然尊重被它呈现为故事基础的"秘密"；不过，在内心的崇高工作——它几乎不可见，因为它表面上尊重一切传统的准则——里，作家的语言从叙述者的词语中夺取了一篇丧失语言的文本。于是，一种全然他异的语言觉醒让我们听到了所分享的欲望最美妙的变奏。1950年新版的《黑暗托马》以提纲的形式重写了1941年的小说。言辞裸露，书写紧凑；该书以典范的方式确认了那能够穿越黑夜的言语的力量。1951年的《在适当时刻》（*Au moment voulu*）继续迈着这独一的步伐，肯定着创造的"无权力"之力量。故事没说多少东西：两个女人，同一种激情，一个男人，其词语像是从编织了一种关系的虚空中抽取的；作家的影子就浮现在这男人身后。1953年的《那没有伴着我的一个》（*Celui qui ne m'accompagnait pas*）一丝不苟地描绘了因书的写作而活着的"另一个人"的形象。1957年的《最后之人》（*Le Dernier homme*）确认了第一人称写作的关键所在。从中我们再次发现了写作的难以描述的运动，在那里，探寻占据了上风，用他者称呼本人，把言语赋予了那个激发其生命的人。

最后一篇记述，1994年的《我死亡的瞬间》（*L'Instant de ma mort*）确认了——如果必要的话——这些写作的"自传"

维度。在令人难忘的数页纸上，这本书讲述了二战末期的一段插曲；它言明了作者从敌军行刑队枪口下死里逃生的情形，以及他如何亲历这一场景，而这样一次缓刑、这样一次生命的惊跳又如何改变了生存为他留下的东西。他让我们想象，在这样一场考验过后，"这个人"如何绝不再是同一个人；他说出了他在"死亡的瞬间"领会的生命的代价。

就这样，传记的关注超出了表面之物，印证了文论的问题：对我们来说，在"某种像艺术和文学这样的东西存在"的事实里，关键是什么？对于书的法则，有何期待？对于思想，对于"共在"，对于"共通体"的生命，会有什么样的敞开？

莫里斯·布朗肖对其作品向他提出的这些问题的回答具有政治性。1983 年的《不可言明的共通体》(*La Communauté inavouable*) 拓展了乔治·巴塔耶和让-吕克·南希的反思，重新思索从未中断过的"共通体之迫求"。该书审视了这一迫求与一个其意义看似逃避了我们的共通体之可能性／不可能性的关系。它关心共产主义、共通体这些词在恰好要思考一个外在于共通的秩序时所传达的"语言之匮乏"。作家采取的公共立场强化了其思想的运动：1958 年拒绝和反对戴高乐回归，拒绝阿尔及利亚战争（1960 年的《121 宣言》[Manifeste des 121]），拒绝文化、社会和经济的秩序（1968 年的"学生-作家行动委员会"[Comité d'action étudiants-écrivains]），等等。这么多绝对的拒绝在未来所重复的一次肯定中找到了其合法性。

然而，最后之词回到了文学。1980 年的《灾异的书写》(*L'Écriture du désastre*) 与 1973 年的《诡步》一脉相承，发明了一种"断裂的写作"，它偏转了言辞的力量并挫败了沉默的无力。两个专名——列维纳斯、安泰尔姆（《人类》[ *L'Espèce humaine* ] 的作者）——确定了探究的位置。脚步重返历史的道路：思想凝望意义的地平线，"灾异关注缺席的意义"[6]。界限之书，无界之书：《灾异的书写》在时代的黑夜中铭写那以最公正的方式授予奥斯维辛记忆的言语。

"作家，他的传记：他死了，活了并且死了。"[7]布朗肖最终在书中冒此风险，仿佛他想这样根据死亡书写存活，根据传记描写生命。谁知道，有一天，为了磨快时间并反抗一切编年，布朗肖会在并且（et）之中，在这个安放或插入了两次而非一次的逗号之中，思考什么呢？

一段生命，一部作品，如此密切地混在一起，以至于它们最终合为一体、融入彼此，从中我们会首先得到一个绝对独特的声音；当然是文学的声音，是那切心的低语，它所承载的远远超出了它让人听到的内容。一个声音因此也像我们时代独一无二的意识，如此激烈，以至于它要"迎着时间思考，迎着永恒思考"[8]，被一直深扎在其书中的这一信念撕裂："言语满足不了它所包含的真理。"[9]

## 幸 存

> 在作品中人在说话，
> 作品，在人身上，
> 让不说话的东西说话。[10]

随着死亡，一切变得简单！从未有哪条箴言得到了如此充分的证实。莫里斯·布朗肖去世已有几年，或许是时候进行一番审视了。

首先，让我们回想一些事实。莫里斯·布朗肖频频受到攻讦是因为1930年代他在政治上无可否认地参与了极右翼；此外，他的作品高抬"死亡"，也被指控热衷于虚无主义和"恋尸癖"[11]。对此，其作品最虔诚的读者会言之有据地予以否认！徒劳的争论，我们会说，它竟涉及20世纪的一位重要思想家和作家，因为对此地位，至少没有异议。

1930年代揭示了一个自我摸索的青年人的全部复杂性。布朗肖在极右刊物上发表的文章尽管明显是反纳粹的，[12]却仍释放了一场恶魔占上风的全然内在的战争的种种元素。右倾、迷恋死亡、趋于虚无：所有这些断定都不失公允，哪怕在那些岁月里，他身上的某个人也把他带向了截然不同的位置。对此，我们会在其生命和作品里找到无数指示：对列维纳斯兄弟般的亲近；紧接着，是存在之思想向他者之问题的一种全然犹太式的开启。这样一种启示还浸透了所有早期的记述。

我们更熟悉其二战后的作品，如1948年的《死刑判决》或1955年的《文学空间》这样引人注目的书。从记述到文论，专注的阅读会揭示出黑夜中前行的绝对必要性。

布朗肖在 1947 年写道:"自我肯定未必是把更多的'我'置于世上,它也意味着在有'我'的地方试着不安放任何人。"[13] 快速的解释会找到一种看似招摇的虚无主义预料之中的证明。但若超出表面印象,我们会留意到作者吐露的自我肯定的意志。"我在寻找一个我不认识的男人,从我开始寻找他,他便再也绝不是我自己"[14]:埃德蒙·雅贝斯的这些话延展了布朗肖的言论。其主张的肯定传达了人同其自身的这场邂逅。于是,个人不是任何可以确认的人,而是全然专注于其使命的幽灵般的存在,当"我把自己交给我所是的未知者……"时,它便现身了。从中就有作家对自身的这一致命的肯定;从中就有生命,他因文学而获得的生命!

正如其传记向我们展示的,莫里斯·布朗肖本人一生都在同这一压倒他的生命力搏斗,以好歹接受这样一种生命的理念,他的生命。如果我们寻找一个人的真理,那么,我们应不带任何偏见的形式,致力于此处的这个人,这个在其作品之中的人。

在这样的视野下,布朗肖的位置清晰可见:为了度过其生命的全部时光,他必须首先考虑一点,即他深刻的存在也把他带向了死亡。事实就在此。那么,怎能否认莫里斯·布朗肖已在其欲望的方向上转变了他的反思?但当其生命占上风时,写作和书就是生命所选之地:它或许不在流俗的意义上被人经历,而是以别样的方式活着,并超乎其存在地投身于精神的力量。所以他书中的教诲闪闪发光:写作就是忍受命运;就是拿其生命去冒险,并且为了亲历它,去书写这孕育于人体内却向无限敞开的生命……这通过书写其生命而活着的方式里有着怎样致命的东西？它汇聚了现代文学的所有伟大名字：兰波、卡夫卡、普鲁斯特、弗吉尼亚·伍尔芙……

为了更好地理解这样一种演变或一个人对自身的回归，我们会把这名副其实的生命的反叛定位于1944年。这当然是战争时期。这是真正勇气和行动的时刻、作为和姿势的时刻、给出证据的时刻。这就在于冒着自己的生命危险去拯救那些因这场战争而遭受极度之野蛮的人——首当其冲的是犹太人。尤其是战争末期……

1994年一部短小的自传体记述《我死亡的瞬间》揭露了这个人的独特命运。让我们回想其梗概：1944年年中，纳粹军队草木皆兵，而叙述者被判定态度傲慢，要当场遭受处决。游击队同志领导的"邻近的一场战斗发出巨大的噪声"，让纳粹副官离开。其实由外国人（瓦拉索夫军队的苏联人）组成的行刑队里有人趁机"对他做了个走人的手势"……

可以想象，在这样一场考验过后，莫里斯·布朗肖不再是同一个人。几个不寻常的评语也展现了这个人亲历该场景的方式："或许迷狂"，"一种至福"，向他指明唯一可能出路的他者——一个苏联人！——"沉稳的声音"……这么多不容搞错的暗示无不让人相信这是一个事关蜕变的场景。蜕变归功于这些例外的情形；我们并不时刻都直面死亡。那么，当一个早已启动的缓慢运动瞬间成形之际，谁又会惊讶呢？一个蜕变的场景：天使最终打败了恶魔，幻影击退了死亡的幽灵，生命的事件战胜了死亡的非事件！[15] 书在生命的这一转向中止步。最后一页回忆了二战后的一段插曲；它表明作家在那一刻向世界的严酷现实献出了多少坦诚：没错，蜕变，**他者**的声音，作为我，作为我的一部分，强加于我；它当然不是我，却在我体内激起深深的回响，为此甚至应和着我所是的人。

所以，布朗肖，死亡的瞬间，他的死亡？某个人在他体内死了；他就这样背负此地的这场死亡的重量，直至生命尽头！人仍会感受到这来自虚空的不可否认的呼唤、这灵感的源头，而一篇极富教益的文本让其回溯至最柔弱的童年。[16]千真万确，这一切皆属于他。

但若我们说起战后作家，说到由此横空出世的创造者，谁会严肃地指责其虚无主义、其对死亡的偏爱？所有作品都与此背道而驰。记述是这位创造者学会与其造物共存的有福之地。[17]而让创造者继续其作品并颂扬他者之创造的文论，则遇到了他所是的这位如在其自身体内的写作者。唯有此处的这个人担保了他所思考之物。让我们阅读布朗肖，阅读此处的这个布朗肖，理应如此，从中我们会看到正在进行的创造；一场从无开始的创造，那是其自由本身，为了重返生命的源泉。[18]如此的创造根本不圣化什么，只是幸福地描绘世界的另一个清晨。让这守护着希望的言语背负我们吧。我们会因此度量其传言如何典范地对我们述说、对我们在自身深处所是的陌生人述说，邀请我们追随他。

《开卷》（*À livre ouvert*），2013 年

1　莫里斯·布朗肖:《无尽的谈话》,尉光吉译,南京:南京大学出版社,2016年,第260页(译文有所改动)。——译注(如无特别说明,注释均为译注)

2　布朗肖:《灾异的书写》,魏舒译,吴博校译,南京:南京大学出版社,2016年,第41页。

3　参见《我死亡的瞬间》(*L'Instant de ma mort*, Montpellier: Fata Morgana, 1994)。关于生平的细节,可参阅克里斯托夫·比当的《莫里斯·布朗肖:无形的伙伴》(*Maurice Blanchot. Partenaire invisible*, Seyssel: Champ Vallon, 1998)。——原注

4　布朗肖:《文学空间》(*L'Espace littéraire*), Paris: Gallimard, 1955,扉页。

5　布朗肖:《文学空间》,顾嘉琛译,北京:商务印书馆,2003年,第67—68页。

6　布朗肖:《灾异的书写》,第55页。

7　同上书,第47页(译文有所改动)。

8　布朗肖:《无尽的谈话》,第662页。

9　布朗肖:《火部》(*La Part du feu*), Paris: Gallimard, 1949,第315页。

10　布朗肖:《文学空间》,第238页。

11　布朗肖死于2003年2月。让我们回想一下2004年1月30日《世界报》(*Le Monde*)上的论战:《风险线》(*Ligne de risque*)杂志回应了布朗肖的传记作者克里斯托夫·比当的一篇访谈。杂志内容披露了"20世纪最重要的一位虚无主义思想家"的"恋尸癖",却"十分看重《文学空间》和《未来之书》这样的文论"。——原注

12　主要是《堡垒》(*Le Rempart*)、《论争报》(*Journal des débats*)、《监听》(*Aux écoutes*)和《20世纪评论》(*La Revue du vingtième siècle*)。关于这些刊物和布朗肖的记者活动的更多细节,可阅读比当的《莫里斯·布朗肖:无形的伙伴》和让-吕克·南希的《莫里斯·布朗肖:政治的激情》(*Maurice Blanchot. Passion politique*, Paris: Galilée, 2011)。——原注

13　《至高者》的刊登请求(译文见本书第240页)。

14　埃德蒙·雅贝斯:《门槛·沙:埃德蒙·雅贝斯诗全集(1943—1988)》,刘楠祺、赵四译,桂林:广西师范大学出版社,2020年,第43页。

15　有一句话或许最好地说明了这对自身的真正回归，人在生命的这场反叛中名副其实的复活："[……]或许还有已经迈出的脚步。我知道，我想象这不可分析的感觉改变了生存为他留下的东西。"生存留下的东西指向什么：过去，还是未来？有必要在别处也追随此类双重游戏，即当布朗肖有意让人听到的另一话语产生了双重意义时，他所承担的精心算计的风险。——原注

16　《灾异的书写》里的"一个原始场景"：对于自身的重大发现：自己身上什么也没有，一无所有，除了天空，除了空荡荡的天空，而这样一种空无居于其体内！而他因此自由并摆脱一切……"活着"……经历一切。——原注

17　为了坚信这点，有必要适当地细看这些造物，这些记述中的人物。如果我们有时间详述人物的样子——那些允许他注视生活的形象——那么我们会注意到他们好像被分配并承担了一些角色：构成人类严酷现实的天使与魔鬼，纠缠自我的精神，居于其体内的空无，那充实了从内部侵蚀他的虚空的空无，等等。——原注

18　雅贝斯："我从两条边界开始书写。那边是虚空。这边是奥斯维辛的恐怖。"（译按：雅贝斯：《行程》[ *Le Parcours* ]，Paris: Gallimard, 1985，第95页。）作家间可见的接近。而布朗肖完全有意识地把这种不以任何切实之物为依托（袭向未知者，却称量着一整个生命的重量）的创造运动和声称要把"空无"变成最终解决方案的灭绝的无情逻辑对立起来。这里仍是《灾异的书写》。——原注

# 友 谊

对我来说，重要的是相遇，在其中，偶然成了必然。同人的相遇，同地点的相遇。这是我自己的传记。

同列维纳斯相遇（1925，斯特拉斯堡）。胡塞尔，海德格尔，对犹太教的亲近。

同乔治·巴塔耶和勒内·夏尔相遇（1940）。对违纪的召唤。极限体验。反对占领者和维希政权。地下活动。

埃兹村（1947—1957）。十年孤独的书写。

同罗贝尔·安泰尔姆及其朋友们相遇（1958）。阿尔及利亚战争，《121宣言》，尝试一份《国际杂志》（*Revue internationale*）。

和一样的人，和每一个人
五月风暴

布朗肖，《相遇》

布朗肖（右）与列维纳斯（中）及友人的合影（约 1925）

友谊

布朗肖的证件照（1927）

布朗肖的证件照（1939）

友谊

"Dichterisch wohnet der Mensch.."

Cette parole est empruntée au poème qui commence:"In lieblicher Bläue
blühet mit dem metallenen Dache der Kirchturm.."

= Seule la poésie laisse le séjour être un séjour. Dichten ist das eigen
tliche Wohnenlassen. Mais par quoi parvient-on à l'habitation? Durch das
Bauen. Poésie est donc un Bauen.

=Quand le rapport de maîtrise entre l'h et le langage se renverse, l'h
tombe en d'étranges façons de faire. Devenue moyen d'expression, le lang
ge s'abaisse à devenir moyen de pression. Car c'est le langage qui parle
authentiquement. L'homme ne commence à parler que pour autant qu'il ré
pond au langage, en écoutant son interpellation. Réponse qui est ce
dire qui parle de l'élément de la poésie.

  Voll Verdienst, doch dichterisch, wohnet
  Der Mensch auf dieser Erde

=Les mérites que s'acuièrt l'h, en cultivant et en soignant la terre
n'épuisent pas l'essence de son séjour. C'est que cultiver et édifier,
les deux sens de Bauen ne sont qu'une suite de l'essence du séjour et
non pas ce qui le fonde.

="Sur cette terre": la poésie ne dépasse pas et ne survole pas la terre,
mais au contraire établit l'h sur terre, le fait ainsi séjourner.

= La poésie et la pensée ne se rencontrent que lorsqu'elles restent déci
dément de la distinction de leur essence. Elles visent le même, mais le
même ne se confond pas avec le pareil ou l'identique. Le même est l'appa
tenance commune du distinct rassemblé de par la différence même. Le même
ne se laisse dire que si le différent est pensé.

  Darf, wenn lauter Mühe das Leben, ein Mensch
  Aufschauen und sagen: so
  Will ich auch sein? Ja. So lange die Freundlichkeit noch
  Am Herzen, die Reine, dauert, misset
  Nicht unglücklich der Mensch sich
  Mit der Gottheit. Ist unbekannt Gott?
  Ist er offenbar wie der Himmel? Dieses
  Glaub'ich eher. Des Menschen Maass ist's.
  Voll Verdienst, doch dichterisch, wohnet
  Der Mensch auf dieser Erde. Doch reiner
  Ist nicht der Schatten der Nacht mit den Sternen.
  Wenn ich so sagen könnte, als
  Der Mensch, der heisset ein Bild der Gottheit.
  Giebt es auf Erden ein Maass? Es giebt
  Keines.

  Si la vie n'est que fatigue, l'homme
  peut-il en dressant regarder vers le haut et dire:
  c'est ainsi que je voudrais être aussi? Oui. Aussi lgtps
  que l'amitié persiste purement en nous ds le coeur,
  l'h ne se mesure pas d'une manière malheureuse avec
    la divinité. D est-il inconnu? Est-il manifeste comme
le ciel? Je crois plutôt ceci. C'est la mesure de l'h. Plein de mérites,
c'est poétiquement cependant que l'h séjourne sur cette terre. Mais
l'ombre maaskress dans de la nuit avec les étoiles n'est pas plus pure, si je
pouvais parler ainsi, que l'h, qui s'appelle image de la divinité.
Y a-t-il sur terre une mesure? Il n'y en a pas.."

布朗肖译稿：海德格尔，《人，诗意地栖居》

布朗肖，《黑暗托马》献给雷蒙·格诺（Raymond Queneau）的题词（1941）："'先生们从不做梦。'／（一个孩子，转引自让·皮亚杰）／致雷蒙·格诺／以深切的同情／莫里斯"

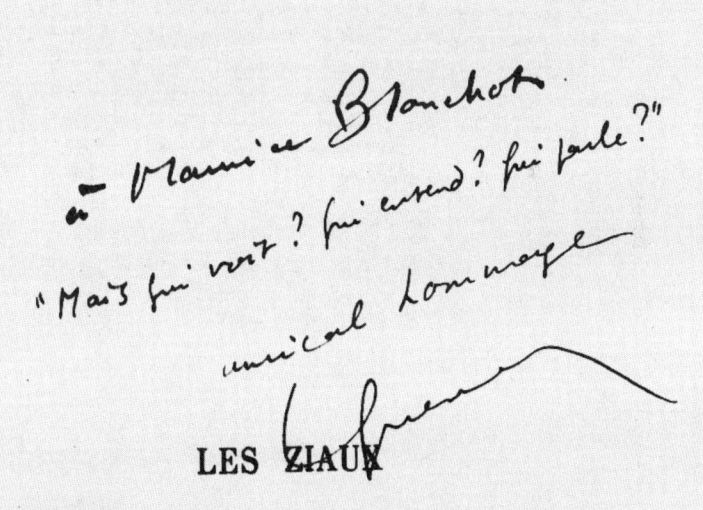

格诺，《眼之海》（*Les Ziaux*）献给布朗肖的题词（1943）

布朗肖,《诗歌与语言》(Poésie et langage) 手稿（1943）：
论格诺的诗集《眼之海》

"《眼之海》的诗歌几乎无可推脱地就是语言的考验。如此的考验发生在一种押韵或节奏极其严格的诗律框架内，凭借对形式的召唤和气息的规律性在有意味的句子之外维持了言语的一种表达意志。对我们来说，鲜有作品让语言如此简单又如此直接地受到质疑，鲜有作品让语言如此贴近地掠过灾变，以最终用招致其毁灭的缘由来拯救自己。没有什么比词语的这出反讽剧更迅疾也更决然的了。在韵律的魅惑下，语言瓦解了，失去了它借以融入时间的意义，失去了其威力的手段，抛弃了其句法的推动，不过是杂乱无章、不再连贯的散落碎片发出的一阵喧哗。但在同样惊人的影响下，从词语的这些碎屑中再次诞生了另一种语言和另一种构成。坠落的冲动把可见的视野分割成各种意象不可调和的四散，将眩晕的运动呈现为一个新的形象。音节、意义、物理强度，一切都聚集起来，而其依据的稳固的亲缘性又催生出一种陌异的情感……"

布朗肖在老家甘恩的住所（"城堡"）

甚至路上或田里肿胀的马也证实了一场持久的战争。事实上，过去了多少时间？当副官回来并意识到年轻的城堡主不见了时，为什么怒气、狂暴没有促使他烧掉（静止庄严的）城堡呢？因为那是城堡。门上镌刻着"1807年"，像是一段不可磨灭的记忆……在1944年，纳粹副官对城堡怀有一种敬意或尊重，这是农场激发不了的。然而，四处都被搜查了一遍。一些钱被拿走了；在一个独立的房间，也就是"高阁"里，副官找到了一些纸和一沓厚厚的手稿……一切都在燃烧，除了城堡。领主逃过一劫。

布朗肖，《我死亡的瞬间》

夏尔,《睡神散页》献给布朗肖的题词(1946)

夏尔,《蒙米拉伊花边》献给布朗肖的题词(1960)

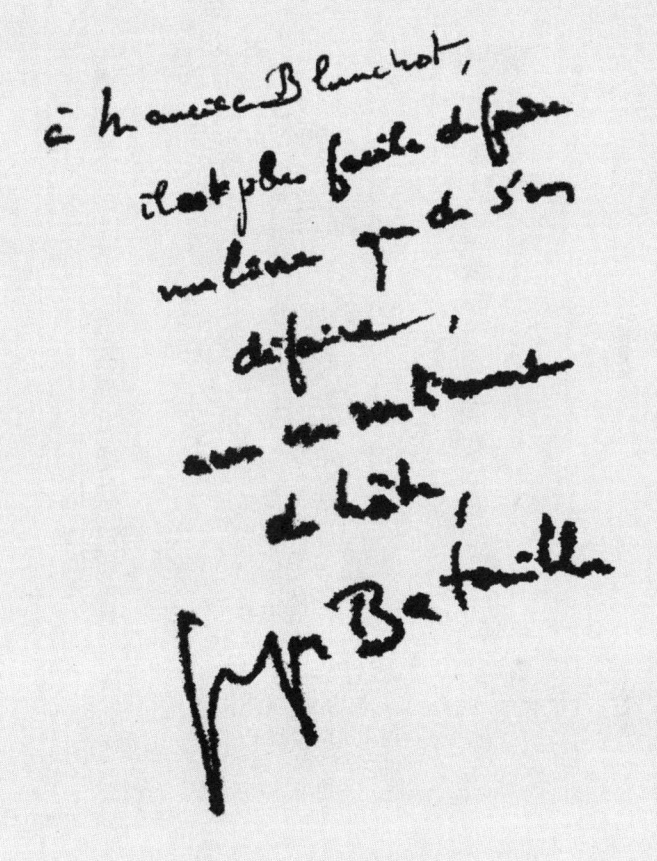

巴塔耶,《沉思的方法》献给布朗肖的题词(1947)

布朗肖在埃兹的住所

《塞纳河的无名少女》(阿尔伯特·鲁多明拍摄)

当我住在埃兹时,在我经常待的一个小房间里(双重的视野让它显得更大,一边迎向科西嘉,另一边遥望费拉角),墙上曾挂着(现在也还有)人称《塞纳河的无名少女》的头像,她双目紧闭,却用一个如此微妙、如此有福(但又隐秘)的笑容流露生机,以至于人们会觉得她是在一个极乐的瞬间淹溺。她离贾科梅蒂的作品如此遥远,却诱惑着后者寻找一位愿在死亡中重新尝试那一至福考验的年轻女子。

布朗肖,《来自别处的声音》

布朗肖,《拒绝》(Le refus)手稿(约 1958)

"在某一时刻,面对公共事件,我们知道我们必须拒绝。拒绝是绝对的,毫不含糊。它不讨论,也不辩解。它就这样保持沉默和孤寂,哪怕它,如其应然,公开地得到了肯定。拒绝的人,受束于拒绝力量的人,明白他们还未成一体。他们恰恰被夺走了共同肯定的时间。留给他们的,是不可还原的拒绝,是这个把他们统一起来又保持孤寂的确定、不可动摇又严格的'不'所传达的友谊……"

1968 年 8 月 10 日，布朗肖致凯瑟琳·波德戈尔尼（Catherine Podgorny）的信，关于学生–作家行动委员会："……共同书写的法则"

友谊

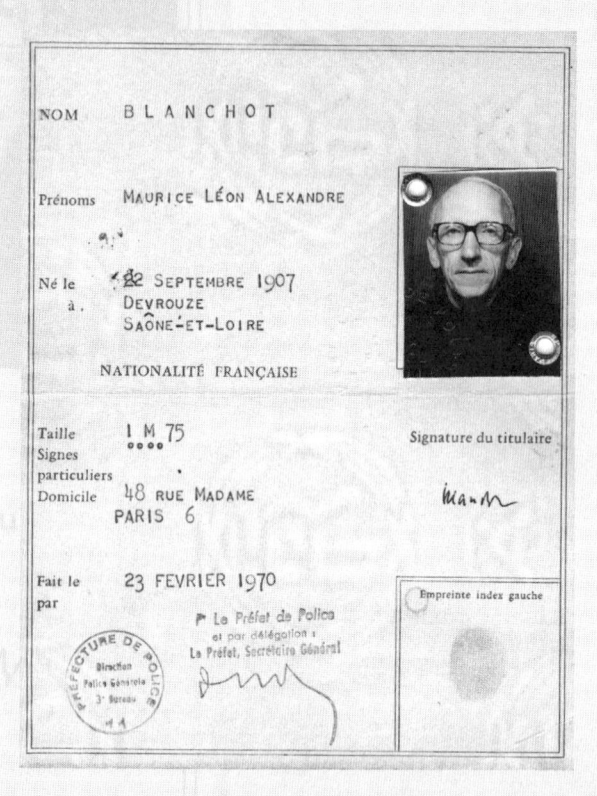

布朗肖的证件照（1970）

布朗肖在超市停车场（1985）

若他只是偶尔如此透明
我们便会寻思
是否我们真的一直见到了他
只是他像威尔斯的隐形人
脱掉了那身略显中性的衣服
而且我们知道
他不让摄影的胶片感光

……………

用一次后退一次返回一道划痕
一次修订一次剖析拆解
弯曲装扮枝头的鸟
试图建造沉默之巢
以在历史的嚎叫中
迎接每一位流亡的弟兄
烈火与瀑布下世纪的围墙

米歇尔·布托,《出其不意:布朗肖快照》

# 诗人的目光

伊曼纽尔·列维纳斯

## 1. 无神论与非人本主义

莫里斯·布朗肖对艺术和文学的反思具有至高的野心。他在最新的作品中[1]奉献的关于荷尔德林、马拉美、里尔克、卡夫卡和勒内·夏尔的阐释比绝大多数强有力的批评钻研得还要深。事实上，这本书的定位超出了所有的批评和所有的阐释。

但它不倾向于哲学。并非它的意图低于这样一个标准——而是布朗肖没有在哲学中看到终极的可能性；而且，他也没有在哲学本身之中——在"我能"（je peux）之中——看到人的限度。似乎所有人都认为这个世纪是哲学的终结！这既包括那些想建立——进行改造，而不只是理解——一个更好的世界的人，也包括那些与之相对，随同海德格尔返回"存在的真理"，迎接让智慧之爱及其学科细分黯然无色的曙光[2]的人。当代思想为我们保留了一种非人本主义的无神论的惊奇：诸神已死或已从世界中撤离，具体的甚至理性的人并不包纳宇宙。在所有那些超越形而上学的书中，我们见证了一种不服从也不忠实于任何人的服从和忠诚正受人称颂。诸神的缺席变成了一种不确定的在场。一种奇怪的虚无，它不保持静止，而是"虚无化着"。沉默被赋予了言语，甚至是本质的言语。中性没有面容，用布朗肖的话说，就是"没有形貌"，哪怕一道黑暗的光从其无名的、持续不断的涡流中射出。对新黑格尔主义者来说，正如对黑格尔来说，人的个体——在直接者（l'immédiat）之中意识到自身的活生生的主体性——无法反思绝对者（l'absolu）。**历史现实**诚然是理性，但这样的理性并不在它克制意志和激情的那个瞬间发光。它在事后照耀。被推迟了的显明：这或许是辩证法的定义。密涅瓦的猫头鹰直到黄昏才展开它的翅膀。——对海德格尔来说，存在，在他赋予的动词意义上，不同于存在者（但在法国，每个人都知道这一区分），乃是万物和人的尺度。人应答或不应答它的召唤。但召唤不来自任何一个人。它来自不是一个存在者的**存在**，来自**虚无**的磷光，更确切地说，来自**虚无**和**存在**的涌动回流持续于其中的光亮。主体性的意义并不来自自身，而是来自这片磷光，来自存在的真理。早在亚里士多德那里，西方形而上学就已经遗忘了存在的真理，形成了"世界的图像"并走向技术的统治。但这一切——主体，存在之真理的遗忘，形而上学，世界图像，技术——并非人的过失或反复无常，而是反映了存在的真理及其迫求，人的天职本身就是守护这个真理，也就是说，保持警觉和专注。历史，当它诉求于人时，也取决于存在的闪光。

## 2. 白日与黑夜

我们已经提到过布朗肖的思想运行于其中的这些主题。有一个"不轻易言说"的黑格尔,他宣告了一种因劳作和政治而理性化了的现实,也就是被布朗肖归于白日范畴的行为。白日是**世界**、**权力**和**行动**,它包含了人的全部广延性。然而,艺术并不包含于其中,它属于另一个空间,属于**黑夜**。但首先有一个海德格尔,晚期海德格尔。

可以更坦率地说,布朗肖早期论艺术和文学之本质的那些通向**文学空间**的文章出现时,晚期海德格尔还完全不为法国的海德格尔主义者所知。同德国哲学家的邻近可以通过各种路径感受到,包括布朗肖选择里尔克和荷尔德林的文本来评论,以及,他运用分析程式的——往往高超的——手法具有现象学的特点(虽然这些或许回到了黑格尔),其中,诸观念的不可还原的面貌反映了通向它的路线的独创性。存在者和存在被区分开来,虽然布朗肖在思考马拉美——他在小小的"这是……"(c'est...)一语中看到了一种神秘和一种有待完成的使命——但是(être)这个词被提出的语气是海德格尔式的。

布朗肖把艺术作品、诗歌置于**白日**的领域之外。在他看来,介入艺术(art engagé)的观念出于一个简单的原因而无法成立,即艺术在历史上的影响微不足道,而海报、报纸文章和科学论文比诗歌更好地服务于历史。但艺术在这方面不同于**世界**、**统治**、**历史**,它不是唯美主义者的漠然仪式,不是盲目的理智所无法认识到的世界背后的世界幻象,也不是

友 谊

概念的感性揭示：在概念已通过作品得到实现的年代，这样的揭示是过去的、过时的。但是，当我们把作品置于**有用性**之外时，却什么都没有道说出来：这种把真实变成一件艺术作品的"升华"体现在何处？布朗肖认为，文学陌异于**世界**和背后的世界（arrière-mondes）；它假定了诗人的目光，那是一种原初的体验，并且是在原初一词的两个意义上：一种根本的体验，以及一种对本源的体验。艺术对事物的一切"漠然"已经是那样的体验了。我们既没有通过对真实的简单中性化而从事物走向诗歌意象，也没有通过缩减而从日常语言走向构成诗歌的语言意象。根据布朗肖的说法，为了让事物能够被察觉为意象，让语言被察觉为诗歌，先行的超验（虽然他没有使用这个术语）是必要的。在这个意义上，意象先于知觉。这种超验的目光是什么？

著名的沉思并没有解除施加给物之世界的魔法。借由自身的显现，那最为陌异、最为古怪的事物已在其服从我的时候为权力（pouvoir）提供了一个立足点。思想所孕育的、想象所投射的、直觉所推测的无数世界仅仅构成了唯一的世界——不管触及这些世界的感觉和知识的超验多么具有心灵感应或形而上学的特点。距离不会毁灭世界。不论怎样大胆和新颖，真理都把我们的自我主权和**世界**视野留给了我们。

真理通向历史，通向人的一切问题在人的层面上的解决。如同大众宗教，它把一切世俗的形式运送到它的彼岸。它从生命逃向生命，就像在伊本·加比鲁勒（Ibn Gabriol）的著名文本中，人从上帝之中的上帝（Dieu en Dieu）那里获得庇护。如何逃出世界？**他者**（l'Autre）——扬克列维奇（Jankélévitch）

所谓的绝对他者（absolument autre）和布朗肖所谓的"外部的永恒流淌"（ruissellement éternel du dehors）[3]——如何显现，也就是说，为某人而存在，但不通过将自身献给目光的方式而已然失却他异性（altérité）和外部性（extériorité）？如何才有无权力的显现？

## 3. 无人称的言语与缺席的在场

对于不顾其揭示而保持为他者的东西，其揭示的模式不是思想，而是诗歌的语言。根据布朗肖的分析，它的特权不在于引导我们超越知识。它不是心灵感应，外部不是远方。它是一切真实被否认的时候出现的——虽然是以独一的方式出现的——这种非现实的实现。它的存在方式——它的本质——就体现为呈现而不被给予，体现为不把自身交给权力（因为否定已是人的终极权力），体现为权力所无法攫住的不可能之领域，体现为对揭示者的一种永恒摒弃。由此，对一个凝视着不可能之物的人来说，就有一种本质的孤独，一种无法用世界之中的任何孤立和离弃的感受（不管是傲慢的，还是绝望的）来衡量的孤独。这样的孤独处在无法将自身建构为世界的不可能性的荒芜领域里。

文学通向这一孤独。它总是让非属世界者——诸神和英雄——言说，那时，功绩和战斗还不是行动和政治，而是英雄主义和冒险。今天，既然诸神已经离去，文学便让最根本的非属世界者——存在者之存在，其消逝的在场——来言说并得以完成。为表明这点，布朗肖重启了他早期对马拉美和卡夫卡的沉思。书写就是回归本质的语言，本质的语言体现为在词语中撇开事物，同时应和存在。事物的存在不在艺术作品中得到命名，而是在那里自身言说，和词语所是的物之缺席相一致。存在就是言说，只是这样的言说处在一切对话者的缺席中。一种无人称的言语，没有"你"，没有称呼，没有呼格，但又不同于"连贯的话语"，后者显露了一种普遍的**理性**，话语和**理性**都属于白日的秩序。所有艺术作品，就其作者并不重要，好像服务于一种无名的秩序而言，是更加完美的艺术作品。当卡夫卡用"他"取代了"我"的时候，他才真正开始书写，因为"作家属于某种谁也不说的语言"[4]。并非一种普遍的和永恒的理想统治着书写。布朗肖表明，作品的无人称性就是紧随诸神离去的沉默的无人称性，沉默无法熄灭，如同一阵喃喃低语。它是历史时间（作为历史的孩子，我们可以把历史否定）沉没其中的时间的无人称性；它是**白日**的否定（再一次，作为**白日**的孩子，我们把**白日**否定）从中涌现的黑夜的无人称性。创作者，名字已被涂抹，记忆已然消逝。"创作者对其作品无权力。"[5]书写就是打破把词语和我自己相连的纽带，颠覆让我对一个你述说的关系——"传播那种无法停止说话的东西"[6]。如果视觉和认知体现为向其对象施展权力，体现为远距离支配它们，那么，书写所实现的例外的翻转归根结底就是被一个人所看到的东西触摸——从远处被触摸。目光被作品抓获，被看着写作者的词语抓获。（这是布朗肖对幻想的定义。）把世界撇到一边的诗歌语言让这一疏远发出的持续不断的喃喃低语重新出现，如同黑夜在黑夜中自身显现。它不是永恒的无人称者，而是持续不断者、无穷无尽者，它在人所能尝试的否定下一再地开始。

布朗肖把这样的情境跟死亡相联系。书写就是死（mourir）。对布朗肖来说，死亡（mort）不是关于人的终极可能性、关于不可能性之可能性的一种悲情，而是不可把握者的不断重复，在不可把握者面前，"我"失去了其自身性。可能性的不可能性。文学作品让我们接近死亡，因为死亡是作品所引发的存在的无尽窘窄。在死亡中，正如在艺术作品中，常规的秩序被颠倒了，因为权力通向了无法经受的东西。因此，生命与死亡之间的距离是无限的。同样无限的是诗人那面对不可穷尽之语言的作品，语言是存在的展开，更确切地说，是存在无休止的翻卷，甚至是存在的骚动。死亡不是完结，它是完结的从不完结（n'en pas finir de finir）。就像在爱伦·坡的某些故事里，危险越来越近，而无助的目光度量着那仍然遥远的临近。

就这样，布朗肖把书写规定为存在的一般经济（économie générale）当中一个准疯狂的结构，由此，存在不再是一种经济，因为当它通过书写被人临近的时候，它不再拥有任何的居所——任何的内部性（intériorité）。它是文学空间，也就是说，绝对的外部性——绝对之流亡的外部性。这就是布朗肖所谓的"第二个黑夜"，在第一个黑夜——白昼的正常结束和消失——里，它成了消失的在场，并因此不断地返回存在；布朗肖用一些词语来描述那种在场，如汩汩作响、喃喃低语、回环往复，所有用以表达第二个黑夜之存在的可以说非本质特点的词汇。缺席的在场，空无的满盈，"那种隐藏着并且始终封闭的东西的充分展露：即在黑暗上面闪烁的光亮，这光亮由于这种成为表露在外的黑暗而闪闪发光，它在充分展示的最初的光明中劫走了黑暗，也就是这样的东西，它的本质是困住欲将它披露出的东西，欲在自身中吸引住它并吞没它的东西"[7]。

就其自身而言，书写会是一种未必可靠的权力步骤，在一个所谓灵感的时刻，它"偏转"成了非权力（non-pouvoir）。它是存在的节奏，因此，文学除了自身之外别无对象（终有一天，布朗肖小说作品的潜在意义将不得不被说出来）。现代艺术言说的只是艺术自身的历险——它竭力成为纯粹的绘画、纯粹的音乐。无疑，讲述这种历险的批评和哲学作品远在艺术之下，艺术是进入黑夜自身之终结的旅程，而不只是旅行的记述。但布朗肖的探索为哲学引入了一个"范畴"和一种新的"认知模式"，而无论如何，我们都想从艺术哲学本身对其进行阐述。

## 4. 存在的迷误

艺术的本质在于从语言到不可言说者的转变，不可言说者自身言说，通过作品让根本的晦暗变得可见。用这种充满矛盾的方式描述作品不是辩证法，因为一者取代另一者的对立交替并没有打开一个让这种更替得以克服、让矛盾得以调解的思想层面。如果思想的确抵达了这个层面——上升到了某种综合——那么，我们就仍停留在世界之中，处在人类可能性和主动性的领域里，处在**行动**和**理智**当中。文学就这样把我们抛到了一道任何思想都无法着陆的海岸——它通向不可思者。只有在这里，存在－感知（esse-percipi）的唯心主义形而上学才告终结。文学是一场超越的独一无二的冒险，它超出了就连最大胆的背离也无法让我们从中逃脱的世界的所有视域。只有艺术才能让我们脱离，如果在对外部性的征服中不必一直保持被外部性排斥的状态，因为，如果外部性向诗人提供了庇护，那么，它就会丧失它的陌异性。诗歌（也就是说，作品）所通往而不通达的不可思者——布朗肖称之为存在。在海德格尔那里，艺术已经超出了所有审美的意义，让"存在的真理"闪耀，但它和生存的其他形式有共通之处。对布朗肖来说，艺术的使命无与伦比。但首先，书写并不通向存在的真理。可以说，它通向存在的迷误——通向作为迷失之位置的存在，通向不可栖居者。因此，同样有理由认为，文学并不通向那里，因为那里不可抵达。存在的迷误——比真理更加外部。对海德格尔来说，虚无和存在的更替也在存在的真理中出现。但与海德格尔相反，布朗肖并不把它称为真理，而是称之为非真理（non-vérité）。他坚持这层"非"（non）的面纱，坚持作品之终极本质的这种非本质特征。这个非不像黑格尔和马克思的否定性——改造自然的劳动，改变社会的政治活动。作品所揭示的——被作品带向自身表达的——存在超出了一切的可能性，如同死亡，不论一个人为自杀作怎样的雄辩，他都无法承担死亡，因为从不是我死了，而总是有人（on）死了，这不像海德格尔认为的那样是逃避其自身之死亡的责任。但本真性恰恰在于文学所通往的这种非真实（non-vrai），而不是"存在的真理"。一种不是真理的本真性——这或许就是布朗肖的批判性反思让我们得出的终极命题。我认为它发出了一个离开海德格尔世界的邀请。

## 5. 对迷误的召唤

非真实作为本真性的本质形式。这个结论以一个问题的形式得以表达。第260页的一个脚注"从更接近历史现时性的层面"解释了它:"可以说,世界越体现为真理的未来和青天白日(在那里,一切都将有价值,一切都会有意义,一切都在人的控制之下并在为人所用之中得以完成),艺术似乎就越应当趋于这个方向(在那里,任何东西均尚无意义),就更必须保持那种摆脱一切控制和一切目的的东西的运动、不安全和不幸。艺术家和诗人似乎获得了使命,使我们久久地想起迷误,使我们转向这个空间。在这个空间里,我们向自己提议的一切,我们所获得的一切,我们之所是的一切,在地上敞开的一切,通通返回到了无意义之中。在无意义之中,正在接近的东西正是非严肃和非真实,好像一切本真性的源泉也许就在那里迸发。"[8] 它提醒我们迷误——而这不能意味着虚假对真实的一种虚无主义的或恶魔一般的替换。这些话也绝没有鼓吹一种迷误至福的浪漫主义,激励运动和生活。在这里,思想更加幻灭、更加成熟。它说的同样不是绝望地逃离存在之荒谬的永恒幻觉,即《人的境况》(*Condition humaine*)里被马尔罗(Malraux)提升至与革命的艰难使命对立且并置的范畴行列的鸦片。**白日**、**理智**、**世界**、**人的统治**——这一切必须到来。但作品和历史所生产的这个**白日**、这个位置、这个**世界**所具有的终极意义必须得到决断。经过那么多完美的契合之后，布朗肖和海德格尔在这里有可能根本地形成对立。

海德格尔的晚期哲学主要体现为把人类活动的本质形式——艺术、技术、科学、经济——阐释为真理的模式（或真理的遗忘）。对海德格尔来说，对这种真理的接近、对这个召唤的回应是由迷失的道路构成的，并且这样的迷误和真理同时代，而对存在的揭示也是对存在的掩盖。这一切表明，海德格尔的存在观念跟布朗肖认为艺术作品和诗歌所允许我们去表达的那种非现实的实现、那种缺席的在场、那种虚无的存在有着极高程度的亲近关系。但对海德格尔来说，真理——一种原初的去蔽——限定了一切迷失，这就是为什么一切人的东西归根结底都可以用真理的观念说出，都可以被描述为"存在的去蔽"。在布朗肖那里，作品以一种不是真理的去蔽揭示了一种晦暗。以一种不是真理的去蔽！——这是一种揭示并看到其形式结构所规定之"内容"的独特方式：一种绝对外部的晦暗，对于它，任何持守都不可能。就像在一片荒漠里，一个人发觉自己无处存身。一种游牧的记忆从定居生活的深处升起。游牧不是接近定居的状态。它是同大地的一种不可还原的关系：一次失去了位置的旅居。在艺术作品让我们回想起来的晦暗面前，正如在死亡面前，"我"，我们权力的支柱，在一片漫游的土地上消解为无名的"有人"。永恒**游牧**的自我，在非真理，即比真实延伸得更远的领地的边界上，通过其步伐而非位置得到了确定。迷失所限定的真理，真理所限定的迷失——一个大同小异的区分？我想不是。

## 6. 流亡的本真性

正统的海德格尔主义者只承认两种思想之间的区别是对支配思想的存在之真理的质疑。但这种方式已然假定了在这里仍成问题的存在之真理的首要性。对伦理确定性的任何提及都会招来他们的蔑视，因为那暗示了一种低级的思索，一种思考和观点的欠缺。对伦理的提及和海德格尔正统的根本教条（存在之于存在者的优先性）背道而驰。但伦理并没有用虚假取代真实，它不把人的第一口气息置于存在之光中，而是在存在者主位化（thématisation）之前，把它放在了与这个存在者的关系里——这样一种不让存在者成为我之对象的关系恰恰是正义。

布朗肖（他同样戒绝——至少是以一种明确的形式——伦理关切）把我们引入其中的文学空间跟海德格尔那个因艺术而得以栖居的世界没有任何共通之处。根据布朗肖的说法，艺术根本没有阐明世界，而是暴露了它底下荒芜的、没有光的根基，并把它流亡的本质归于我们的旅居、归于我们建筑的奇迹——其作为荒漠的临时庇护所的功能。对布朗肖来说，正如对海德格尔来说，艺术不通往——与古典美学相反——世界背后的一个世界，现实世界背后的一个理想世界。艺术是光。对海德格尔来说，艺术是缔造世界、创立位置的光，来自高处。对布朗肖来说，艺术则是一道暗光，是来自低处的黑夜，是瓦解世界的光，它把世界带回到它的本源，带回到回环往复，带回到喃喃低语，带回到持续不断的汩汩作响，带回到一个"杳深的往昔，永不足够的往昔"[9]。诗歌对非现实

（irréel）的探索乃是对这个现实（ce réel）的至深幽穴的探索。

荒漠的临时庇护所。这并不是要向后回返。但对布朗肖来说，文学召唤人的游牧本质。游牧难道不是从人的面容而非大理石雕像所反射的光中涌现出来的意义的源泉？如果布朗肖所谈论的本真性必定意味着对教诲之非严肃性的意识以外的东西、玩笑以外的东西——那么，艺术的本真性就必定预示着一种正义秩序，即从海德格尔的城邦中缺席的奴隶道德。人，作为一个存在者，作为这样一个遭受饥饿、干渴和寒冷的人——他真的在其需求中完成了存在的去蔽吗？他因此已是光的警觉的守护者了吗？海德格尔的世界是一个主人的世界，主人已经超越了贫困悲惨的人的境况，超越了一个只关注这些主人的奴仆的世界。在这里，行动是英雄主义，居所是君王的宫殿和诸神的庙宇（在成为庇护之地以前，它们是风景的一部分）。终有一死者的生活因诸神的拜访及其慷慨而得慰藉。这是在一块任何突变都无法夺走的祖传的土地上辛勤劳作的生活。正是这平静的占有、这异教的扎根描绘了海德格尔笔下全部的物——不论那是一座桥、一个罐，还是一双鞋。让我们回想一下他在其最新出版的著作里对栖居和物的那些令人眼花缭乱的分析。[10]对天空和大地的提及，对终有一死者和（总是复数的）诸神（dieux）的提及——对它们在位置和事物中不可分离的四重性的提及——确保了知觉的绝对性，世界、几何空间本身以及作为空间之纯粹决定因素的天空和大地所处的位置的绝对性。这种首要性，这种无法把跟人的关系和其他三种关系分开来的风景的绝对性，当然迎合了我们身为特权者和欧洲人的品位。但这是为了支撑人类苦难的不可能性。傲慢的理想主义！我们能肯定知觉只被数学的抽象超越吗，并因此错误地认为，既然抽象源于一个位置，那么任何位置都不能被一个几何空间包含？知觉不是早在诸神、风景和希腊或德国的数学家之前，在"任何天空都无法容纳"的不可见之上帝（Dieu）的揭示中，作为一个参照系而遭到了抛弃吗？那是正义、荒漠和人类的上帝。这里说的是在宗教对妇孺讲述的故事之前关于**高处**和**理想**的一个新维度。海德格尔肯定知道这个。但当希腊的"存在之真理"有权作一番精妙的解释时，一神论的启示却总是被规范为几句没有细微差别的神学用语。在被诅咒的城市里，栖居丧失了其建筑的辉煌，不仅诸神，就连天空本身也缺席了。但在肚饿之中、在苦难之中，当房屋和事物回归其物质的功能，而享乐失去了视域的时候，人的面容却闪闪发光。布朗肖不是把根除海德格尔之宇宙的功能归于艺术吗？在"外部的永恒流淌"面前，诗人不是听到外在于海德格尔之世界的召唤之声了吗？一个不因其虚无主义而显得可怕的世界。它不是虚无主义。但其中，正义并不限定真理——它永远对某些文本（2000年之久的文本）保持封闭，在这些文本里，亚玛力的生存[11]妨碍着**神圣之名**的整全——而这恰恰也就是存在的真理。

《新世界》（*Monde nouveau*），第98期，1956年

1　1955 年出版的《文学空间》。——原注

2　参见海德格尔的《关于人道主义的书信》(Brief über den »Humanismus«) 的结尾。——原注

3　布朗肖:《文学空间》,第 71 页（译文有所改动）:"艺术家,即卡夫卡愿意成为的那种人,关注着自己的艺术并寻求艺术的本源,这'诗人'正是这样的人,对他来说甚至连一个世界也不存在,因为对他来说只有外部,只有外部的永恒流淌。"

4　布朗肖:《文学空间》,第 8 页。

5　同上书,第 232 页。

6　同上书,第 8 页。

7　同上书,第 230 页。

8　同上书,第 256 页（译文有所改动）。

9　保罗·瓦莱里（Paul Valéry）:《圆柱之歌》(Cantique des colonnes),收录于《作品集（第一卷）》(Œuvres, tome I), Paris: Gallimard, 1957,第 118 页。

10　参见海德格尔的《演讲与论文集》(Vorträge und Aufsätze, Pfullingen: Neske, 1954),其中包括 1951 年的演讲《筑·居·思》(Bauen Wohnen Denken) 和 1950 年的演讲《物》(Das Ding)。

11　参见《旧约·申命记》25: 17-19:"你要记念你们出埃及的时候,亚玛力人在路上怎样待你 […] 并不敬畏上帝 […] 你要将亚玛力的名号从天下涂抹了,不可忘记。"

布朗肖（左）与列维纳斯（右）的合影

可耻地、光荣地，因谬误、因疏忽，我们都是哲学家，且首先是通过让哲理（一个用来避免强调哲学的术语）服从一种如此根本，以至于所有的哲学都必然要支持的追问。但我会补充（重复着培根和康德的警告："我们对我们自己沉默"），自从我50多年前遇到了伊曼纽尔·列维纳斯——那是一次在最强烈意义上的幸福相遇——我就用一种清楚的显证说服了自己：哲学乃是生命本身、青春本身，散发着其无拘无束但又充满理性的激情，它以全新的、谜样的思想光芒，用一个个尚不为人知但许久之后会惊人地闪耀的名字，不断地、突然地翻新。哲学会是我们的秘密伙伴，永远地，日日夜夜，哪怕它失去了名字，变成了文学、知识、非知，哪怕它变得缺席，这个秘密的朋友为我们所尊重——热爱——却不允许我们受其约束，因为它预感到我们身上全无清醒、全无警觉，乃至于昏沉入睡，这要归于其艰难的友谊。哲学或友谊。但哲学恰恰不是一个寓意。

布朗肖，《我们的秘密伙伴》

我想我欠伊曼纽尔·列维纳斯的一切已经众所周知。如今，他是我认识最久的朋友，是唯一我觉得有资格对他使用亲密称呼的朋友。人们同样知道，1926年我在斯特拉斯堡大学遇到了他，那里有这么多伟大的教师，我们不可能把哲学当作平凡的东西。这次相遇是偶然的吗？可以这么说。但友谊并不偶然或意外。某种深刻之物把我们带向了彼此。我不会说犹太教把我们带到了一起，但我会说，除了他的欢乐，那是他深刻又毫不迂腐地面对生活的某种说不出的严肃且美丽的方式。同时，我还要把自己对胡塞尔，甚至对海德格尔的接近归于列维纳斯，那时的他已经参加海德格尔在德国的课程了，虽然德国正因倒错的政治运动而陷入动荡。我们大约在同一时间离开斯特拉斯堡前往巴黎，即便我们从未失去联系，但我们的友谊也经历了一场可怕战争的灾祸，友谊变得遥远是为了变得更近，尤其是他在法国被俘之后，他通过一个秘密的请求托付我来照顾他心爱的几个人，他们当时受到了一个凶恶的政治计划的威胁，唉。

　　我不会继续深入这些传记的迂回，其中的记忆对我来说犹在眼前。显然，正是纳粹的迫害让我们感受到犹太人是我们的兄弟，而犹太教不只是一种文化，甚至不只是一个宗教，还是我们同他者之关系的基础。我不会详细地回到伊曼纽尔·列维纳斯的工作上，我只想重复这点：他的工作要求一个人带着最大的警觉来研究和思索。这是首先教导我们的东西：阅读是不够的，理解和吸收也还不够，重要的是保持清醒和警觉。我们相信，通过吝啬地把位置留给他者，我们就可对之施以尊重，但他者（以一种不作要求的方式）要求全部的位置。正如他者总是比我更高，更接近上帝（不可说出的名字），他和我之间不对称的关系奠定了伦理学的基础，并通过一个重重地压在我身上的非凡义务来责成我。（列维纳斯的伦理学仍然属于哲学，就像在康德那里，实践理性优先于纯粹理性。）

布朗肖，《不要忘记》

# 莫里斯·布朗肖

乔治·巴塔耶

莫里斯·布朗肖不能被归入人们读得最多的法国作家之列。关于他的名望,我们最多能说,有不少留意文学现状的人认识到他是活着的批评家中最为出色的一员。但他的小说遭受摒弃,尤其是其文学作品,不论是批评还是小说,它们的一般意义可以说避开了所有的人。

这样的作品同样将其作者置于有迹可循的道路之外:这是其时代最为原始的精神,我们会说,它已然揭示了那个开启人之存在的视域最为陌异、最为意外的方面。

\*

如果一个人想要标出莫里斯·布朗肖在作家之中的位置,那么,就有可能在必要的时候说出克尔凯郭尔、尼采或卡夫卡等人的名字。但必须补充一点:任何方式的归类,至少和这些名字中某一个的归类一样,实属徒劳。

＊

在此，首先用几句话介绍其作品的外在方面。还是青年的时候，莫里斯·布朗肖就加入了《论争报》编辑部。1940年之后，他放弃了这一合作关系，从此服从审查，并满足于向该报的一个文学专栏投稿。这一专栏写作成了他今天在《新法兰西杂志》的专栏上继续的批评工作的完全偶然的起源。但更早的时候，他已经开始写小说和故事了，那些作品具有一种过度怪异的特点，十分惊人，不仅是因为其技巧的成熟，更是因为其对现实的冷漠：这几本书的情节本质上是内在和深刻的，它们严格地展开，却处在一个向梦的所有可能性敞开的世界中，身陷无穷无尽的幻想的折磨，那正是孤独的折磨。我们所说的那些往往很透彻的文本，自1941年起才得以出版。在它们之后，是1948—1953年的三本题为"记述"的小书，它们在一种相同的体验里彼此联系。这一体验一开始和早先的"小说"所描写的体验几无区别；如果它以一个极端分解的运动进入了这个死与爱的现实世界，那是为了把它还原为一个现实，而这个现实又在一道无边的光芒中以一种自身拆散的方式拆散了自身，这就是伟大奥秘的现实。在这些记述里，唯有人之存在遭到了质疑，但如此的存在仍然可怕，依旧分担欢乐和痛苦，并且和上帝的存在一样难以把握。这艰涩而困惑的体验就是布朗肖作品不为人知的本质，而他的批评——不管那些不时深刻得令人目瞪口呆的分析具有怎样的利害——只是一个次要却更易理解的方面罢了。

＊

布朗肖的批评最直接地引起人们注意的地方在于，它绝不属于法兰西的批评传统。在其言谈中，引用任何伟大的法国批评家的名字都是不可能的。如果这些研究从属于某种传统，那么，我们应当想到的不如说是哲学，尤其是德国哲学。这些研究拓展了文学的现象学，正如黑格尔所做的发展（虽然布朗肖的思想与之有着根本的不同）。或者，拓展了诗歌的理论，正如海德格尔对荷尔德林进行的尝试。这绝没有阻碍布朗肖保持明晰性的法国原则。但只是偶尔为之。他致力于萨德研究的杰作便是如此（其英译版几年前已在《视野》[ *Horizon* ] 杂志的最后一个分册里发表）；布朗肖更愿思考文学最具独一性的方面，而且，他在作家往往只对极少数人倾诉的那种语言或国度里发表，他仍犹豫不决地——甚或越来越毫不犹豫地——沉迷于种种如此深刻以至于难以追随的思索。对布朗肖来说，一个陌异的事实就是，有一些书是人们尝试着要去写的，他们的思想会在读者的脑海里继续。在他看来，作家的处境如真理般被置于生者和死者之间。有时，作家向死亡的迷恋敞开了生命。而布朗肖可以这样说他自己：如果他说话，那么，恰恰是死亡在他身上说话。其实，文学对他来说就好比灯里的火焰：火焰消损的是生命，但火焰也是生命，因为它就是死亡，因为它正好在死去，如同它在燃烧中耗尽了生命。只有我们最终的死亡了结了这持续不断的死亡，通过后者，我们从试验性的存在中脱离，并返回了一切的无定形之虚构。因为它的模糊不清，因为它用来取代劳

友　谊

作的这场游戏，因为它用来取代"现实"世界之稳固性的这种难以把握的蚤虱群集，文学已把作家——甚至与之一道的读者——献给了某个绝不属于此现实世界的东西。这样一番描述有一些隐晦的方面，它设想了一种可以说无人怀疑的创造，并把一个超越一切现实的现实指派给了人之存在。

布朗肖再现了文学所是的这场普遍游戏遭到废除或中断后所产生的沉默，这是可想象的废除，他说："如果再无人以睥睨天下的气势讲述，睥睨天下，那是声名常伴喧嚣的作品必有的姿态。"[1]对布朗肖来说，这其实是一场本质上终有一死的游戏，它可能会消失，而我们将因它的停止参与死亡而停止对死亡的参与。

这种观看方式无疑让我们远离了一种操练的惯常表征，从中我们往往只看到一种娱乐，但我们知道它随时可以转为悲剧。某种意义上，布朗肖一开始就承认了这样的模糊性，但还没有人知道如何像他那样强调一个向最可怕之物敞开的领域的范围。正是在按每个人的意图描述了宗教体验之恐惧和迷狂的可能性的那些词语的舞蹈之中，浮现出了一个充满至尊幻见的神圣世界。而在该领域的界限内——或者，比其已然给定的界限更远——语言还没有失去创造的力量。根据其模糊性，文学也能够倾向于另一边，在那里，经由对运动的描述，它用语言来命名现实世界的内容，满足于丰富现实世界，而不凭它拥有的能力滑入其自身这幽灵般的群集——其地狱的生命，或者更确切地说，其身上死亡的生命。但它无论如何都保有一种权力，以命名不可言喻者——和不可命名者——且在命名之时抵达最为遥不可及者。因此，仍属于文学领域的体验严格地说只能和一些宗教偶尔所激发的体验相比拟。由此出发，我们可预感到向批评的工作敞开的各式各样的可能性。不论我们赋予形形色色的语言创造什么样的价值——不论是古老的，还是新近的，不论是受到了宗教的圣化，还是致力于一种相对的孤独——我们都有可能把它变成一个研究对象并对之进行描述。在此意义上，我们能够定义语言所产生的东西、所创造的东西，就仿佛一个崭新却可以限制的现实，以这样的方式补充了语言所描述的现实，而不是用各种碎片创造出现实。布朗肖的全部作品远离了这条轻而易举的道路，而那崭新的现实就不受限制地浮现了。它只在无限制者的炫目的样貌下浮现，并且，在那里，它首先是文学，然后才是批评，而文学创作（莫里斯·布朗肖的小说和记述）在一切意义上成了我们时代允诺文学的各种创作之研究的前奏。在这项工作中，比《失足》或《火部》里所刊印的批评研究更为重要的——且先于它们的——是小说，更是构成了一幅三联画的三部"记述"：《死刑判决》《在适当时刻》《那没有伴着我的一个》。[2] 如果布朗肖已用一种系统化的方式描述了由文学所产生的这一崭新现实，那么，他就已经是在从事哲学的工作了——哲学批评的工作，但本质上还是哲学的。严格地说，这样的工作或许是秘而不宣地进行的。从其分析中，可得出一种对存在的描述，那正是在语言的作品中，在这"声名常伴喧嚣的作品必有的姿态"之显现和毁灭中被人把握到的存在。但这样的描述对布朗肖来说恰恰还没有被用来取代作品本身。那会是一种平庸，堪比现实的欢快闪烁，堪比软弱无力的悲剧，而这些作品就会是对此的一次忠实、精确又奇幻的记述。相反，凭借其庄重的天赋，布朗肖用它们取代了一种文学的哲学……但一般而言，文学仍是哲学，仍是一个可用哲学术语来描述的实体，而一部特定的作品就是文学的运动，一种体验：它不是一种哲学，而是对语言之无能的供认，因为语言无法一劳永逸地命名所是之物。

无疑，作者的批评作品有助于这样的供认。

\*

但其个人的文学作品在此意义上拥有一种特别的价值。这些对体验的记述事实上和作家的体验相连：它们以这样的方式构成了一个文学创作的神话。布朗肖如此地贴近超现实主义的某种严格（尽管他和超现实主义的轻巧截然相反），以至于设想任何空洞的理论杜撰都不可能。但他是作家，并且他拥有的体验是一个饱受创作之蹂躏的作家的体验。这不一定能被人感觉到。两部早期的记述，尤其是第一部，都首先讲述了爱与死，但从《死刑判决》起，则出现了文学创作令人生畏的游戏，它通过在这个世界里制造死亡的等同物来让作家与世界分离。奇怪的是，《死刑判决》的这最后之词让人隐约看到了作家的形象和作家所受之折磨的形象，这与其说是他在一位读者的幻见中拥有的形象，不如说是书之终结的形象，它表达了两个存在已然失调之协调的总体性。如此的幻见本身就是为了特地打乱那不得不用从书中任意分离出的一个断片来加以评判的幻见。

\*

布朗肖写道:"在黑暗中,[读者]会看见我;我的言语会是他的沉默,而他会相信他支配着世界,但这样的统治权仍是我的,他的虚无也是我的,并且,他还会知道,对一个想要独自结束的人来说,并没有什么尽头。——所以,这应被传唤给任何一个阅读这些文字、认为它们被不幸的思想贯穿的人。甚至,他要试着想象那只写下它们的手:如果他看见了它,阅读或许就会成为他的一项严肃的使命。"[3]

\*

这些话是晦暗的:没有什么会使之显明。作家的这个声音,也就是死亡,它来自另一个世界,拥有一种确定的本真性,而唯有布朗肖发现了让人听到它的力量。

\*

在语言中,有一个如此晦暗却又锐利的运动,它通过放大而延展了最不容置辩的语言之创造。这创造的运动当然能够被人分析,但它不是一种哲学。正是这个运动引入了这个对世界的否定,正如哲学对存在的意愿那样,其戏剧化的发展就是对这个问题的回答。一个显然几乎不可理解的回答。但问题不再是理解存在,而是在一种向我们敞开的体验中走得尽可能远。对最为遥远者的体验是最让人宽解的事情,它并不必要,它不是强加于我们的一项义务。但犹如江水流向了大海,文学和思想恰恰走向了深渊。

\*

这便是对一部难以接近却无疑是这个时代最为陌异的作品所可以说的话。

\*

[此处手稿补充:]
没有决定性的解决
存在着文学的死亡权利
此权利是可感的
我的陈述有某种冰冻的、不死的东西

《书文》(*Gramma*),第3—4期,1976年

---

1 布朗肖:《未来之书》,赵苓岑译,南京:南京大学出版社,2015年,第297页。
2 参见《那没有伴着我的一个》的刊登请求:"《那没有伴着我的一个》是一幅三联画的第三联,前两联是《死刑判决》和《在适当时刻》。它们构成了三部不同的记述,但三部作品属于同一体验。"
3 布朗肖:《死刑判决》(*L'Arrêt de mort*),Paris: Gallimard,1948,第127页。

## 布朗肖致巴塔耶的信（一）


我亲爱的朋友：

我要首先告诉您，您写给我的话作为真理的表达触动了我，那真理无疑威胁并动摇着每一个活着的人或许只能不由自主地归属的一切真正存在的可能。但我还想告诉您，您所遭受的——用医学的客观术语说——神经性的困难只是您本真地亲历那一真理的方式，是您在这非个人的苦厄层面上——根本地，在世界的层面上——坚持的方式。无疑，这运动获得了些许器官的复杂性，但它还能怎样，如果我们的身体也是我们冷酷的真理，有时肮脏就是真实，但也一直如此——这里的"肮脏"拥有和"荣耀"一样的意义。如果我如此冒失地谈论这些关乎您的事情，那是因为在我看来我也牵涉其中，因为友谊，也不只是因为友谊：某个东西就在那里，沉默无声，为我们共有。我觉得我们都知道：事情根本上无路可出，我看不到任何让我转身不同您谈论的可能；我只补充一句，这样的"无路可出"只能由永远放弃找到一条出路的必然性来肯定。近些日子，我想起了罗贝尔·安泰尔姆的书（其集中营经历的记述），而我几乎怀着恐惧想到了希望的绝对缺席中不停地陪伴着他的希望，正是那类希望让人性的最后需求在他和他同伴眼里变得神圣起来：这是让我觉得可怕的或许残酷的希望，无论如何都没有希望的希望。

请原谅我说的这些话，它们是在您来信的思想下写成的，是为了告诉您它离我多么近。被人称为苦厄又弃于无名的东西能够以某种方式为人所共有，这是神秘的，或许富于迷惑，或许难以言表地真实。

我向您表达我全部的深情。

> 布朗肖
> 1960 年 8 月 8 日
> 甘恩，经圣日耳曼杜布瓦
> （塞纳－瓦兹）

我会待到 8 月 20 日；然后在埃兹村住几天；9 月应该在巴黎。如果您能给我一些音信。

## 布朗肖致巴塔耶的信（二）

我亲爱的朋友：

我很遗憾，我又一次错过了您。我希望一段时间以来似乎妨碍我们相会的那一霉运会立即结束。

我很高兴您见到了勒内·夏尔并同他交谈。既然我们三人都觉得彼此亲近，而这样的亲近里又有某些思想差异的联系，那么，这些差异应以一种略显分歧的方式回应那些不得不更好地加以澄清的迫求。我一点也不觉得对"政治"的兴趣或不感兴趣会是问题，那只是一个结果，或许还是表面的。就我而言，我清楚地——一段时间以来更清楚地——看到了我始终必须回应的双重运动，两个必要又难以协调的运动。一个（为了以一种极其粗略又简化的方式表达自己）是在辩证的完成中对一切的激情、实现和言说；另一个是本质地非辩证的运动，它不关心统一的一切，也不持守权力（可能者）。一种双重的语言对应着这双重的运动，而对全部语言来说，它是双重的引力：一种语言言说对抗、对立、否定，目的是还原一切对立者，最终让真理从整体上作为无言的平等得到肯定（由此出现了思想的迫求）。但另一种是在一切之前、在一切之外言说的语言，它总是率先言说，不求一致，也不求对立，而是准备迎接未知者、陌异者（由此出现了诗歌的迫求）。一种语言命名可能者且想要可能者。另一种语言回应不可能者。这两个既必要又不相容的运动之间有一种持续的张力，一种往往很难承受，事实上也无法承受的张力。但我们无法出于立场弃绝一者或另一者，也无法弃绝其必然性和把不相容者统一起来的必然性所要求的无度的探寻。

请原谅我这些不合时宜的反思。但我觉得这一澄清的（相当笨拙的）努力要感谢您的友谊。或许，您回归巴黎，以及对我们来说安排得如此精心的相会的可能性，都允许我在抽象的断言之外回应这友谊的迫求。

希望马上见到您，请相信我的深情。

布朗肖<br>
1962 年 1 月 24 日

## 与花串对话，向莫里斯·布朗肖致敬

勒内·夏尔

我们只爱回应沉默的问题、回应运动的准备。但也有过那即兴又致命的违抗……

悬而未决、不受理解的无限：全然确立，来临又未来临，如同死亡。

在唯有懂得保持不可解释的事物才能命令我们的地方，时间近了。

将未来抛入自身的广袤，以维持一种耐力、铺展一片烟雾。

将要收容我们的死亡的黑夜平坦无瑕，众神呼出一丝热风变成一口寒气，有别于我们孵化的最初的气息。

他在巅峰持守玫瑰直至异议尽头。

1965年10月

《批评》，第229期，1966年

## 夏尔关于1959年《7月14日》杂志上 《本质的倒错》的第二次阅读笔记

政治上，莫里斯·布朗肖只能从失望走向失望，也就是说，从勇气走向勇气，因为他不像当代大多数伟大的作家那样健忘多变。布朗肖被固定在悲痛所阻碍的深处、反叛所触发却不叩打的深处，当一切化为灰烬或尘土，在新的当下，只剩过去冰冷的价值，要紧的只有深处。布朗肖的作品就像深陷风中的一棵树，只从"睡吧，你一点也不幸福"的背面开始。它在那里只是为了挖空极富远见的精神并使之感到口渴，相比于只是借着迷惑性的边缘和草本植物的挥霍才在我们和我们未来之间永存的四季，那些精神尚可逆转。

..........................................................

如今，国家只能用个体的可耻勾当和无聊蠢话来统治。如此，可憎之人得以保持他们的激情，连同其焦虑的手腕，那是其自身的精华。

法兰西以此闻名：对人及其品质漠然的权力，无情地实现于反社会，打乱了社会，击溃了社会。惊慌的催眠之后是镀银的催眠，恶讼的恐怖之后是乏味的诡计。至于散播这灾祸的圣礼，它只是一种虚构，一种与最新技术的典范和铺展所植入的特定神经症齐平的邪淫。真正永恒的剧场，无可救药的巴洛克剧场，会毫不迟疑地，唉，用至高的迟钝再次夸耀其权利。

1964年
《缓工》(*Ralentir travaux*)，第7期，1997年

## 夏尔致布朗肖的信

亲爱的莫里斯·布朗肖：

您是我的朋友——以及我在看不见的林荫道里的伙伴。（我们还能是什么？）我们也有点像莫奈的《睡莲》——在空气里，也在水中。而怎样一个多彩的灵魂能在不非法掀开它们的情况下做到这点？感谢您如此宝贵的来信。

我的健康状况有所好转，不管 5 月 3 日突如其来的微型脑出血之后有多少罪行、多少美言、多少鬼祟的污秽。

致您，永远。

勒内·夏尔
1968 年 6 月 24 日
利勒

Cher René Char,

Je connaissais la déception — celle dont la mort ne guérit pas. Grâce à ce qui me vient de vous par un don de présence et d'éloignement, je connaîtrai que la déception au courage. Je me confie à votre parole, la parole du poème, j'y resterai fidèle : maintenir la voie, maintenir la protestation et, disparaissant, se rappeler hors de tout souvenir que l'inexplicable sollicitation de poursuivre, commence. Je ne dépasserai plus la première page.

   dans la fidélité, l'affection
   la reconnaissance.

布朗肖致夏尔的信

## 布朗肖致夏尔的信

亲爱的勒内·夏尔：

我熟知失望——死亡也治愈不了我的失望。感谢您用一份在场和远离的礼物带给我的东西，我明白了失望即是勇气。我信任您的言语，诗的言语，我仍忠实于它；持守玫瑰，持守异议，且消逝着，在一切记忆之外忆起，不可解释的慰藉在继续、在开始。我不再超出第一页纸。

怀着忠诚、眷恋
　　感激。

M

# 伙　伴

米歇尔·福柯

自从魅力初露迹象，在所欲的面容隐约后退，而呢喃交叠的低语中孤独坚毅的声音依稀可辨之际，似有一个甜蜜又暴力的运动侵入了内部，将它翻转到外头，从它一旁——或不如说在这边——浮现出一个伙伴的背影，始终隐蔽却又始终以不安的明证强行现身；一个遥远的重影，一个正面的仿像。在内部被吸引到自身之外的时刻，一个外部就掏空了内部惯于找到其隐退和隐退之可能的位置：一个形式浮现——甚至算不上形式，一种顽固又失形的无名之物——它剥夺了主体的单纯身份，掏空了它，将它分成两个孪生却又不可叠合的形象，剥夺了其说出我的直接权利，并用一种与回声和否认难解难分的言语对抗其话语。侧耳倾听塞壬的银质声音，转向已然隐藏的被禁面容，不是简单地越过法则以直面死亡，不是简单地抛弃世界和表象的消遣，而是突然在自身中感受到一片荒漠在扩张，且在荒漠的另一头（但这无以度量的距离也细如一条线）闪烁着一种没有主体可指派的语言、一道无神的律法、一个无人的人称代词、一副没有表情也没有眼睛的面容、一个作为同者（le même）的他者。魅力的原则就秘密地存留于如此的撕裂和如此的联系吗？当一个人发觉自己被不可通达的远方引向自身之外的时候，这沉闷的在场不就以其不可避免的全部冲力重重地压到阴影上？魅力的空洞外部或许等同于重影全然邻近的外部。伙伴因此会是达到了掩藏之顶点的魅力：它被掩藏，因为它自身呈现为邻近、顽固、冗余的纯粹在场，就如一个过多的形象；它被掩藏，也是因为它排斥多于吸引，因为它必须被置入距离，因为它不断威胁着把人们吸纳并在失度的混乱中与之达成妥协。由此，伙伴既相当于一个从不与人们平等的强求，也相当于一份人们想从中摆脱的重量；依据一种难以承受的亲熟，人们无可抗拒地与他相连，但又必须离他更近，找到一条同他相处的纽带，而非纽带的缺席（通过这样一条纽带，人们依据没有面容的缺席形式与他相依）。

这身影的无限可逆。首先，伙伴不是一个未言明的向导吗？不是一个公布出来却又作为法则不可见的法则吗？或者，他不是构成了一份沉重的质量、一种有所阻碍的惰性、一场威胁要笼罩所有警觉的沉睡吗？在一个匆忙的手势、一个暧昧的笑容的吸引下进入房子后不久，托马就遇到了一个陌异的重影（根据标题的意思，这就是"天主所赠予的"吗？）：其看似受伤的面容只是自身相貌上刺绣的另一相貌的轮廓，而在粗劣的偏差中，这面容仍一直"反映着一种古老的美"[1]。他比所有人都清楚房子的秘密吗，就像他在小说末尾自命不凡地确认的那样？而他表面的糊涂难道不是对问题的沉默等待吗？他是向导还是囚犯？他属于统治房子的不可通达的力量，还是说只是一个侍者？他名叫多姆。每当托马对外人说话，他就隐形且沉默，他很快就消失得无影无踪；但当托马最终看上去进入了房子时，当他觉得自己发现了他所寻找的面容和声音时，当他像侍者一样被对待时，多姆就突然地重新出现，且持有——声称持有——法则和言语：托马的过错是怀有太少的信念，是没有讯问站在那里该回答的人，是挥霍了他渴望跻身上层的热忱，虽然他只需要让自己降下来。随着托马的声音变得嘶哑，多姆开始说话，承担起说话和为托马说话的权利。全部的语言都翻倒了，当多姆使用第一人称时，正是托马的语言摆脱了他，临着一片虚空开始说话，而那虚空就是其可见的缺席在一个与耀眼白日相连的黑夜里留下的痕迹。

以一种难解难分的方式，伙伴既靠得最近，也离得最远；在《至高者》（*Le Très-Haut*）中，他的代表是多特，来自"那下面"的人；他陌异于律法、外在于城市的秩序，他是野蛮状态下的疾病，是通过生命得以掩藏的死亡本身；与至高者相反，他是至低者；然而，他处在最执迷的邻近位置；他是毫无保留的熟客，慷慨地吐露着秘密，用一种经过增殖的无以穷尽的在场来出席；他是永恒的邻居；他的咳嗽穿透了门墙，他的痛苦在整个房子里回荡，而在这个渗透着湿气、四处冒着水滴的世界——那是多特本人的肉体——里，他的高烧和他的汗水透过隔墙从另一头在佐尔格的房子里形成污渍。

当他最终死去时，他还用最后的违抗嚎叫着自己没有死，他的叫声落入捂住他的手，在佐尔格的指间无尽地颤动；在很长时间内，他的肉体、他的骨头、他的身躯会是这死亡，伴随质疑着又确证着死亡的叫声。

无疑，正是在语言借以旋转的这个运动里，固执伙伴的本质最为准确地显露出来。其实，他不是一个享有特权的对话者、另一个说话的主体，而是语言撞上的无名界限。而这界限毫无确定性可言；它不如说是深不可测的根底，让语言不停地迷失，只是为了回归自身的同一，就像言说相同事物的不同话语的共鸣，或言说不同事物的相同话语的回音。"那没有伴着我的一个"没有名字（而且他想要保持这本质的无名）；这是一个没有面容也没有目光的他，他只能用另一个人的语言来看，并把另一个人置入其自身之黑夜的秩序；他尽可能地靠近这个以第一人称说话的我，并在无限的虚空中重复我的字词和语句；然而，他同我没有联系，一段无以度量的距离把他和我分开。这就是为什么，言说我的人不得不持续地接近他，以最终遇见伙伴，但那个伙伴并不与之相伴，或并不通过一条确定得足以在松绑中显现的纽带与之绑定。任何协约都不让他们彼此依附，但持续的发问（请描述您所看到的；您此刻在写作吗？）和表明回答之不可能的无间断的话语把他们强有力地连在了一起。仿佛，在如此的后撤、如此的凹陷（也许只是说话者遭受的无情侵蚀）中，释放出了一个中性的语言空间；在叙述者和这个没有伴着他的无法分离的伙伴之间，沿着那条把他俩分开（就像把说话的我和对着说话的他分开）的细线，整个记述加快，展开了一个没有位置的位置，那正是一切言语和一切书写的外部，它让他们显现，剥夺他们，向他们强加其法则，并在其无限的铺展中显露他们瞬间的闪烁、他们耀眼的消失。

《批评》，第 229 期，1966 年

---

1　布朗肖：《亚米拿达》，郁梦非译，南京：南京大学出版社，2016 年，第 26 页。

我们必须放弃认识那些通过本质之物与我们相连的人；我的意思是，我们必须在同未知者的关系里迎接他们，而他们也在我们的远离中迎接我们。友谊，这样的关系无所依靠，没有插曲，却纳入了生命的全部单纯，穿过了对共同之陌异的认知，那样的认知不允许我们谈论我们的朋友，而只能对他们说话，不是把他们变成谈话（或文章）的主题，而是变成理解的运动，从中，他们对我们说话，甚至借着最高的亲熟，隔着无限的距离，保留了那让分离之物成为关系的根本分离。在此，审慎不表现为对秘密吐露的简单拒绝（那会多么粗俗，哪怕只是想想），而在于间隔，纯粹的间隔，从我到朋友所是的那个他人的间隔，度量着我们之间的一切，它是对存在的打断，绝不准许我支配他，或支配我关于他的知识（哪怕是出于赞扬的目的），它远没有阻止任何交流，而是让我们在差异中，有时还在言说的沉默中，彼此发生关系。

布朗肖，《友谊》

在同休伯特·德莱弗斯和保罗·拉比诺交谈，被问到其计划时，福柯突然声称："噢，我会首先专注于自己！"要说清楚这话并不容易，哪怕我们有些仓促地想到，他追随尼采，倾向于在希腊人中间寻找一种与其说是公民的道德，不如说是个体的伦理，从而把他的生存——留给他去亲历的东西——变成一件艺术品。就这样，他不禁请求古人重估友谊的实践，这一实践并未遗失，但只有在我们某些人身上，才找回了高贵的德能。对希腊人来说，甚至对罗马人来说，友爱（philia）仍是人类关系里完美存在的典范（其谜样的特征源于矛盾的要求：纯粹的互利互惠和不求回报的慷慨），可被当作一份能够不断丰富的遗产接受下来。或许，友谊是向福柯许诺的一份死后的礼物，超越了激情，超越了思想的难题，也超越了他为别人而不只是为他自己感受到的生命的危险。通过见证一部需要研究（毫无立场的阅读）而非褒扬的作品，我想我仍以一种哪怕笨拙的方式，忠实于他令我无比痛苦的死亡允许我今天向他宣告的智识友谊：而我想到了第欧根尼·拉尔修对亚里士多德说的话："噢，我的朋友啊，不存在朋友。"

布朗肖，《我所想象的米歇尔·福柯》

# 向莫里斯·布朗肖致敬

迪奥尼·马斯科罗

25年前,二战正酣,乔治·巴塔耶出版了他第一本"真正的"书,让世人听闻他在全面亲历的厄运之巅发出的孤独之声,面对如此厄运,哲学或诗歌的话语似乎没有不加嘲讽的丝毫可能。但借着巴塔耶言辞的耀眼悲伤,借着那让一个世界的意义缺席(在这样一个世界里,正是对意义缺席的拐弯抹角的忍受把生活变成了毫无意义的[虚幻的]东西)得以完满的激情意志,仍有可能悖谬地重获力量和勇气。这疯狂暴露的思想被置入了其自身之追求的刑苦,在如下的意义上也具有解放的能力:它让我们脱离荒谬的灾祸、让我们想起悲剧。在《内在体验》(*L'Expérience intérieure*)这本书的第158页,当沉思及其记述似乎断了气的时候,巴塔耶请出了莫里斯·布朗肖,后者当时几乎不为人知,只是《黑暗托马》的作者,但鲜有文学乃至叙述的时刻在戏剧性上比得过此处的文字:

> 通过一种完全独立于他的书的方式,从口头上——

但如此一来，他绝不缺乏慎重感，那样的慎重感要求我在他身旁渴求沉默——我听到了作者[布朗肖]提出了一切"精神"生活的基础，它只能：

——在拯救的缺席、在一切希望的弃绝中，拥有它的原则和它的目的，

——肯定内在体验，内在体验就是它的权威（但所有的权威都补偿了自身），

——成为对它自身的质疑和非知。[1]

我们也由此得知，思想的操练不能只是独一精神用书写的方式来强加其"世界观"（只有在文学的滑稽之处，才有"世界观"）的那种高傲自满的活动，它还能自我承担起交流（communication）的迫求，交流当然取消了思想的全部确信，但也让思想加入了那场至高至真的运动：思想的共产主义（communisme）并非空想，那是由所有人达成的思想，至少是由许多人而非一个人达成。

尽管我们急于听到疑问的声音回应我们的期待，我们仍有可能相信这样的思想，它公然声称只以未知为对象，摆脱了一切得出结论的手段。但也必须看到，这种对结论的拒绝，剥夺了对其他精神迅速产生作用的可能。别的思想家并不这样，他们反而引起了更多的注意。萨特、加缪，他们自身的长处、他们的需求就在于此，他们提出回应、主导方向、设定结局。至于巴塔耶和布朗肖这样的作家，他们的权威只能以完全不一样的方式得到肯定，他们的影响只能以完全不一样的途径施展。例如，他们的教导，若必须被人接受，会首

先教导说，信奉是不可能的。为此，他们是真正的大师。就这样，布朗肖的作品能在1/4个世纪的时间里壮大，积累书（小说、记述、散文）和杂志文章，而从不打破一种初看起来难以理解的沉默，但也必须承认，那样的沉默本身意味深长、不失公正。事实上，除了加埃唐·皮孔（Gaëtan Picon）之外，还没有人尝试从整体上谈论这样的作品，直到《批评》杂志的最新一期[2]才完全以此为主题。首先，有一种深刻的理性被斯塔罗宾斯基清楚地指出：这样的作品让意图从外部整体地加以考察的批判性反思感到气馁，因为它本身不过是一场不断地重新开始的自身超越的漫长运动。那些书确切地说是无尽的，它们往往在开端得到预示或来临之际就中断了自己。但久久地投向这一作品的沉默是一个彻头彻尾的幌子，它跟懒散的疏忽或单纯的知难而退截然相反。

没有哪位作家像他一样不受赏识，但25年来，也没有人像他一样被众多作家如此勤勉地阅读。所以，根据新一期《批评》已然证实的一种既缓慢又深刻的渗透运动，我们只能期盼他的思想减速。

《批评》杂志汇集的全部文本引人注目，对今后布朗肖作品的理解来说必不可少，甚至对那些熟悉其作品的人来说也是如此。而且，杂志的《致敬》专题极不寻常（通常汇编的是一些没有必然联系的零散文本），其整体的统一性令人印象深刻。但它或许并不一致；从中无疑更应看到布朗肖本人思想的直接影响，他的思想由此在这些纸页里翻倍。确实，所有这些文本，每一篇都以其自身的方式表明，对布朗肖的阅读也是别的某种东西，不只是一种阅读；它们的作者没有任何共同之处，显然经历了一种共同的体验，却无法从外部来谈论。几乎不是阅读的事件。

在此，我们没法着手谈论这部作品本身。我们只能指出这一现象：这是一部被读者回避的作品，但它滋养着被读者阅读的那些作品的作者。如此在一份报刊上谈论它就显得悖谬。因为这是一部无法被官方、文化或文学的任何"世界"所夺占的作品，一部无法提前打造的作品，它包含了对"文化的伟大还原剂"[3]保持敬意所需的一切。绝对自由的作品，以自由为武装的作品，在政治的意义上自由主义的作品。一部绝不需要去认识的作品，如果我们只是想认识或"提高自己的修养"。一部无所传授的作品，为了有可能真正地靠近它，我们只有反其道而行，在滥加于"文化"的那些作品里（为了成为圣西尔 [Saint-Cyrien] 或部长，研究波德莱尔，阅读兰波！），试着找回思想最初呐喊的激情。不是作出裁决、得出结论的思想，而是仅仅作为追求和欲望的思想。我们很清楚，最简单的追求、最单纯的欲望所提出的问题就是那些触动了生死的问题。

我们不能指责这一期《批评》欠缺全面。它并不全面。在 [布朗肖的] 数十篇研究中，关于黑格尔、马克思、尼采、列维纳斯、《想象的博物馆》（*Le Musée imaginaire*）的作者马尔罗、西蒙娜·薇依等人的所有"哲学"文章仍散布于发表它们的杂志，没有一篇得到了引证。因此，这一工作在世界的进程中维持的关系仍然隐蔽。也没有任何迹象提及布朗肖的政治思想，他是《不服从权利宣言》（*Déclaration sur le droit à l'insoumission*）[4]事件里最早受控告的人之一，他尤其针对戴高乐政权进行了明确的谴责：

> 无所不是又一无所能的主权——拯救的力量——本质的倒错——比如，即便他[戴高乐]有一些政治理念，他也无法付诸运用……[5]

然而，这一期《批评》允许我们度量布朗肖的思想从此产生的影响。例如，米歇尔·福柯献上的精彩研究就是为自己的著作《词与物》(*Les Mots et les choses*) 补充的一个名副其实的结论。福柯选择从一段饱受争议的文化史（他所倚仗的尼采无论如何都对此加以拒斥）中获取结论，如此极具洞见的直觉当然要在很大程度上归功于布朗肖。但布朗肖的贡献绝不仅限于此。我们还看到他把福柯的结论一推到底，毫不夸大，也不关闭任何问题。这是本质性的。经过如此的反思，每一个问题仍保持为问题，但也充满了众多的问题，或者摆脱了约束，让人看到它自身隐藏的其他某些问题，而基于这些问题，工作有待重新开始、能够重新开始。

绝妙的语言，从不关心书写的优美；孤独的言语，没有一刻不是交流的言语；无名的言语，指定了一种复多的言语并使之变得可能——在这言语里，诗人和哲学家，所有"文体"都作废了，最终只是一个人。在布朗肖的整个书写期间，除了文本的字面意义，除了无可指摘的理性话语，还站着一位傲慢又谦卑的访客，像是不好意思在那里——也许显得多余？或不敢去惊扰——友好的，真理本身。

《文学半月刊》(*La Quinzaine littéraire*)，第12期，1966年

1  乔治·巴塔耶:《内在体验》,尉光吉译,桂林:广西师范大学出版社,2016年,第136—137页。

2  《批评》,第229期,1966年6月,《莫里斯·布朗肖》专刊,作者包括勒内·夏尔、乔治·普莱（Georges Poulet）、让·斯塔罗宾斯基（Jean Starobinski）、伊曼纽尔·列维纳斯、米歇尔·福柯、保罗·德·曼（Paul de Man）、弗朗索瓦丝·柯兰（Françoise Collin）、让·法伊弗（Jean Pfeiffer）、罗歇·拉波尔特。——原注

3  布朗肖:《伟大的还原剂》（Les grands réducteurs）, 收录于《友谊》（L'Amitié）, Paris: Gallimard, 1971, 第74—86页。

4  即反对阿尔及利亚战争的《121宣言》。

5  布朗肖:《本质的倒错》（La perversion essentielle）, 收录于《政治文集:1953—1993》（Écrits politiques. 1953–1993）, Paris: Gallimard, 2008, 第31—41页。

马斯科罗致纳多的信（1966年10月2日），关于"向莫里斯·布朗肖致敬"："MB，伟大的不受赏识者，或只有作家才会阅读的作家……"

## 马斯科罗致布朗肖的信（一）


自从我收到了您的书、您的话，莫里斯，我就觉得我必须告诉您，尽管我没有您如此懂得赋予触动您的一切的那份克制，尽管我呈现的言辞贫乏无力，但有多少次，我感到了非比寻常的幸运，那就是成为您的朋友，仅此一点，就不再容许我自怨自艾；更别说您一直帮助我们活下去；而且，不可思议的是，您从未相反地用宽慰的方式帮助我们。几天前，我还同罗贝尔·安泰尔姆说过。与您一起分担困苦是一种幸福。走向失败，若同您一起，就不是受挫。我有时在想，同意您说的，死也不应是难事。您看，我忍不住说起了友谊本身之中存在的未知，或友谊中比友谊更强大的东西。见谅。

D.
1969 年

## 马斯科罗致布朗肖的信（二）

亲爱的莫里斯：

两天前做的一个梦允许我给您写信，甚至迫使我给您写信。

我给您打电话。同时，我隐约看到了您，背着光，背着光又有点被照亮，以至于您不只是一个轮廓，我还看到您的一些容貌（最开始；然后这个幻象消退）。我完全不知道我在跟您说什么。我只知道我在呜咽，甚至多愁善感（我感到轻微的羞耻、迷惑）。您回复了一些，用平静的语气，然后越来越少（我说的是空无——不成话的空无：一种无病呻吟——而您的回复没有思想：一个平静的声音）。您以沉默收场。我也停止说话，但没放下话筒。您也没有挂断。我不知持续了多久。我的梦没有结束。它持续，这样的等待事实上持续了一分钟，两小时吗？它无限地继续下去。它没有让我苏醒。醒来后，我完整地记起它。没有别的发生，没有任何图像、思想从中穿过。甚至没有任何话。只有"在说话"。绝对的纯粹。我不记得自己做过类似的梦。

就这样。我不得不向您告知这个梦，既然它被遣送给我。拥抱您。

迪奥尼<br>1974 年 10 月 22 日

## 布朗肖致马斯科罗的信

亲爱的迪奥尼：

我想为我们昨天的谈话作点补充。我从此确信，"行动委员会"，尤其是我们的委员会，不能也不该被组织起来，您自己也承认，因为它们非但不能向我们提出一种新的组织形式，而且还反对一切形式的组织。这是真的，这是其本质。所以，它们不过是每一次聚集构成的在场，这样的在场就是其全部的存在，从中可知革命也因此到场：就如同**精神**得以彰显的那些会议。有些委员会比别的委员会更谦卑，有些比别的更能接受政治组织的外表，但这已是背叛了。您希望联系到其他委员会，但要怎么做？委员会并不这样存在，顶多有些人属于——暂时属于——委员会，但他们没有任何权力代表委员会，他们最终不过是他们自己。必须接受这点，或干脆拒绝，而不是玩弄委员会的本质真理，它首先是：绝对的自由，如此的自由让委员会作出许多决定，这些决定从不关乎其未来，它们同样不关乎任何在会议之外的成员，甚至在会议期间也默认任何讨论都不产生"相对于后续而言不可让渡的结果"，人们总可以重新考虑一个宣言，即便是投票，它也可以且应当被后面的投票宣告无效——换言之，一切在此都是可逆的：这也是为什么，人们不太喜欢那些持续很长时间并固定住一个未来的"文本"，它们打断并统一了一种不确定的多样性。就是这样。我觉得这相当美妙而宏伟，但（我认为）必须清醒地不在此寻求别的东西。就像我昨天（夸大其词）说的那样，我们在此像是"位于时间的尽头"，在末世论的等待中，代表着一种纯洁（盗寇的纯洁），摆脱了让委员会最终在自我意识中得以满足的内在性的永恒。委员会有时举行示威：这样的示威——比如散发传单或公报或走上街头——事实上不过是一种"显现"，是从内部得以亲历和把握的不可让渡的真理向外部的延伸。但亲爱的迪奥尼，您像我一样清楚这一切；我只想提醒我自己，提醒自己，在此除非是出于滥用或无"价值"的妥协，绝不能有任何工作的委任，甚或任何持久性：只有在场的瞬间。话虽如此，我们不要气馁，也不要允许神秘化。

深情地

莫里斯
1968 年 10 月

友谊，同志情谊，亲爱的迪奥尼，我愿意问自己，远远地同如此在场的您一起，还有那些更为在场的人，既然他们已经逝去，只能用他们的消逝回应我们：那些死者，我们任其离去，而他们责难我们，因为对于他们的死，我们绝非无罪。我们确信自己有罪，因为我们没让他们返回，因为我们没陪他们走到底。我有一个天真的计划，想同亚里士多德和蒙田讨论他们的友谊概念。但有什么用？悲痛只允许我引述这些诗句，它们可能出自阿波利奈尔或维庸之手，说着友谊的时间，其短暂之处，直至超乎终结的绵延。

> 知己变何物……
> 眼见其飘零
> 谁人播入土
> 纷纷散落去
> 友情随风逝

诗句动人，却是谎话。在此，我反驳我的开篇。忠诚、坚贞、忍耐，或许还有持久，这才是友谊的特征，或至少是它给予我的礼物。

希腊语的友爱（philia）是相互性，是同者与同者的互换，但绝不面向他者，作为对之负责的他人的发现，对其出众性的认知，以及他者带来的觉醒和醒悟。由于其高度，由于那总让他更接近善而非"我"的东西，这个他者从不让我获得安宁、享乐。

这就是我对伊曼纽尔·列维纳斯发出的致敬，唯一的朋友，啊，遥远的朋友，我用"你"称呼他，他也用"你"称呼我；这不是因为我们年轻，而是出于一个深思熟虑的决定，一个我希望绝不违背的约定。

布朗肖，《为了友谊》

# 论莫里斯·布朗肖的《灾异的书写》

罗贝尔·安泰尔姆

承认他者、无限他者的冲动,这思想的本质——它的奴役:人类从未被离弃。思想有所相伴,它承担他者的阴影,它是沉默,读者的"不言之语"。

\*

思想有所相伴,它没有决然孤独的沉重步履。思想从不为己。没有"动力",你会说……超乎理性,置身绝望,在灾异的边缘,预言的缺席,友谊……公认的最脆弱者——作者从此永远留在我们的阅读中,在这个 5 月,这事实上承认的时间,历史在那里被重述为思想。

\*

回撤得最深的生命,离每个人最近的思想,转向自身最少的思想,永远作为自身和他者的自身。

\*

批评的友谊，他者的作品从未被离弃给它的孤寂、被离弃给一种文字性；这双重好客的位置，总是最初追问的位置，它的沉重和轻盈。

\*

莫里斯·布朗肖的书写承担着无言人性的沉默，也被沉默承担，它是沉默的"跳动之心"；我们都在那里，所有人，在记述里，揭露的 – 秘密的，捉摸不定的，一动不动的，令人眩晕的，在一个人向另一个人到场的这场仪式中，在总是最后时刻的平常日子里，所有人，受启发的，沉醉的，悲苦的，置身高处如入死地，或俯身低垂，每一个人都转向另一个人，怀着一种不可穷尽的敬意，被言说，被阅读，不可分离的人物，最终的故事，崇高的人物，不可能的变形；我们的美。

\*

这手无寸铁的言语的浩瀚。至尊的"人性弱点"的曙光。

《文学半月刊》，第 341 期，1981 年

布朗肖致安泰尔姆的信（1963 年 2 月 27 日）

## 布朗肖致安泰尔姆的信

亲爱的罗贝尔:

我(长话短说)就这样差不多看清了:我们与意大利人——无疑还有德国人——有着某种共同的政治取向,以及创办一份国际化而非世界性的杂志的共同打算。除此之外,我们在几乎所有问题上都不一致:关于文学,关于文学与政治的关系,关于杂志的概念本身。我想,我们是时候问自己了:鉴于这样潜在或明显不一致的情况,继续我们的事业在理智上是否合适?

随着其他疑问,我也明白了这点:意大利人——无疑还有德国人——不断地用其抱怨和评判把我们抛回到我们法语写作者的处境,它与某种文化相连,并被限制于这种文化。所以这份杂志,我们至少可以期待我们把它当成一个非法语的出版物来努力,却有可能在我们眼中有悖于我们地变成一个小型的法语地狱。最终——这是我自己的看法,但也有更普遍的意义——出于对集体任务何为的一种盲目误解,埃利奥(Elio)正在不知不觉地摧毁某种十分宝贵的东西:两年来,我们以非个人的——也可以说,匿名的——方式为此计划工作;我们中的此类提议被我们采纳和深化,但没有人想过要把其功过归于某一人;就连我们的友谊和我们的约定也同时是个人的和非个人的。我觉得这十分难得,并且不管发生什么,它都会留在我们每一个人身上。但今天,埃利奥,由于他固执地主张要通过其对我个人的评判来判断法语团体的贡献和活动,不幸让这一切重新受到了质疑。他把我打回到我的个体性，而他对这种个体性和"布朗肖神话"发起的审判——就像巴特用其惊人的洞察力指出的——变成了针对所有人的不公正审判。我承认，我不能忽视他由此让我承担的责任，哪怕那不对，当然，我从中暂时也得不出任何实际的结论（而且我只作出和您一致的决定，我想说这样的决定不能孤立无援），但现在这个问题向我提出了，我感觉到了，自埃利奥来信以后我就知道了。

您明白这点，亲爱的罗贝尔，我没有说得耸人听闻，而是压低了声音，有点像自说自话，为的是继续我们周一在《新文学》上开始的交谈，并就此把它当作一个要与我们亲密的朋友们分享的严肃的反思话题。

致您，全心地，

M.
1963年2月27日，星期三

1993 年 11 月

　　慢慢地，在这些我睡而无眠的夜晚，我开始意识到（这个词并不合适）您无论如何都遥远的亲近。我说服我自己，您在这里：不是您，而是这句被重复的话："我走了，我走了。"

　　我立刻明白了，罗贝尔，如此慷慨，如此不关心自己，不是对我说他自己，或为他自己说话，而是说灭绝的所有位置，他已列出了一些（如果是他在说）："听听它们，听听这些名字：特雷布林卡、切姆诺、贝尔赛克、马伊达内克、奥斯维辛、索比堡、比克瑙、拉文斯布吕克、达豪。"

　　"但，"我说，说着，又没有说，"我们忘了吗？""是的，你们忘了；你们越是回忆，就越是遗忘。你们的回忆不阻止你们活着、幸存，甚至爱我。但人们不爱一个死者，因为那样的话，意义就逃避了你们，意义的不可能性，非存在和非存在的不可能性。"

　　当我重读这些话时，我知道我已看不见罗贝尔·安泰尔姆，我认识的无与伦比的朋友。他如此单纯，同时又如此深谙最伟大的人物所缺乏的一种知识。劳役的体验属于他，即便他与别人分享，他也保持着人性的真理，他知道他甚至不会把压迫他的人从这真理中排除出去。

　　但他走得更远：由于不认得他去养老院里看望的一个伙伴（K），他明白生命自身存在一种虚无，一种深不可测的空虚，人不得不去抵御，哪怕承认它在临近。我们必须学会同这空虚一起活着。我们甚至会在虚无中保持丰盈。

　　这就是为什么，罗贝尔，在您身旁，我仍有我的位置。在这个"守望之夜"，您来看我，它不是一切消失于其中的错觉，而是我让您活着的权利，甚至是在我预感到其临近的虚无中。

布朗肖，《在守望之夜》

# 无条件者 II
## 莫里斯·布朗肖

埃德蒙·雅贝斯

反思的无条件已臻极致，以至于言辞摆脱了其条件的重量，终于找回了其最初的无条件。

人的条件扰乱了上帝的无条件吗？就像时间的界限扰乱了永恒，或空间的局限扰乱了无限？

上帝是上帝的无条件——陌异于其自身，恰恰是为了不受**其**思想影响、不被**其**行动标记——**其**属性（永恒、无限、正义、善、智慧）必须回避一切条件。

但这**完满**、这**正义**、这**善**、这**智慧**在考验之外、在考验的时间之外又是什么？

没有时间，永恒又是什么？没有界限，无限又是什么？——它们只能是它们所撞到的**缺席**：无条件地保持缺席的缺席；不可思议的无条件；绝对的遗忘；已然遗忘并将更深地陷入遗忘的遗忘；死亡中的死亡。

但是，没有其所限定的生命，死亡又是什么？没有其所限定的死亡，生命又是什么？没有人（人通过限定自己来限定上帝），上帝又是什么？

人的失度乃是上帝的典范尺度。

上帝的无条件因此依赖于这最初和最终的证据；其无条件的条件本身：不存在。

每当我们符合我们的条件或承担我们的无条件时，我们就碰到了这无条件者。

存在或不存在不过是条件和无条件之间、在场和缺席之间一场永恒冲突的赌注，进而也是在场限定的缺席和逃避一切在场的无条件缺席之间永恒冲突的赌注。

当我们变得缺席时，我们多么在场？当我们知道自己在场时，我们多么缺席？

无条件在条件之前还是之后？缺席在在场之前还是之后？

换言之，为了在场或缺席，就必须已经缺席或已经在场？

为了有缺席，必须先有在场。但能否有缺席而没有既定时刻的在场？在第一种情况下，思想在非思之前，条件在无条件之前；界限在无限之前，而上帝在上帝之前和之后。

思想因此创造了上帝，它将上帝制造成**其**非思。

如此的非思拥有创造的力量。它统治思想，让思想向自身敞开，在其无畏中将之献祭。

但如果界限、思想在先，又如何想象一种无范围的界限、一种只用其自身的思想来运思的思想？

为此，不得不构想一个荒芜的宇宙、一个透明的世界。如果借由奇迹达成此愿，又如何自问：对于透明，界限是什么？对于虚无，思想是什么？或许，只是其切心的痛苦和绝望？

存在着陌异者的条件或无条件吗?陌异性会是一个无条件吗?它的尺度正是思想授予的那条将之拒斥的裂口?

从死亡的一头到另一头,我不禁写道:

"你的文字并未打断沉默。"

换言之,作为在场、条件,言语无法让沉默、无条件屈服;言语的无条件回撤。

而如果言语本身就是沉默呢?

而如果沉默根本上只是极致言语的完成呢,正如不可见者也会是可见者的最终状态?

上帝死于上帝。

《耐心的练习》(*Exercices de la patience*),第 2 期,1981 年

## 雅贝斯致布朗肖的信

亲爱的莫里斯·布朗肖：

有些书难以承受；但为何它们有时把您与余下的世界隔开，虽然它们拼尽全力，发出呼救？在此时此地，人残酷地陷入孤独——然后有一个声音，越来越清晰，越来越坚决，被人听到，于是我们明白它在何种程度上对我们必要。

亲爱的莫里斯·布朗肖，感谢您在这一时刻的在场。

我开始写一本书已有一段时间。我知道它把我引向何处吗？今天，我再一次失去了未来，或不如说，我的未来在这些席卷我的词里、在这些玩弄**思想**的念头中，通过这些念头，我的反思得以磨炼，专注于用书和世界把我重新置入问题。

我永远悬于一个问题吗？绝无任何回答？——到处都找不到安息、找不到绿洲，只有荒漠，苛求的荒漠（它，向我们，苛求生命），我认得它，我经常逃离它，却从未离开过。

何为思想，若不是献祭给其名字的全部念头的死亡？而承担它们的这个名字本身就是名字的缺席，而我的念头沉没于其中的这一虚空是什么？——不过是虚空。可怕的虚空，因为我们知道，唯它独存。

虚无深处的书写：在场之上的缺席。生存，俯向深渊。总是同一页纸。同样的恐惧，同样的痛苦；因为只需要多迈出一步，说出一个急于拥抱空间的词，就会令其沉没。

为何今晨要给您写这一切？我读了——反复读了——您的《有关耐心的话语》("Discours sur la patience")，一篇深深关乎我的文本。我还在一些段落下画了线。至于那部作品，我给您寄了第一版的复印件（从头到尾引用了您），因为我想这本写在边缘的书与您的文字并行地发展，而我暂时只发表了一部分，它的标题也是您的，是我对您之爱慕的印记——我保留了这些话：

"会不会，在书中，写变得可为每个人识别，却无法被自己破解？"

"……因为'**死**'是见不可见的一种方式。"

我把它们与从《艾利》（*Aely*）中抽取的这些话对比：

"是否，在书中，死变得对每个人都可见，却无法被自己破解？"

在这几乎从词到词，以及一些词的接近里，像是有我步伐的揭示；不只是一个新的提问，还有我所有的书都未传达过的提问。

"变得无法被自己破解"，这是书的教诲吗？于是，我明白了虚构的必然性，以及让我变得陌异的不可能之回应：犹太人，陌异于犹太教的回应；作家，陌异于文学。然而，若不是——通过书的代言，在书写它们的伤口中——一个犹太人、一位作家，我还能是什么？

荒漠包围我们；但有时，游牧者会在一个时辰、在一个固定的日期、在一个被指定为其选择之地的非地点上找到出路。也有时，一个家族，由于哀悼，一个人，由于在此期间被死亡击中，而无法赴约。就这样，加布里埃尔·布努埃（Gabriel Bounoure）已停止回应友谊的呼唤，就这样，他再也不会回应我们。

岁月流逝，我已忘记迁移的滋味。荒漠的一部分就是我的宇宙，正是在一个由沙子构成的小矩形中，我固执地写：沙之书。最后之书里的书。

如今，这么多荣耀的作品于我变得难以忍受，因为它们见证了其作者的傲慢在场；如今，流传的荒谬知识每天都让我离巴黎舞台上以其名义上演的一切更远；如今，只有虚空之中，在已然沉默的一切尽头言说的东西才让我感兴趣并迷住我，而如此的言说只是为了成为那填满书之沉默的死亡的言语，在我看来，它只属于这浸润笔端的无限沉默，只属于这些被渐渐不可听闻的最后之声的黑血灌溉的言辞。(古老的梦继续萦绕我——20 岁时——我在睡梦中看见一个突如其来的声音变形为鸟，而这只鸟又被天上的双手宰杀。它的黑血淹没我的桌子。这血水——我还没有说过它——从此以后就成了我用于书写的墨吗？)

荒漠的居住者不需要以踪迹来发现道路；他凭本能采取的方向就是道路。他自己就是道路。

在荒漠的另一头，有您。我发现自己每一次都在您所指示的位置上；无论在哪里，这位置总是书的心脏。

深情地
埃德蒙·雅贝斯
1975 年 6 月 2 日

**LE LIVRE DU PARTAGE**

*Pour Maurice Blanchot, dans la proximité de tous les jours (et des jours et des nuits du livre)*

*et, aussi, pour le remercier de sa présence si nécessaire.*

*En toute affection*
*E. Ja[bès]*

雅贝斯,《分享之书》献给布朗肖的题词(1987)

**Maurice Blanchot**

# Le dernier à parler

*fata morgana*

布朗肖,《最后的言者》献给雅贝斯的题词(1984)

"亲爱的埃德蒙·雅贝斯,/致您,我最亲爱、/最亲密的一位朋友,这份菲薄的/礼物,其价值在于/纪念那个我们无法/从沉没中/拯救的/如此可敬的人。/请相信我"

## 布朗肖致雅贝斯的信

亲爱的埃德蒙·雅贝斯：

我早就想告诉您，您的书多么触动我，触动我的还有您授予我的负责其阅读的特权。言语就这样近乎孤独地留在我身旁，并对我变得如此亲近，以至于我再也不知如何评论、不知如何谈起承担着我之名的写作。

我能多保管手稿一会儿吗？我过段时间就还给您，除非您从今天起就需要它。

在那已写下的文字边缘，我想说（如果我有权这么说的话）：拥有一个外部，倾听来自外部的东西，并失去一切悲怆的冲动，因此也失去故事的魅惑，这就是《律法书》的朴实要求。我有一位朋友，沿着这同样的朴实，他愿意说："摩西同上帝面对面地说话，这意味着弟子和导师在探讨同样的塔木德教诲。"

感谢，亲爱的埃德蒙·雅贝斯，向您致以全部的感动。

莫里斯·布朗肖
1962 年
巴黎六区，夫人道 48 号

## 向埃德蒙·雅贝斯致敬

应该遗忘吗？应该铭记吗？铭记什么？人们无法命名的东西——比如大屠杀，比如奥斯维辛，比如灭绝，比如种族清洗。

遗忘和回忆同行吗？你无法让自己从回忆中解脱，如果你在遗忘中持有回忆。超出回忆，仍有记忆。遗忘并不抹除遗忘的不可能性。或许，一切始于遗忘，但遗忘毁灭了开端，让人记起，遗忘拒绝不负责任的缺席，而仅仅指向折磨我们的遗忘。

大屠杀：再一次，我转录了一段在比克瑙写下的话，它通过一种任何思想和记忆都无法摆脱的警告逃避了记忆和思想："要知道这里发生了什么。不要忘了。但你绝不会知道。"克劳德·朗兹曼就告诉我们："不要问它为什么发生。这里没有为什么。"如果一个人自问恐怖、自问它得以解释的可能、自问这可能性的可能性，那么，它就遭到了更改（遗失），乃至于保留了某种东西（问题本身）。记忆或遗忘都不继承传递的使命，"因为重要的只是传递的行动，传递之前不存在任何可理解性"（它本身总是不确定的，被托付给他人，但传递并不让他们释然，相反，他们的负担变得愈发沉重）。

那么，关于回忆，什么也没有说出，关于（并未过去的）过去，关于踪迹，关于穿刺点，什么也没有说出。每个人都应维持（或落入）对事件的直面，一个外在于回答也外在于追问的事件。这就是约定。

雅贝斯："荒漠没有书。"

雅贝斯："没有清白的回忆。"

雅贝斯："这里，言语的终结，书的终结，偶然的终结。"

布朗肖，《致力于沉默的书写》

# 莫里斯·布朗肖

莫里斯·纳多

1943年，占领时期，从拉斯帕伊大道的一位旧书商手中——他的店开在惠更斯街附近的一条狭窄过道里——我不经意间找到一本文学批评的书，它毫不谦逊地起了一个谦逊的书名：《失足》(Faux pas)。作品削价出售并不令我惊讶：它讨论了一些诗人（里尔克、兰波、马拉美），还讨论了一些小说家（格诺这样的当代作家，或巴尔扎克和司汤达这样的古典作家，或梅尔维尔这样的外国作家［我开始体会到一种对他的迷恋］）——这是一类会挑选读者的作品。

我有了想了解更多的强烈欲望。它的前言或开篇的长文尤其吸引我，我努力从中理解作者究竟想说什么，反复阅读那些因其悖论而令我惊讶的话：

> 作家处在这个越来越荒诞的境地，即没有什么要写、没有任何写的手段，却受迫于总是要写的极端必要［……］作家之地位的标志，就是他没有什么可说［……］[1]

正是这段话颠覆了我的信念。我总以为写作就是"表达",进而"自我表达",向可能的读者揭示作家对世界、对他人,以及——为何不呢——对自己的看法。莫里斯·布朗肖是作者的名字,作者即陷入他称之为"苦恼"的极为特殊的状态的诗人和小说家。他说这也是他的苦恼,但他补充道:"对于我的苦恼,我没有什么可说……"他继而写道:"但我的苦恼也使得我对'没有什么'没有什么可说,而且当我想给自己的任务一个合理的目的时,它也没有放过我。"[2]

我们在绕圈吗?无疑不是,因为他承认:"然而,这并不意味着我写什么都可以。我所做之事的无用感与另一个无比严肃的感觉相连。"[3]

写作的"无用"如何能产生一个"严肃"行为的"感觉"?这里有某种东西让尚且年轻的我感到好奇,我当然不打算从事文学,但我很想弄清楚,为什么有诗人和小说家,最终,"人为什么要写作"。我同超现实主义者打过交道,对无产阶级作家有过一时的迷恋,还读过兰波甚至马拉美这样的诗人,我至少清楚一件事:他们写作或曾经写作是为了在世界的秩序里、在人类关系的领域里、在语言的使用里"改变"什么。我从他们所有人身上看到了一种欲望、一种意志、一种抱负,并且在读过他们之后,我确切地知道他们至少在我这个读者身上或多或少改变了我对他人或我自己的感觉。这无名的批评家怎能不招人嘲笑地宣称"作家之地位的标志,就是他没有什么可说"?

我将这些悖谬的断言放到1943年我们所处的德国审查状态下来考量。我知道南方有一些诗人和作家在地下活动中体会到"说话"的需要。在这位初出茅庐的批评家看来，他们就不算什么吗？

不管怎样，我还没有狭隘到提出一些更不切实的问题。布朗肖所表达的真的是被他当成写作事业之来源和结果的"没有什么"吗？他所说的真的是作家遭受的折磨和作家用这种或那种方式通过书写来消除这一折磨的必要吗？作家为什么做不到呢？他会不会是另一个新来者将在另一个层面上对我们说起的西西弗斯？无论如何，布朗肖邀请我以意外、严肃甚至沉重的方式思考当时的人、当时的我所形成的文学观念。我认为——用纪德的话说——只有"改变"了它的读者（同时还有它的作者），一部文学作品才是有价值的。这一标准适用于我欣赏的所有作者。而在此情况下，布朗肖怎能得出一种"失败"（并且，根据他的说法，那是依附于写作之事实本身所遭受的普遍且无可救药的失败）？这么多次写作的尝试，这么多次"失足"？

布朗肖的全部批评作品——其数量可观：我们知道他的《兰波》(Rimbaud)，他的《萨德》(Sade)，他的《马拉美》(Mallarmé)，还有《文学空间》所汇集的研究——已包含于《失足》的这开篇数页。写作被视为一种徒劳但又必要的活动，两种虚无之间的必经路程：一种是作家应当填补的内心空洞的虚无，另一种是他应当抵达的作为其成功之标志的沉默的虚无。然而，带着学识和机敏，批评家一开始就在300余页纸上评述了那么多次失败的构成：就作者的期待而言，无疑是失败，但在可感的秩序里，它们也是对读者"言说"的那么多次成就。需要强调的是，这可感的秩序几乎无关于我

友谊

们生活的世界的秩序、需求的秩序、生产和消费的秩序、作者为了构建自己的秩序而从中抽身的秩序。"艺术作品是非现实。"[4] 这是青年让-保罗·萨特在同一时期的想法，艺术作品只是现实的一个影像（即一个完全内在的现实），但没有什么能阻止这个影像——既然它被其他意识感知——获得批评家（确切地说）出于在清晰的理性层面上以其手段进行阐释的使命而赋予自己的种种权力。他努力说出为何和如何。

这便是莫里斯·布朗肖至今所专注的事。通过其批评作品——我在《失足》的开篇看到了其根基——他彻底转变了我们所形成的文学观念。徒劳但又必要的活动。很难相信这些纸页"开启"了一份无人阅读的报刊上发表的一系列专栏批评。

在《失足》之前，莫里斯·布朗肖已出版了两部虚构作品：《至高者》（他在1950年出了一个新的版本）[5] 和《亚米拿达》。我在战争临近结束时读了它们。此后我一再地读，我并不认为自己更好地洞悉了其中的蕴意。后来的虚构文本也是如此。我多次公开承认这点，而弗朗索瓦·莫里亚克（François Mauriac）趁机在《费加罗报》（Le Figaro）和《快报》（L'Express）上冷笑：一个批评家居然欣赏一个他坦言并不理解的作者！还把我自奉的无神论者说成"神秘主义者"。为什么不呢？每个人都有其神秘主义。无论如何，关于布朗肖的"小说"，尤其是《死刑判决》和《那没有伴着我的一个》，我能写的就是，我很钦佩，同时也让我困惑到事实上再也认不出自己的地步，等着某一刻出现的"恩典"用作者的真正意图取代我自己的解释。

我并不惊讶，40年后，更年轻的人——贝尔纳·诺埃尔（Bernard Noël）、罗歇·拉波尔特、皮埃尔·马多勒——随着时间推移，对作品愈发熟悉，聚到了同一个点上，有些人还承认其自身的写作得见天日是由于其同文学虚无主义的这独一的捍卫者建立了日常的交往，虽然后者本该让他们永远失去写作的勇气。莫里斯·布朗肖滋养的不只是整个批评。在其测定的空间内，他还巩固了作家们的天职。

我想象布朗肖能感觉到我对他的崇拜——据说，上帝会倾听最无知的信徒所发出的祷告——我从他在其作品上写给我的友好题词中判断出来。不过，除了他不轻易让人接近之外，我体会不到他有任何强化其隐私的意图。我——诚然十分难得地——在一个评委会里遇到了他，跟他的好友乔治·巴塔耶一样，他有段时间喜欢加入评委会。我回想他瘦长的身形、苍白的面色、明净的眼睛，我听到他口中以缓慢又断续的节奏说出的话——感觉得出他努力想让人听到——还有这些话对每一个人所呈露的权威。许久之后，在阿尔及利亚战争期间，他给我送来了友谊的礼物。

现在人们知道他是所谓的《121宣言》的作者——那并非一人起草，在他、马斯科罗、罗贝尔·安泰尔姆和我之间，这著名文本的许多草稿被传递过——但向入伍青年所发出的这一背弃号召从内容和形式上都烙着他的印记。而警方调查自然把他当成作者，把我当成宣传者，我俩成了一桩轰动法国和世界舆论，然后草草收场的案件的主要受控告人。

布朗肖远远归来了。二战前，他在一份右翼刊物《起义者》（*L'Insurgé*）上做了蒂埃里·莫尼埃（Thierry Maulnier）的朋友和同谋。根据一些人——如美国评论作者查尔斯·梅尔曼（Charles Melman，他看问题有点粗略），还有我们这里的贝尔纳-亨利·莱维（Bernard-Henry Lévy）——的说法，他甚至要为一些反犹文章的发表担负罪名。那么，他又如何为了谋生偏偏同意做保罗·莱维（Paul Lévy）负责的金融刊物《监听》的撰稿人和编辑呢？《起义者》《监听》。为他提供批评专栏的发行量极小的《论争报》也不被当作左派的喉舌。

二战期间，首先是希特勒，然后是维希的反犹太丑行，让他感到愤慨。在他居住的一个南方城市里，他被扣押为人质，即将被枪决，却凭奇迹逃过一死，他给我描述了当时的情形，但也只有他有权将这情形披露。

1930年代，他的反抗采取了一种右翼的形式，而他的极端主义继续孕育出一种绝对拒绝的态度。拒绝阿尔及利亚的殖民战争，这无需多说，但也拒绝发动战争的政体。他公开号召"不服从"。马斯科罗和我都在反对阿尔及利亚战争的示威中支持这个经常患病的虚弱之人，唯一遗憾的是，警方的控告袭向我们时，他没能听从马斯科罗给他的"加快步伐"的劝告。

他是1962—1963年（阿尔及利亚此时已回归和平）我们梦想创办的《国际杂志》的灵魂。为了推动进程，他还感激我让《新文学》(Les Lettres nouvelles)服务于我们共同的事业——也就是说，为我们设想的刊物而停办——从那一刻起，随同他，一份不渝的友谊就为这事业注明了日期。

他不是和你共用午餐的人，也不是坐在你对面的人，我们很少见面，而我也后悔迫使他隐退，但面对这么多公共事件，这么多击中我们朋友的厄运，面对我的哀悼和我自身所经历的一段段插曲，他的警觉从未出错。

这份友谊对我太过珍贵，我觉得我有权说得更多。

《文学回忆录》(*Mémoires littéraires*)，1990 年

---

1　布朗肖:《失足》(*Faux pas*)，Paris：Gallimard，1971，第 11—12 页。

2　同上书，第 21 页。

3　同上。

4　让-保罗·萨特:《想象物》(*L'Imaginaire*)，Paris：Gallimard，1986，第 362 页。

5　此处的《至高者》应为《黑暗托马》。

## 纳多关于布朗肖的访谈

**您是莫里斯·布朗肖的一位朋友。您何时遇到了他?**

一位朋友?当然,但他本人对"友谊"的谈论足以让我们分析所谓的"友谊"关系的本质。"……我们可知它何时开始?没有一见倾心的友谊,不如说是一步一步,时间的漫长工作。不知不觉一个人就成了朋友。"布朗肖与巴塔耶或列维纳斯的关系,本质上不同于他与迪奥尼·马斯科罗、罗贝尔·安泰尔姆、路易-勒内·德·福雷或我自己的关系。并且,他同这些朋友,也就是我的这些朋友的关系,也不同于他和我的关系。

他说过,人们用"你"称呼同志,用"您"称呼朋友。我们在一些共同的行动里成为同志,但他从不用"你"称呼我。显然,就我而言,我从未想过这个。如果,除了其青年时的同志,唯一的他一直说"你"的"朋友",伊曼纽尔·列维纳斯,不考虑人际交往的惯常关系,不考虑其他所有人,那么,我可以庆幸,他总是用"您"称呼我。

**看得出来,情况并不简单。那么,您同布朗肖关系的本质是什么?您何时遇到了他?**

我首先通过他的书与他相识。占领时期,我读了《黑暗托马》,虽然当时不太明白作者想表达什么,一段时期后,又读了《失足》,那是发行量极小的《论争报》上发表的专栏批评的合集。它对我来说是一次启示。

我绕了很远的路,如果我同超现实主义者的结交让我明白了文学——也就是书写、语言——之所"能",那么,当我读到他白纸黑字对作家特点的描述,即作家不得不说,同时又无话可说时,我揉了揉自己的眼睛。打破喑哑是为了获得那作为文学之目标的沉默。不得不说这观点吓人一跳。我看见马拉美由此经过,还有兰波、卡夫卡,最终是布朗肖《失足》里的文章研究的所有人物,但我必须改变我从学校里学得并反过来教给学生的看法了。

**1945年你从教育转向报刊,转向图书批评。布朗肖,以及您对其已出版的作品的认识,在您的选择,在您看待批评的方式中,扮演了怎样的角色?**

我先谈谈他的作品。这在当时的日常刊物上并不流行。或者,当我试着谈论时,我总问自己,我是否理解了作者。不是说那些作品隐晦难解,他的散文就流露出一种不可思议的清澈,但在题为"记述"的《死刑判决》之后,他就越来越转向评论文章,里面充满了理解的惯用工具,经验事实、判断、概念、比较,径直在思想当中偏离一切主体性,陷入无人称,像是被一种强加给一切言说之存在的语言贯穿。最终他称之为**中性**。要追随他从不容易。

"什么是写作?"这是根本的问题。这个问题,他没有问莎士比亚、巴尔扎克、司汤达或歌德,而是问兰波、荷尔德林或马拉美,然后问萨德或洛特雷阿蒙,最后问那些像卡夫卡一样怀疑作品注定永远完不成的人,问所有那些质疑其被迫使用的表达模式(小说、记述、诗歌)乃至于怀疑语言本身的人。

**这对您的批评工作几乎没有帮助。**

友谊

这么说既对也不对。自然，由于负责周刊的版面，我便需要处理从书商那儿来的所有东西，出版的作品，热门或不热门，各式各样。正是在书的选择上，有必要指出，阅读布朗肖对我很有帮助，哪怕我并不知道他。我优先考虑那些审问读者的作品，或是我觉得其作者提出了布朗肖所构想的问题："什么是写作？为什么写作？"同时，我很自然地摒弃成功的作者、头脑简单的作者、喜欢说教的作者、那些追求（为何不呢？）单纯消遣的作者。我甚至允许自己在每日的信息里忽略或默默地跳过文学奖项，那是环境的简单产物。

**可是您属于勒诺多（Renaudot）……**

我是记者。有义务告知我的读者，如果我同意加入勒诺多或批评奖的评委会，那是因为在我从事的行业里找不到一块更好的评论领地。如果我能在此说出自己的话，那就太好了。

**回到布朗肖。您难道不是在一个文学评委会里遇到他的吗？**

确切地说，我想是的。在批评奖的评委会里——该奖在取消之前按照资助人的意思做了许多次变动——那时，大舵手让·波朗（Jean Paulhan）除外，在不同时期，从阿尔贝·甘贝（Albert Béguin）到埃米尔·昂里欧（Emile Henriot），重要的批评家都有出席。同样加入的还有让·格勒尼耶（Jean Grenier）、罗歇·凯鲁瓦（Roger Caillois）、乔治·巴塔耶和莫里斯·布朗肖。但我要指出，巴塔耶和布朗肖并非每次都来。

关于我献给其作品的文章，布朗肖给我写过信，他知道我仰慕他，很可能就是在那次评委会上，我认出了那个还年轻的人，又高又瘦，手势罕见，吐字断续、精准又坚定。

**他不在您的杂志《新文学》的撰稿人之列。**

显然，我请求过他。在一封长信里，他解释说，他没法向我许诺什么，因为他已保证每月为《新法兰西杂志》的专栏写稿。不管怎样，我觉得波朗不会允许他迷失于另一份刊物。在其专栏上，他有时谈起我出版的作品，比如，《在火山下》（*Au-dessous du volcan*）。

**所以后来才发生真正的相遇……**

在圣贝努瓦大街迪奥尼和玛格丽特家里。当时爆发了阿尔及利亚战争。121的故事我就不说了，它经常被人讲述。就像《国际杂志》的故事。正是在那时，我们成了朋友：他告诉我，我的提议多么令他感动，因为我决定停办我所负责的杂志以促成我们共同的计划。当然，我们还一起参加了反对阿尔及利亚战争的示威，就像后来，同桑西耶的学生一起参加五月风暴。我们作家–工人委员会（Comité étudiants-travailleurs）的故事会由马斯科罗在《新文学》上述说。

**后来……**

后来我们偶然地相遇。他向我吐露了他生命里发生的一个事件，他还以此创作了一篇虚构（和他对我讲述的很不一样）。在他不时寄给我的信里，他表达了他对我的工作、我的身体，还有我的亲友的关心。在与他的一位出版商的一次事端里，他把他在战前极右运动中的所作所为和他在占领时期的抵抗告诉了我，并嘱我保密（他本想对此"沉默"）。20年后，我辜负了他的信任，《半月刊》的读者会记得（第741期），面对他遭受的那些从此几乎没停止过的诽谤，我替他作了辩护。他对我们中的某些人，对一般的文学和批评来说，是如此地重要，以至于我毫不惊讶地发现，职业道路上的一些新人表露了一种欲望，想要摆脱这挥之不去的在场。

**《半月刊》谈过他的作品：1970年（第81期）、1971年（第129期）、1981年（第341期）、1984年（第412期）、1998年（第741期）。第341期（1981年2月15日）上有马斯科罗、安泰尔姆和您的一场有趣的讨论。**

那是关于《灾异的书写》的，它震撼了我们三人，我们忍不住要在我们之间谈论。请允许我引用我对讨论的介绍。这是20多年前写的了：

"……这本书触动了我们。不，就像人们说的，是在我们自身深处，在我们存放各种情感、想法、欲念和我们所不知之'本性'的地方，但也在我们有时隐约感觉到的一个宽广又无区分的彼岸，迎着四面来风。绝不形而上：或许是思想本身，围绕着反思，从原初的虚空中结出星云，在此凝固为一种显明的语言，但也迎向众多阐释……"

**不知《人类》的作者罗贝尔·安泰尔姆说了什么？**

有必要引述全部。至少："莫里斯·布朗肖的书写承担着无言人性的沉默，也被沉默承担，它是沉默的'跳动之心'；我们都在那里，所有人，在记述里，揭露的－秘密的，捉摸不定的，一动不动的，令人眩晕的，在一个又一个人到场的仪式中，在总是最后时刻的平常日子里，所有人，受启发的，沉醉的，悲苦的，置身高处如入死地，或俯身低垂，每个人都转向他者，怀着一种不可穷尽的敬意，被言说，被阅读，不可分离的人物，最终的故事，崇高的人物，不可能的变形；我们的美。"

《文学半月刊》，第850期，2003年

布朗肖，《无尽的谈话》献给纳多的题词（1969）

"亲爱的莫里斯·纳多，我想告诉您，/哪怕只有一次且不算/太晚，当我回首往事，/我多么幸福地想起/我们共同经历的那么多事业，总有/一种共同的希望，为此，/您友谊的回报还未/错失过我。/莫里斯·布朗肖"

8, Allée des Pensées
78320 Le Mesnil -

Cher Monsieur Nadeau,

Je suis toujours très souffrant, si je ne puis vous écrire que peu de mots à propos de la note parue dans la Quinzaine concernant "Gramma". Il va de soi que je vous écris à titre amical et que je ne demande aucune rectification – au contraire. Un écrivain doit être exposé à toutes ventes et laisser dire ce que l'on croit devoir dire.

Mais à un ami, pour un ami, les choses vont différemment. Les auteurs de l'article, par ignorance, ont méconnu la situation. Je rappellerai que quelques faits. Le premier, symbolique, car non seulement le désaccord, mais l'inimitié allant jusqu'à la haine que m'a témoignée l'écrit de Brasillach qui représentait l'essence du fascisme et de l'antisémitisme. Durant l'occupation, c'est "Je suis partout" dont Brasillach était directeur (je ne l'accuse pas directement, n'ayant là aucune certitude) me dénonça à la Gestapo, dénonciation qui faillit m'être fatale.

Le deuxième fait est que je me tins toujours à distance de l'Action française pour tout ce qu'elle symbolisait. Le troisième fait est que j'intervins sans cesse auprès de Thierry Maulnier, alors

布朗肖致纳多的信（1977年8月17日）

## 布朗肖致纳多的信

亲爱的莫里斯·纳多：

我的身体一直很难受，只能给您写一些笨拙的话，关于《半月刊》上发表的对《书文》的评注。显然我是以友谊的名义给您写信，但我不求任何更正——相反，一位作家应被暴露在四面吹来的风言之下，并将人们觉得应该说的话说出来。

但对于一位朋友，为了一位朋友，情况就不一样了。文章的作者们，由于无知，误解了情境。我只提及几个事实。首先，象征性的事实，不仅分歧，还有发展至仇恨的敌意，都让我远离布拉席拉赫（Brasillach），后者代表着：法西斯主义和反犹主义的本质。在被占领期间，正是布拉席拉赫主编的《我无处不在》(*Je suis partout*)向盖世太保告发了我（我不是在直接指控他，我对此并不确定），告发险些让我丧命。第二个事实是，我始终与"法兰西行动"（Action française）保持距离，鉴于它所象征的一切。第三个事实是，自从《起义者》发表了一篇带有反犹主义色彩的文章后，我就着手停办刊物（这得到了蒂埃里·莫尼埃的协助，当时的他完全不同于他后来成为的人）。

我不会为我当时已能够发表的文章作辩护。无疑我已经改变。据我自己的感觉，我在书写的影响下改变（当时正在写《黑暗托马》和《亚米拿达》），也被我对一些事件的认识所改变（当时我为一份刊物撰稿，其领导是一位犹太人，我们还接收了许多德国犹太移民）。在我看来，纳粹主义和反犹主义一直是纯粹的恶，但我们对之防备不足。政权垮台时，我正出席国民议会的会议，权力在卑躬屈膝中被移交给贝当（赫里欧本人说了一些脏话）。那时我就明白，欧洲乃至世界都屈服于至恶。我立刻下定决心。无论发生什么，我们的使命是在法国维持抵抗的火炉，至少是知识分子的抵抗。这就是为什么，收到邀请时，我拒绝前往伦敦。这样，才有了我同乔治·巴塔耶的相遇，以及我过去从未谈论、以后也不会谈论的地下活动。但恐怖的感觉没有离开过我。

所以，《半月刊》评论里的这句话让我觉得不恰当："在**完全知情**的情况下呈现。"该说的恰恰相反。但我还是要重申：**我不求任何更正**。我给一位朋友写信是为了向他吐露我认为的实情，以便日后我不在时，他能为我作证，若他觉得可以的话。

致您，亲爱的莫里斯·纳多，带着我忠实的深情。

莫里斯·布朗肖
1977 年 8 月 17 日
勒梅尼尔圣丹尼，78320
思想广场，21

# 友 谊

路易-勒内·德·福雷

我选择阅读《友谊》(*L'Amitié*)的最后一章——在那里,莫里斯·布朗肖带着把他和乔治·巴塔耶相连的友谊的无限审慎说话。

我阅读并克制自己作评论,评论恰恰会冒犯这极其美妙的文本所要求的审慎——但正因如此,它做的不只是满足于自己,并非它禁止注解,注解不如说是为了更好地把握其限度,只不过我们心中有什么在抗拒,那不只是对我们界限的意识,对篡改的畏惧,害怕在个人反思的重压下曲解其思想或扼杀其固有的运动,让个人反思占据上风,却牺牲激发这些反思的思想,后者最惊人的特点——在这里和莫里斯·布朗肖那么多被人误认为难以理解的写作一样——乃是清澈,一种天衣无缝的严格的快乐产物,它让评论乃至价值判断显得多余,近乎失礼。

这些纸页只能在沉默中被人接受,一种沉默的理解——但不因此将其强制规定为一个约束的义务、一种道德性质的自我审查。

然而，正如我将冒险去做的，进行一番现场的公开阅读，或许还是太多了，请见谅。

我再补充一点。我们的思想将在今夜一起走向莫里斯·布朗肖，他若得知的话，不会把这视为一种对其多次确认的抹除之意志的侵犯，那是我们不知如何敬重的抹除，他会把这视为一种见证（哪怕被笨拙地表达出来，被我们中的某些人以口头阅读的间接形式表达出来），即见证我们对其献给我们的无以度量之礼物的共同感激：那礼物来自其全部的作品，同样慷慨地，来自其友爱的在场，其回撤中总是如此亲近且保持清醒的在场。如何收下它，这双重的礼物，而不——怎么说呢——用内心的冲动来回应？这在我看来恰恰说明了为何我们在他在世时——或许有违其意愿，像背着他似的——希望对他发出集体的致敬。

我不多说了，我自认为这些话已属赘言，我们要阅读的文本有着光芒四射的力量，无需此等开场白。

确切地说，我要读的是《友谊》的第二十九章，即最后一章。如同一次意味深长的回召，这一章的标题同此书名。

"与莫里斯·布朗肖一起思考明天"

巴黎作家馆，1997 年 9 月 22 日晚

《牛眼》(*L'Œil de bœuf*)，第 14—15 期，1998 年

## 布朗肖致德·福雷的信（一）

亲爱的路易-勒内：

我考虑过了，我考虑了您最近提出的意见。我想，我看到了其重要性，哪怕，在一个艰难处境的虚弱里，我表现得漫不经心。我认为您说得对，对于我们，全体很重要，没有什么预备或预定的选择（哪怕是出于一种所谓现实的需要）。这是自动书写里已然存在的真理部分。不过，既然在一个像我们这样的计划里，我们只能用任意的切断，用任意地分割整体的决定，来标记我们同全体的关系，那么，该如何抵达这"全体"，又如何尊重并保全不确定性，那是全体对其自身的在场？我所谓的断片文学某种意义上就与这一追求相关，即只用浓缩的、隐晦地暴力的形式，来暗示全体的充分连续性，那样的形式在其分割中，以断片之名，已经完成并整全了。如此，任意就悖谬地变得重要起来。但它将位于何处？位于决定主题之任意性的"指导"层面上？还是位于另一个更深的层面上，掷骰子的层面上（但这把我们带向了一种完全不同的可能性）？此外，在我看来，还有一个困难。有可能我们所谓的文学就处在全体的迫求之外，鉴于——回到我已经在用的格式——在构成并言说全体的语言形式方面，它呈现了一种完全不同的言语，释放了一种只出于统一才被思考的思想。或许在这里，有必要研究我们困难的原因，甚至技术。文学不能被还原为全体和统一，它该如何在我们的集体出版中得到肯定？在集体出版里，要讨论的必定是全体，是有权以合理的名义占据主导的"整体"观点。

根本上，我们不是应该向自己说明这点吗？我们事业的关键在于探寻一种复多的言语，它不能是书（它应让书的静止不动，其永恒的特征，遭受失败），但至少要符合一本刊物的外表，符合实践和定期的需求。诺瓦利斯说，写一本书的艺术还未找到。显然，我们也还未找到这复多言语的形式，但我相信，重要的就是这样的探寻，或许只是这样的探寻。

请允许我补充一句，不管我们的尝试有怎样幸福或不幸的结果，我都感激它让我有更多机会经常见到您，且从此像挂念一位十分亲近的朋友一样挂念您。

布朗肖
1964 年

## 布朗肖致德·福雷的信（二）


亲爱的雅尼娜，亲爱的路易-勒内：

自从到了这里，我就常想起雷蒙·鲁塞尔（Raymond Roussel）：环游世界期间，他没离开过他的移动住所。酒店周围有大花园，我仍带着我的嫂子散了几次步，她不太喜欢旅行的奔波。外面的人虽十分殷勤，看起来和麦地那一样，给人一种比埃及还要富足许多的印象，但不知为何他们显得心情不佳：是不是因为其自身的在场异乎寻常，因为那些小手艺人、售卖香草和水果的商贩的生存无比狭小（但这一地区物产丰盛；沿着街道，每个人都随意采摘并食用橘子），或总是因为其自身的生存更无依据、更不平衡、更加狭隘。

气候好极了，温和又舒适，像这里的人一样。白天，气温20摄氏度；夜晚也不冷。酒店很大，而且这个季节，房客不多，碰不到什么人。所幸法国人很少。我觉得这具令我疲惫的身体恢复了一些活力，难道不是因为我常在户外阳光下吗？

关于乔治、布勒东、阿尔托的文本，我已写信给迪奥尼。他肯定会与您交流我的信，如果您想要的话。我不觉得我有道理，但我觉得，对于乔治，无论怎么做都难。或者，至少应排除一切政治的影射，还有一切以我们所不具备的权威之名作出的断定。对布勒东来说，情况大不一样，而且我也不认为，乔治会喜欢我们把他的名字和布勒东，甚至阿尔托，放到一起。他有其独特的感觉。最后，如何避免不可避免之物？

我思念你们，亲爱的雅尼娜，亲爱的路易-勒内，永远真挚，心怀深情。

莫里斯，1971年1月14日
马拉喀什，拉玛穆尼亚酒店

# 不可证实者

皮埃尔·马多勒

让我们从一个厚重的断言开始。

通过《死刑判决》这样一部记述，不可证实者会是某个本质的东西，尽管它并不显现，渴望得到交流。此外，不可证实者意味着，故事的主角-叙述者是这个渴望得到交流的东西的被动工具。因为，就像布朗肖在《灾异的书写》里所指出的，"阅读的焦虑在于，所有的文本都如此重要又如此有趣，然而却是空的（给人的印象是存在的）。归根结底其并不存在。"[1]但在同一个断片里，他又给这个患有阅读焦虑的人的致词作了补充："必须跨过深渊，如果我们不去跨越，就无法理解。"[2]所以不管怎样，不管文学和文学作品是什么，都有某种需要理解的东西。除了文学文本直接传授给我们的东西，还有某种东西，因为这个需要理解的东西这一次只有通过跨越才能得到理解。

让我们回到《死刑判决》。如果构成本书的两段插曲是1938年J.的死亡和1940年娜塔莉与叙述者的相遇，它们对我们读者呈现为两篇不同的记述，那么，这就回应了——我提出假设——叙述者的一个意图，而这个意图本身又受该作品所固有的一种必然性支配。记述——死刑判决的双重记述——想要的，是通过文学独有的手段顺利地传达对一个并不属于"这世界"却又能在其中留下痕迹的事件的认识和体验。这些痕迹为文本所具化和物化，成了记述的希望。

确切地说，叙述者渴望向我们吐露的是这样的东西：他恰恰想在我们内心触及我们。他想在我们身上触及那个如果没有其记述，我们或许就不认得的东西，那个唯有其记述能让我们通达的东西。就这样，通过一个严密的装置，记述试图克服一个强大的障碍，即我们原则上的怀疑论对文学的权力、对文学通过改变我们的看法来改变我们处境的能力所设置的障碍。

对于《死刑判决》，我们发现自己面对着一个由两篇记述构成的整体，而这两篇记述不被任何重要的决定性叙事线索连接，这个事实就是装置的主要推动力。对此，关键在于通常足以确立一本书叙事统一性的东西——两段插曲的相同主角-叙述者，巴黎同一街区的地点统一，一部作品甚至医生这样的次要角色的唯一称号，1938年的证人也是1940年插曲的证人——相反都导致了整部记述的根基滑向一直以来最隐秘的区域。整部记述由两篇不完全的记述构成，即1938年的记述A和1940年的记述B，它包含了J.和娜塔莉之间一种以强有力的方式组织起来且在文字上完全确定的叙事连续性，J.是记述A的核心人物，而娜塔莉在记述B中占据了一个主导位置。但叙述者把她们根本地分开。我们越是倾向于让她们接近，文本中对两者之可能关系的暗示就越是缺席，哪怕它借着与叙述者面对面之情境的相似而变得引人注目、令人惊奇。但这样的缺席无疑是为了让读者心生猜疑，即他从本质上获得的这一关系总在别处，而不在其惯于寻找的地方。所以，在整部记述里，在添加了记述 A 的记述 B 里，或在添加了记述 B 的记述 A 里，什么也不能证明 1938 年 J. 对叙述者的期待和 1940 年娜塔莉对同一个叙述者的要求或看似的要求之间有某种绝对同一的东西。而两篇记述的相近——一种随着阅读变得越来越大的相近——又在这方面使之变得更具迷惑性。

除非跨越。在记述 A 和记述 B 的整体假设里，跨越是取代缺席的叙事环节的唯一手段。或不如说，通过读者在文本之外的运动，填满那被挖出的空洞的唯一手段。《死刑判决》事实上有步骤地——这可以证明——消除了因为和所以，以及小说体裁在其传统表达中提供的解释。从一开始，叙述者就告知读者，不仅他在事实方面比读者所知更多（这显而易见），而且他不会全盘托出，并且在最重要的点上，他会比着读者的意愿过早地停止他所能作出的供述。但在记述 A 的最后部分，当叙述者宣称我们刚刚读到的一切并无"非同寻常或者非常让人惊讶的地方"，并补充说"奇异之事在我缄口不语之时才真正开始，而讲述它已非我所能"[3]时，他就让等待变得更为不安并加剧了不确定性。刚向我们叙述完 J. 的最后两日时光，就出现了这惊人的言语。但要强调最后一句里的已一词。为什么在记述 A 之后，叙述者就失去了对其言语的掌控？他之前所写的已把他束缚在这一点上并提前规定了后续吗？

总之，一切都是为了制造记述 A 和记述 B 之间的割裂，即雅贝斯在封四所呈现的像断头台上的铡刀一样无情的割裂，[4]

它带着其全部的残酷向我们显现。在《等待，遗忘》的某处，我们读到："他吸引她，这是他的魔力，也是他的过失。"[5]在这篇记述里，一切都是为了吸引读者。但从文本出发，引向何处呢？答案就是：引向深渊的不可接受的虚空。

除了布朗肖作品中独一无二的事件，记述 A 中还有一个文本的元素可以改变情境。在 A 部分第 19 页，我们读到九行文字，其合理性在整个记述里似乎只能由跨越的可能性来证明。在这九行文字里，叙述者呈现了一张由两幅图像交叠而成的奇怪照片，它难以解释，除非它在记述中承担了一个功能——预兆的寓意功能。这张照片是都灵裹尸布的照片，它还暗示着——这是非同寻常之处——在包裹尸身的丧葬轮廓的私密性里，发生了印痕所证实的基督和维罗妮卡的相遇，而根据苦路第六站所纪念的基督教传统，正是通过维罗妮卡这位年轻姑娘，**圣容**（Sainte Face）——真正的圣像（vera icona）——才来到世上。

这里的关键是叙事力量的惊人一击。坟墓的这一私密性，坟墓当中的这一私密性，宣告了记述 B 是（例如）跨越"另一重障碍：覆盖在沉默身体上的织物"[6]。它宣告了记述 B 里只以极端的谨慎来表达的东西：墓室，活人身上的死亡面具，以及埋在从那九行文字开始重新阅读的整部记述深处更加隐晦的东西，两张交叠在一起又无论如何不同的面容的神秘可逆性。就这样，只有倚仗旧的文本（《福音书》里关于基督死亡和复活的文本），新的文本（《死刑判决》的文本）才得以展开并荣耀地结束。新的文本在旧的文本之下，就像维罗妮卡"在基督像后面"[7]，可逆性的另一效果。一个模仿死亡的维罗妮卡，一个在她同那个由她提供面容的人的独一交谈的眩晕中只以她自己为允诺的维罗妮卡。

伊西，1998年3月

《牛眼》，第14—15期，1998年

---

1　布朗肖：《灾异的书写》，第14页（译文有所改动）。

2　同上。

3　布朗肖：《死刑判决》，汪海译，南京：南京大学出版社，2014年，第38页。

4　参见雅贝斯为《死刑判决》护封版所写的评语"绝对无误的法令"（L'Infaillible décret）："无情的判决，绝对无误的法令，就像一把铡刀落到每一页纸上，并且，至少有一次是以最可见的方式，不是为了把记述分成两个几乎等同的部分，而是相反，为了用其切口标出从此到彼、从生到死的过程，以接着融合它们。"（雅贝斯：《边缘之书》（*Le Livre des marges*），Paris：Hachette，1987，第166页）

5　布朗肖：《等待，遗忘》，鹜龙译，南京：南京大学出版社，2015年，第54页（译文有所改动）。

6　布朗肖：《死刑判决》，第86—87页（译文有所改动）。

7　同上书，第13页。

# 布朗肖致马多勒的信（一）

亲爱的皮埃尔·马多勒：

我也许还要给您写信，但我不想再拖延了。您寄给我的文本（我以一种唐突却又必然的方式收到），几乎是我能读到的写着我名字且触动我的少有的作品之一……我读着它，不仅没有不安，而且自由，几乎幸福。除了少数例外，在我被提及的地方，我读不到什么东西。一些我不会试图分析的东西很快就让我转离（问题不在于质量，甚至不在于我能否感兴趣）。多亏了您，我才突破了这类限制（它曾是其中之一，现在也还是），这事实无疑来自您的体验，即书写、阅读、生存，都处在我以为认得的种种关系里。此外，还要补充（如果我能用这个词，虽然说的不是什么添加的话）另一个事实，即您的文本建立在奇怪的空缺之上，那空缺现在结束了一件作品，或不如说取消了其一切终止，而通过您的文本再次获得生与死的东西，在那样的空缺里，无法被抹除，或至少被驱逐，却试图——怎么说呢？——通过沉没来消失。（或许，在用空白来完结的过于专断的行动里，还有这嘲讽的欲望：如果每修订一次，就有东西——最重要的，最不重要的——消失，那么，总会有一次，一切都[隐喻性地]重归于沉默，而作者和读者也归于平静。）

读着您的文本，我体会到某种愉悦，我想，如果我的所有书都消失了，那么，您的书作为审慎的见证就维持着一种显现的可能并让消失也得以可能。从而我有了另一想法，即这样一个文本，就此写下，不应回避公开的必要，应服从一切出版的一般法则。因此，几年后，允许它——当然不是持存，而是反过来——在某种程度上消逝的东西，我们也能一起考虑其消失，这是友谊的誓言。

莫里斯·布朗肖<br>
1972 年 8 月 10 日<br>
巴黎

我想知道将其稚嫩的声音传给我的那两个小姑娘的名字——在此期间，她们无疑已经不小了。

## 布朗肖致马多勒的信（二）

亲爱的皮埃尔·马多勒：

当然，您的信给我写了很多，如果我只是简短地回应，那是因为外力所迫（我们总受其所迫）。某种意义上，简单地说，使"我"书写的东西，是关于不可能之死亡的思想（苦恼），是死亡作为有限性、作为权力的沉默碰撞，以及死的无限性，让时间落入废除之风险的东西的永恒性。由此就有同海德格尔的对立（后来我读了《存在与时间》），对海德格尔来说，死亡是不可能性的可能性，而相反的表述（尽管抽象）停止了作为权力的死亡，将其——无疑真正地——反转为"一切可能性的不可能性"。

从而，如您清楚所见的那样，书的核心是"原始场景"，是向孩子（这个孩子也就是我）揭示的事情，不是因为这样的揭示堪比考验，而是因为它通过无止尽的特征"等于"无边的幸福，那幸福就这样向他到来，且以一种模糊的方式用泪水表达出来，直至泪水枯竭。

我可以这样向您吐露：《灾异的书写》第一版脱销后（怎么回事？我不清楚，几乎没有人跟我说过），我只添加了一句话，以这些词收尾："我死于我的永恒。"

您的兄弟何尝不是我的兄弟。愿手足之情长存。

M.B.
1981 年 3 月 2 日
勒梅尼尔圣丹尼

# 布朗肖致马多勒的信（三）

亲爱的皮埃尔·马多勒：

有人打电话跟我说，在米歇尔·施奈德（Michel Schneider）论格伦·古尔德（Glenn Gould）的书里，作者引用了我的一句话以更好地描述古尔德的追求："艺术存在只是为了让它消失——或为了让消失成为可能。"

我不确定这句话是否准确。但我记得在一章的开头，问题被表述为：艺术或文学何求？消失（或其消失）。书写就是将自身置于时间之外，甚至摧毁时间。由此，或许就有无作。但艺术在传达或交流。不是传达不存在之物，而是传达为了不存在而存在之物。这就是为什么，哈贝马斯（Habermas）如此看重"交往"。但这是重新落入浅薄的超越性。古尔德越来越缩退，几乎不触碰其非凡的钢琴。我会说，我已穿越死亡而不超越它，从此承受它就像承受一个因其不存在而变得愈发沉重的负担。

是的，关于夏多布里昂，我也许只保留了《朗塞传》（*Vie de Rancé*）的记忆。但我身上仿佛长着两个头：一个在说话，另一个保持沉默的鲜活。

我感到了您的悲伤和难过，这也是我的心情。今晚我已尽力让莫里斯·拉威尔（Maurice Ravel）复活。最怪的莫过于他丢失了那段首先只在钢琴中显现的记忆。如今，人们不难给其脑肿瘤做手术，却无法将其创造的赠礼还给他。

舒曼（Schumann）说（写）过，像是远远地（Wie aus den Fern）。正是远远地，我们靠近了。

> 全心地
> M.
> 1993 年 7 月 12 日
> 勒梅尼尔圣丹尼

"我觉得必须给艺术一个自身消失的机会。"

### 布朗肖致马多勒的信（四）

<u>独一无二的、古老的样品</u>，像从天空坠下。

车站的图像和超现实主义的图像。三盏熄灭的路灯，是<u>死亡的</u>三位一体吗？中性处理不错，没有面容的小人。但女孩肯定太有活力了。展示这些灵魂。您印象如何？

1994 年 5 月 2 日

勒梅尼尔圣丹尼

布朗肖，《死刑判决》葡语版封面（1988）

# 莫里斯·布朗肖

罗歇·拉波尔特

自1943年的《失足》面世以来（萨特的《存在与虚无》和巴塔耶的《内在体验》都在那一年出版），我对布朗肖的阅读已刚好有半个世纪。[1]对我来说，与研究布朗肖的专家对话的同时，针对其作品——确切来说，是其作为一位作家的作品，而非其作为一位新闻工作者的产出——给出一份全面的概述或许是有用的。

——布朗肖的书可以分为三类：批评作品；虚构作品；另有一些难以归类的作品，可以1973年面世的《诡步》和1980年面世的《灾异的书写》这两本书为代表。

批评作品包括《失足》《火部》《文学空间》《未来之书》《无尽的谈话》和《友谊》。这份书目还可以添加上最近几种短小的研究，这里我只提一下《不可言明的共通体》和《我所想象的米歇尔·福柯》（*Michel Foucault tel que je l'imagine*）。布朗肖最新的书是1992年9月面世的《来自别处的声音》（*Une voix venue d'ailleurs*），这是对路易-勒内·德·福雷的诗歌的研究。

如何用寥寥数语来公正地对待这些批评作品？布朗肖从马拉美、卡夫卡、阿尔托及其他许多人那里受益匪浅，但应该立刻补充的是，马拉美、卡夫卡、巴塔耶、夏尔、列维纳斯及其他许多人也从布朗肖那里获益颇丰。如果布朗肖没有为《城堡》的作者写下10篇研究文本，我们今天会如何阅读卡夫卡？这个问题不可能回答：我们通过布朗肖的评论来阅读卡夫卡。当我们在《火部》里读到《荷尔德林的"神圣"言辞》（"La parole « sacrée » de Hölderlin"）一文时，我们读的不是荷尔德林，而是布朗肖，他阅读海德格尔、阅读荷尔德林、阅读希腊文；但和一切自我中心主义相反，布朗肖不仅自己转向了荷尔德林，还让我们也转向了荷尔德林，为我们清出了一条通向荷尔德林作品的道路，而且逐渐激起了"文学"试图回应的遥远者那迷人的持续召唤的回音。布朗肖让我们成了他所讨论的作品的同时代人；他在同一个当下的时刻把它们聚集起来，即便它们属于不同的时代，或属于不同的文类，一些属于文学，另一些属于哲学或神秘主义。

布朗肖不只是一位特别伟大的评论家，因为其作品独一的性质和主要的特征就在于，通过让作品向其外部敞开，通过表现得仿佛一切"书写"的光泽均由一部未来之书构成（根据布朗肖的说法，这部未来之书将只因其缺席而显目），让作品脱离了它们的过去和它们的当下。

虚构的作品分为两个时期：一个是伟大小说的时期，包括《黑暗托马》《亚米拿达》《至高者》；然后是记述的时期，包括《死刑判决》《白日的疯狂》《黑暗托马》（新版）和《在适当时刻》《那没有伴着我的一个》《最后之人》。这第二个时期的最后一部作品，1962年出版的《等待，遗忘》，并不具有"记述"的标记。在其作品的各个新的版本里，布朗肖已经抹除了一切文类的指示。

布朗肖已有30多年没有发表别的小说或记述了，所以，排除一种不太可能的相反的证据，我们可以认为，严格意义上的虚构作品，结束了。这一弃绝的重要性再怎么强调都不为过：布朗肖抛弃了虚构，恰恰是因为虚构不再与他的寻索相配。记述已被一种新的风格取代，这一新文类的代表只有两本书，但它们是重要的书：《诡步》和《灾异的书写》。如果我们坚持给这些作品贴上标签，那么，它们可被称为断片，因为阅读它们的时候，我们会情不自禁地想起德国浪漫主义，更确切地说，想起《雅典娜神殿》(Athenaeum)。布朗肖的断片作品，如同施勒格尔或诺瓦利斯的断片，既没有把哲学和文学分开，也没有把它们融合起来，而是寻求它们之外的东西：对思想的直接体验。在《诡步》和《灾异的书写》中，"书写"带着它的赌注、它的谜题、它的断裂、它的深渊，揭露了自身并试着说出自身。布朗肖将尼采的口号施用于文字层面："必须把思想砸烂"[2]。但对布朗肖来说，断片的写作不是一个选择的结果，而是一种我们将会回归的错位之体验的产物。布朗肖长久以来寻求书写的本源，寻求艺术作品的本源，寻求灵感和灵感之匮乏重合的那个点。但这种对中心的追求已经失败，或者，已被一种反对的力量阻碍。并且，用布朗肖的话说："起源本身似乎已经遭到抹除，它给我们留下了标记，那就是差异的观念，作为最初中心的发散的观念［……］中心也是一切中心的缺席，因为正是在那里，一切统一性的尖端都遭到了粉碎：某种意义上，那是非统一性的非中心。"[3]但断片不就是在这样的原初裂缝中找到了它们的"本源"吗，如果我们可以这样说的话？

\*

我会试着介绍布朗肖的作品，但我无法将其穷尽。我的讨论将包含三个方面，可以说，它们都涉及一个神话、一个记述、一个象征的形象。那么，我将按如下的次序来讨论：塞壬的歌声，猎手格拉胡斯，俄耳甫斯和欧律狄克。

让我们从塞壬的歌声开始。对此，布朗肖为我们提供了一个完全不同于荷马的版本："作品的中心点，"布朗肖写道，"便是作为渊源的作品，即人们无法实现的东西，然而它却是那个唯一值得付出代价去实现的东西。"[4]布朗肖还写道（我们可以补充更多的引述）："作品吸引着献身于它的人走向它接受不可能性考验的地方。这种体验确是夜晚的，是夜的体验的本身。"[5]我们——首先是布朗肖——难道不是一种奇怪魅力的牺牲品吗？无疑是的，但主张布朗肖的作品和魅力相关，这只是说，它在回应，它在试着回应本源的召唤。"塞壬之歌，"布朗肖写道，"尚未完成，还在路上，却引航行者向歌唱真正开始的空间。但到了又如何？哪里是目的地？那是一个只剩下消失的地方，因为就连音乐本身，在这源头地带也消失得彻底，世界上再无一地可与之相比[……]就像音乐的源地是唯一没有音乐的地方，这神奇的地方，一片干旱，寸草不生，而沉默烧毁了一切接近歌曲的道路。"[6]

所以，当一个人接近本源的时候，他就远离了一切的开端：书，被无限期地推延，朝向永远的未来，让位于书的缺席，因此，在《那没有伴着我的一个》里，当两个角色中的一个"带着一种反常的贪婪"问另一个"您写作吗？您此刻在写作吗？"[7]时，另一个从不能说"是"，因为回避的本源让一切的"我此时在写作"变得不可能了。那么，"写作"的目的何在？是作品，是**杰**作，是马拉美所梦想的**书**吗？根本不是，因为，"书写，"布朗肖说，"是作品之缺席（无作）的生产。或者，书写就是作品的缺席，以至于它通过作品生产自身并穿透了作品。"[8]我们会明白——即便我们觉得这样的话让人悲伤、沮丧——为什么布朗肖会说"文学或许本质上就是要让人失望"[9]。——当"书只是一个让书写走向书之缺席的计略"[10]时，文学还能是什么呢？

那么，这个操心作品、本源，回应至尊要求的人，又发生了什么？"一个脆弱而悲惨的人"，听凭一种"让人不可理解的苦恼"支配。[11]布朗肖还写道："人在作品中说话，但作品，在人身上，让不说话的东西，让不可命名的东西，让非人，让无真实性、无正义、无权益的东西说话。"[12]

任由我们自己被本源的召唤、被塞壬的歌声诱惑，这将我们引向破灭了吗？根本没有！我们被引向了灾异，但没有被引向人身与财产的毁灭。布朗肖身上有一种对真正的毁灭、最终的虚无的怀旧，正如我们在他对巴尔扎克的《不为人知的杰作》(Le Chef-d'œuvre inconnu)的评论中所注意到的。任何人都会同情弗朗霍费的失败：他在烧掉他的画《美丽的诺瓦塞女人》后自杀了。但布朗肖评论说，弗朗霍费的毁灭并非绝对，因而不是毁灭。从原文看，布朗肖当然是对的。——两个得以凝视弗朗霍费的**杰作**的人起初什么也没看见，但当他们走近，巴尔扎克写道："他们才发现画幅的一角有一只赤裸的脚，从这堆混浊一片的颜色［……］中伸出来；一只优美的脚，栩栩如生的脚！这个局部幸免于一场难以想象的、徐徐逼近的毁灭，他们在它面前欣赏得目瞪口呆。"[13]在《不为人知的杰作》中，巴尔扎克实现了其忧惧症的戏中戏效果：他的伟大作品应归于虚无，或几乎虚无；或许，这只"优美的脚"让巴尔扎克安心，但布朗肖心之所愿全然不同："《不为人知的杰作》让我们在画幅一角看见一个迷人的脚尖，而这只优美的脚阻止了作品完成，但它也阻止画家在他的空白画布面前，用绝对心平气和的语气说出：'什么也没有，什么也没有！最终什么也没有。'"（《失足》，126）

那么，为什么是灾异，而不是毁灭呢？为什么，布朗肖，或任何人，从来不能说"什么也没有！最终什么也没有"呢？因为在这个本源的位置，在这个源地，音乐完全缺失：仿佛一种言语，一种空白的言语，一种无人听到的喃呢，正对我们述说。"这言语不一般，"布朗肖写道，"因为似乎说了什么，但可能实际什么也没说。甚至，其中是深意在言说，听出了难以置信［……］因为是沉默在说，成为虚假的言语，无人听到，这无秘密的秘密之言。"[14]在《在适当时刻》里，朱迪特对歌手克劳迪娅说，"你的声音如此贫瘠"，或"你用空白歌唱"，[15]这不得不让人想起卡夫卡的《女歌手约瑟芬》中虚弱、朴素的"歌声"。这空白的、贫瘠的嗓音，这言说的沉默，就是持存之物，就是阻止毁灭的东西，它阻止了一切"什么也没有！什么也没有！最终什么也没有！"。布朗肖当然渴望迈出另一步，超越书的缺席，就像他笔端日益频繁地冒出的这个表述所指出的，"一切必须抹除自身，一切将会抹除自身"[16]，但这样的虚无是不可能的，这样的空无是不可通达的，因为即便"书写不是注定要留痕迹，而是注定要用痕迹抹除全部痕迹，注定要比人在坟墓里消失更确切无疑地消失"[17]，这个句子也必定会被写下，必定会被抹除，因此，必定会再次被写下，无尽地被写下，这是一个无止无终的运动，它让超越书之缺席的脚步变得不可能了。

现在，让我们回到《猎手格拉胡斯》的象征形象上来。首先，请享受卡夫卡的以下文字带来的阅读快感：

"您已经死了吗？"

"是的，"猎手说，"正如您所见到的。许多年前，肯定是不知多少年前了，当我在黑森林——这是德国——追捕一只羚羊时，从悬崖上摔了下去。从那以来我就死了。"

"但您也还活着呢。"市长说。

"也可以这样说吧，"猎手答道，"在一定程度上我还活着。我的死亡之舟驶错了方向或者是船舵弄反了方向，或者是船主一时思想走神，也可能是被我家乡的美丽转移了注意力，我真的不知是出于什么原因，我只知道，我留在了人世，我的冥船从此航行在人间的江河湖海上。于是，原本只愿在山区生活的我，死后却周游列国了。"[18]

那么，这位从岩石上摔死，却还没有进入冥府的猎手发生了什么？他的船只，既没有舵手，也没有舵轮，无法穿越冥河：它"借助于来自死亡最深处的阴风行驶"。"我说不出它是什么"，猎手格拉胡斯宣称，但作为布朗肖的读者，作为《黑暗托马》《死刑判决》和典型记述《最后之人》的读者，我们知道，某个"不朽且卑劣的事件"已经切断了一切关联，打乱了时间，把垂死之人变成了一个"永恒之人"，"可怕地温顺且虚弱"，"绝对地不幸"，因为即便他"走到尽路了"，他也无论如何不能成功地耗尽其虚弱中存留的微乎其微的力量。[19]一个人怎能不对这个**最后之人**感到同情，他充满了"一种未知的痛苦，一种比最清亮的日光更为清亮的痛苦[……]比孩子的受苦还更可怕的苦"[20]？因为"他恒久地请求救援，却始终无法标定自身所在方位"[21]，既然我们对他怀有友爱之情，我们就应该发觉勇气，这样的勇气如果不是要接近他，至少也不应该背离一种"无可测度的柔弱"[22]，不应该背离一种"诱发恐怖的弱质"[23]。

我们不能为他做什么：这就是本质的孤独。那么，**最后之人**的永恒痛苦是什么？"他不能死，因为欠缺未来。"[24]

关于布朗肖，列维纳斯写道："死亡不是完结，它是完结的从不完结。"[25]确切的表述，它是悖谬的，如果脱离了语境，甚至是荒谬的，它强调了死的这种不可能性。布朗肖甚至写道："死去的人让濒死之人如获重生。"[26]在记述的黑暗中心，仿佛一个"古老的意外"让死亡变得不可能，那个事件发生在过去，发生在许久许久之前，发生在一个不可追忆的、"极其古老的"过去，[27]那个事件横跨时间的通道而不成为当下，

友谊

这就是为什么，死人只能无限地接近他的死亡。**最后之人**是病弱的、垂死的，或许已经死了（叙述者说："我说服自己相信我首先认识的是已死的他，然后才是垂死的他"[28]），但他在生者中间归来，虽然比之前稍稍虚弱了一点，"这一存在之生命因自我稀化而长成"，直到他再一次变得十分病弱，"可憎地低下"。[29] 叙述者怀有最难以调和的假设："如今我认为，"他说，"也许是他并非总是存在，或者是他当时根本尚未存在。"[30] 但他也问："要是他其实已经消逝了呢？要是那被我当成他的一切不过是那苦受幸存下来的无声在场，以及那从此将与我们同在的无尽痛苦——必须于其重压下无止尽地生活、劳作、死亡——之幽魂？"[31]

在《最后之人》的第二部分，"场景"是死者的王国，亡灵在那里游荡，寻找一个不可能的葬礼。叙述者描绘了一座"光穴"，"这极白之光便是我浸没之处"，[32] 但他找不到永恒的安息，因为他被一阵"低响"所纠缠，那"低响"不是噪声，他无法使之沉寂："这低响令我沉醉，甚或疯狂。"[33] 他不能渴望一个平静的时刻吗？沉默不会增长吗？它无疑会增长，但"更多的沉默，换来更多的杂音"，这个引述后面的句子将总结我的第二部分讨论："沉默，如此喧嚣的沉默，平静之恒久骚动，是否就是我们所谓的那可怕的东西，那永恒的心？"[34]

最后，我们来看看俄耳甫斯神话。

"这些话是晦暗的：没有什么会使之显明。"[35] 乔治·巴塔耶对《死刑判决》的最后几句作出了这样的判断。的确，布朗肖是一位艰涩的、极度隐晦的作家，但相信这样的晦暗能够并且必须被驱散，相信白日必须战胜黑夜，相信黑暗托马必须让位于一个阳光托马,这虽难以避免,却岂不是一种幼稚、一种曲解吗?晦暗必须被珍惜并因此被守护:这是布朗肖思想根本的、无疑令人不安的观点之一。让我们追随他对俄耳甫斯神话的绝对原创性的评论。布朗肖把我们的注意力引向了这个评论,因为在《文学空间》的《前言》里,他指出,这部作品无可否认的、难以捉摸的核心,就是题为《俄耳甫斯的目光》的文本。

根据一种对神话的天真阐释,俄耳甫斯通常被认为犯了急躁的错误,忘了"不要转身"的命令,他渴望立刻同欧律狄克一起生活,并且首先渴望见到她白日的真身,目睹她日常的魅力。布朗肖给出了完全相反的阐释,他写道:"俄耳甫斯欲使欧律狄克处在她的夜间的黑暗中,处在她的远离中,她的身体不露肌肤,面目被遮掩,他的运动欲在她看不见时见到她,而不是在她可看见时,不是作为一种熟悉的生活的亲密,而是作为那种排除了一切亲密的东西的陌异性,不是让她活着,而是让死亡的圆满在她身上具有生命力。"[36]

"一切的发生,"布朗肖补充说,"就像是俄耳甫斯在违抗戒律,在看欧律狄克时,只是服从于作品的深刻要求。"[37]无疑是这样的,但它不也以某种方式承认,在作品的要求和对晦暗的关注之间,有一个无法克服的矛盾吗?那么,一个人如何接近晦暗,允许晦暗接近,而不犯下和俄耳甫斯一样的错误?布朗肖不断地思索这个问题。"我们如何能够发现晦暗?晦暗如何能够被揭露出来?这种让晦暗在其晦暗性当中给出自身的晦暗的体验会是什么?"[38]他不是这样写到过吗?在30年后首次发表的一篇题为《勒内·夏尔与中性的思想》

("René Char et la pensée du neutre")的文章里，布朗肖回到了这个问题。让我们尽情欣赏下面这些话的丰富和明晰，它们致力于对晦暗者、对未知者的探讨，而这些概念必须总用中性来理解："探寻和作为未知的未知者发生了关系。一个依旧令人不安的句子，因为它提出：由于未知者是未知的，它要和未知者'相关'。换言之，我们假定了一个关系，在这个关系里，未知者得到了肯定、显现和展示：它得到了揭露——并且是在什么方面？恰恰是在把它保持为未知的东西中。那么，在这样的关系里，未知者会在掩盖它的东西中得到揭露。"[39]

阅读这篇1993年的文章，怎能不想到海德格尔的哲学？其实，布朗肖提出的假定不就像是回答了海德格尔思想的一个重要关注吗？我们知道，海德格尔在他对真理、对aletheia、对Unverborgenheit（无蔽）的反思中，首先强调揭示、去蔽、显露、澄明、敞开。后来，海德格尔把一种不断增强的重要性，赋予了赫拉克利特的著名残篇"Phusis kruptesthai philei"。自然——涌现——喜欢隐藏。存在喜欢撤入它的地穴。用海德格尔在写作《艺术作品的本源》时采取的术语，我们可以说，存在命定了自身，命定了我们将揭示世界、揭示光，但同时，它返回到大地，它的庇护所。我们不是可以用工作假说的名义提出：就"未知者"，用布朗肖的话说，"会在掩盖它的东西中得到揭露"而言，存在不再被世界和大地、澄明和遮蔽之间的争执——这当然产生了艺术作品——所撕开了吗，因为存在会在保持掩盖的同时得以揭露？

现在，让我们回到布朗肖和夏尔，夏尔也被视为隐晦的，但这不正是因为夏尔的诗歌致力于未知者吗，它既不言说，也不沉默，而是如其所是地向我们呈现了自身：孤离的，陌异的，确切地说，未知的？在离开未知者的同时拥抱未知者，这意味着拒绝认同它，意味着把它留在它的晦暗之中，留在一个从不被澄明的秘密里。我们会想起，夏尔把晦暗者赫拉克利特视为一个"实质的伙伴"，赞赏他的著名残篇："德尔斐神谕的**神主**既不揭露，也不隐藏，而是暗示。"当夏尔提到致力于未知者的诗歌时，他用一个暴力的隐喻把这个残篇转译成：一根"被拔去指甲的食指"[40]。

献身于布朗肖的作品并非易事：我们总会恐惧，即在50年的工作后，我们可能并不比第一天走得更远，至少，如果我们是用清晰度来衡量可能的进步的话。但我们学到了什么？我们可以提出什么样的命题？事实上，布朗肖实现了他所呈现的一个假定。的确，我们难道不能说，布朗肖的作品，就整体而言，在揭示未知者的同时也把它保持为未知吗？这作品吸引我们的方式与别的作品不一样，它用它的晦暗，用一个透明的**黑夜**，迷住了我们，在这个黑夜里，透明之物本质上比黑暗本身还要黑暗，那是一个我们没有深入的狂野的**黑夜**，是绝对无助的**灾异**之孤独，然而我们不是听到了一阵无止息的喃呢吗？我们不是以为自己听到了"永恒**外部**的流淌"（ruissellement du Dehors éternel）吗？

《人文科学杂志》（*Revue des Sciences Humaines*），第253期
1999年

1　本文原为1993年1月作者在伦敦大学的布朗肖研讨会上的发言。

2　参见弗里德里希·尼采：《权力意志：重估一切价值的尝试》，张念东、凌素心译，北京：商务印书馆，1993年，第637页："人们必须把宇宙砸烂，忘掉对宇宙的尊重。"

3　布朗肖：《无尽的谈话》，第780—781页。

4　布朗肖：《文学空间》，第37页。

5　同上书，第162页。

6　布朗肖：《未来之书》，第3—4页（译文有所改动）。

7　布朗肖：《那没有伴着我的一个》，胡蝶译，南京：南京大学出版社，2015年，第46页。

8　布朗肖：《无尽的谈话》，第818页。

9　同上书，第781页。

10　同上书，第818页。

11　布朗肖：《文学空间》，第38页。

12　同上书，第238页。

13　巴尔扎克：《巴尔扎克中短篇小说选》，郑克鲁译，北京：商务印书馆，2018年，第232页。

14　布朗肖：《未来之书》，第298页。

15　布朗肖：《在适当时刻》，吴博译，南京：南京大学出版社，2015年，第45页（译文有所改动）。

16　布朗肖：《诡步》(*Le Pas au-delà*)，Paris: Gallimard, 1973，第76页。

17　同上书，第72页。

18　卡夫卡：《卡夫卡短篇小说经典》，叶廷芳等译，重庆：重庆大学出版社，2013年，第229—230页。

19　布朗肖：《最后之人》，林长杰译，南京：南京大学出版社，2014，第22—25、33页。

20　同上书，第69页。

21　同上书，第10页。

22　布朗肖:《最后之人》,第25页。

23　同上书,第9页。

24　同上书,第42页。

25　列维纳斯的《诗人的目光》一文(译文见本书第47页)。

26　布朗肖:《等待,遗忘》,第42页。

27　布朗肖:《诡步》,法文版,第24—25、33页。

28　布朗肖:《最后之人》,第7页。

29　同上书,第47页。

30　同上书,第4页。

31　同上书,第72—73页(译文有所改动)。

32　同上书,第113页。

33　同上书,第91页。

34　同上书,第120页(译文有所改动)。

35　巴塔耶的《莫里斯·布朗肖》一文(译文见本书第65页)。

36　布朗肖:《文学空间》,第173页(译文有所改动)。

37　同上书,第175页。

38　布朗肖:《无尽的谈话》,第82—83页。

39　同上书,第584页。

40　布朗肖:《来自别处的声音》,方琳琳译,南京:南京大学出版社,2016年,第52页。

## 布朗肖致拉波尔特的信

亲爱的拉波尔特：

"对另一个人的责任，将其孤独地留给死亡之神秘的不可能性。"这大概是伊曼纽尔·列维纳斯的意思。但同死之人的非孤独关系是什么？我有必要提及我自《黑暗托马》以来一直在写的东西，尤其是《诡步》在死之人（他产生了死的幻觉）和他身旁守夜的人之间展开的对话："死着，你没有死，你授予我这个死作为超越一切痛楚、一切孤独的和睦。"因为当"我死时，正是他人同我一起在死"——由此，在另一个意义上，再次出现了我死之时死的伦理责任，以及此刻之死的不可能性。

至于其他问题：是的，有必要严肃地对待所写的东西，哪怕这样的严肃以乔治·巴塔耶所说的笑声的方式摧毁了我们（但事实上，我从未见他笑过——相反，他具有一种悲剧的严肃，而——过去——我自身不当之严肃的轻盈或许还帮他承受了下来）。

那么，在知识与知识之间有这样的矛盾吗？无疑是有的。但如果"书写就是知道死亡已经发生"，那也意味着，由于知识，一般而言，在此情形下尤其错失了确定的知识或知识的真理，所以（依托逻辑的简化方式）从来不能确定一种与闪避的知识相连的书写。

我还记得《诡步》里说的话："我不知道，但我预感到"，然后"我预感到我会已知"。已知，知识的完结属性。所以，您对我讲述并询问我的那种体验，就是一种仿佛在我死后才给予我的"已知"，因为那不是我的死亡，我在其中什么也不是、什么也不知。他人徒然地试图获取的已知向我展示了我从此静止的面容。

今天早上,天快亮时,有人给我打了三四通电话,我最终接听了,一个凄凉的嗓音念道:"黑暗托马。死刑判决。"我回复说:"灾异的书写。"另一头重复道:"灾异的书写。"我于是说:"灾异向你致敬。"显然是读者开的玩笑。或者是一些遗言?

我全心地拥抱您,亲爱的,亲爱的罗歇。

M.
1981 年 7 月 26 日

# 莫里斯·布朗肖与诗歌

雅克·杜班

莫里斯·布朗肖的首要关注并非诗歌。人们可以这么说。即便他为重要的诗人作品写过许多令人赞叹的文章。但至少诗歌的问题是其反思语言和写作的本质部分。在我看来,他在这方面的写作——散文也好,记述也罢——没有一句话不牵动着一位追求的诗人,这诗人急于远离情绪化的、装饰性的或程序化的诗,以在巴塔耶所谓的诗之恨(la haine de la poésie)里,抵达其写作激情的更深一层,抵达他能够抓住同时又沦为其猎物的符号颠覆。

莫里斯·布朗肖的体验融入,或超出了,确保并确认了,用其清醒、其警觉照亮了,冒着其风险和危机的诗人,在任何时刻都无法摆脱的真正深刻的语言工作。

对语言的一次裸露,对修辞和诗学的一次诅咒,对国王的一次斩首,对死去诸神及其不可能之归来的一次招魂,然而,砾石的播种者。

如果我打开,比如,《无尽的谈话》的目录,我会发现,一些篇目的标题与其说是定义,不如说是对诗歌是什么,或应是什么的指示，是对诗歌指派给自身的虚幻目标的指示，是对纠缠着诗歌的不安或痛苦的指示。

我摘录：

> 思想与不连续性的要求，
> 最深刻的问题，
> 如何发现晦暗，
> 遗忘，非理性，
> 对未知的认知，
> 极限体验，
> 叛乱，书写的疯狂，
> 残酷的诗歌理性（飞行的强烈需求），
> 断片的言语。

只需要说出，并标明，布朗肖与诗歌的亲密关系，其相互的聆听，其依恋，其视野与目标的共通体。我摘录的最后一个标题富有启示："断片的言语。"自兰波和马拉美以来，自尼采以来，今天的诗歌写作，就是按一种自身强加的断片模式来完成的。该模式让诗歌脱离了人为的连续、虚幻的完满、夸张的抒情和封闭的自负。诗歌呼吸、敞开。诗歌不受拘束，它迷失了，但它敞开。它所直面的断裂，它所蒙受的切割和创伤，让它摆脱了残渣、装饰、圣台和祭坛。依然是一位孤独的作家、一种孤独的书写……"为了，"布朗肖写道，"进一步根据一种完全不同的语言来言说：不再是整体的语言，而是断片的语言、复多的语言、分散的语言。"[1]

他还写道：

> 这片段化的诗歌是这样一首诗歌：它并非尚未完成，而是敞开了另一种完成方式，一种在等待之中、在追问之中或在某个不可还原为统一的肯定之中至关重要的方式。[2]

为获得在无限的空间内前行的自由，只需要让自己涌入这敞开的缺口，或者，更好的是，一步步地，追随那逐渐被抹去记号的遗留足迹。布朗肖把他自己已然尝试过的渗透和调查的工具，还有遇险的工具，交给了我们。在断片书写中，他的言语散发出一条极度精细的导线，以寻求一个终极的意义，而这无法把捉的意义，从至高处指示我们如何跨越鸿沟，如何掌控那些让文本枯竭、让话音窒息的强力拆解的喧嚣和膨胀。仿佛，在布朗肖的断片创作下，有一张无形之网的在场，无形却又活跃的网，它提供的与其说是一种支撑，不如说是一种酵素。这张多孔的网允许上升的气息通过，后者经由词语，揭示了一个质问的命令，一个裸露每一次铭写之冲动的要求。

在词语的跟跄中，在诗句漂移的苦恼中，经过土地的干涸和书写之恐惧的碾压，依然有布朗肖的这些话："书写是最大的暴力，因为它僭越了法则，一切的法则，甚至它自己的法则。"[3] 无果的战斗，仍在持续，没有输赢，一场吞并死亡、挫败死亡的致死战斗，通过走向未知，通过走向世界的未知、他者的未知，它用不可能性标记了死亡。因为从第一次冲动开始，就总有一个未知的配角，一位不期而至的读者，他信任词语的等待、词语的遗忘。

等待，遗忘，这两个密不可分却又分开的词，我觉得，总在揭示诗歌活动的独一时刻、至高瞬间。一种无持续的等待和一种无未来的遗忘的相遇与散播，及其在闪电中的融合。对布朗肖来说，一篇无止尽的记述，其对象，其不连续的内容，就是以最突然、最亲近、最痛苦、最晦暗的方式，讲述一个男人和一个女人的对峙，或讲述其神圣地结合起来，又被谜样地分割开的幻影。说到这本在我看来关于诗歌的书，布朗肖在《刊登请求》（"Prière d'insérer"）里写道：

> 相互远离的句子的这一共时性首先只能被接受为一个令人不安的特征，因为它意味着内在联系的某种断裂。但时间一长，在试着用外在的约束，把散乱的东西粗野地统一起来之后，这样的分散看起来也有其连贯性，甚至回应了一个顽固的，可以说独一无二的迫求，倾向于肯定一个新的关系，那关系或许就在为记述起名的并列的词语里运行。[4]

他在几句话后补充：

> 诗歌是分散本身，它就这样，找到了其形式 [……]

当代诗歌已通过莫里斯·布朗肖的作品，令人目眩地确认并证实了其骚动，其悲惨的偏离，其"书写的疯狂游戏"。但关于赫拉克利特，关于克莱芒斯·拉姆努（Clémence Ramnoux）的命题，布朗肖写道："严谨的学识之外还有：一次沉思，单纯、愉悦，却又深刻、令人着迷，因为它回应了那些以某种本质之物的显明性和晦暗性的言辞来言说的文本的魅惑力。"[5]

某种本质之物。空无与诗歌的合并。书写的虚无无话可说，除了虚无，除了或许聚集着世界和他者的书写的虚无。苦恼的能量要求书写，为了在那个让人投身于未知，投身于他者和世界之未知的运动中，只说他者，只说阴性的未知。

莫里斯·布朗肖的文本与思想击中了每一首诗的空幻，以迫使其改头换面重新出现。他将欲望、灾异、出生赋予了诗歌。他照亮了书写的恐惧，还有"沉思，单纯、愉悦［……］某种本质之物的显明性和晦暗性"。我们感激他无边的沉默，强加在滔滔不绝的书写之上的沉默。至尊的沉默，我羞愧于自己如此笨拙地将它打破。

"本质的布朗肖"讨论会，2002年
《把我带进你的故事》(*M'Introduire dans ton histoire*)，2007年

---

1　布朗肖：《无尽的谈话》，第298页（译文有所改动）。

2　同上书，第598页（译文有所改动）。

3　同上书，第4页。

4　《耐心的练习》，第2期，1981年，第106页。原为1962年3月《等待，遗忘》的刊登请求（译文见本书第306页），后收入1970年9月4日布朗肖致日本译者的信。

5　布朗肖：《无尽的谈话》，第155页（译文有所改动）。

> A Maurice Blanchot
> avec toute mon amitié
>
> Jacques Dupin

杜班,《胡安·米罗》(*Joan Miro*)献给布朗肖的题词(1961)

## 杜班致布朗肖的信

亲爱的莫里斯·布朗肖：

我早就想告诉您，您在《新法兰西杂志》上为我的贾科梅蒂所写的评论多么令我感动。您极大地鼓舞了我，正当我苦于不知如何接近一件太过亲近、太过棘手的作品，我不愿谈论它，我在约束下谈论它，却感觉不到自己配得上施加这一约束的贾科梅蒂的友谊。

为此感谢您，亲爱的莫里斯·布朗肖，请相信我的深情。

雅克·杜班
1963 年 11 月 10 日
巴黎

"分离的在场涌现""无止尽的作品""线痕的不连续性"("这不停地中断的线痕,打开了虚空,又撤销了它……"):通过雅克·杜班向我们提出的这每一个分散又联系的指定,我们被唤向一个位置,从中我们会看到这样一件作品(《直立的女人》《威尼斯女人》),如果"看到"适用于它对我们要求的关系。那关系就是距离的关系。这距离是绝对的。隔着这绝对的距离,在我们面前,却像没有我们似的涌现的东西,就是"在场的涌现";在场并非呈现出来的某个事物;在那里的东西,既不靠近,也不远避,无视着一切不可把握的游戏,就在那里,带着在场的生硬的证据,在场拒绝逐次、渐进,拒绝缓慢的来临、难以察觉的消失,却又指定了一种无限的关系。在场是"分离的在场"的涌现:它无可比拟地向我们到来,又在到来的突如其来中静止,将自身呈献为陌异者,其自身就在于陌异性。

在场只是隔着距离的在场,而这距离是绝对的,也就是不可缩减的,也就是无限的。贾科梅蒂的礼物,他献给我们的礼物,就是在世界的空间中打开了无限的间隔,由此出发便有在场——为了我们,但也像没有我们。是的,贾科梅蒂给了我们这个,他无形中把我们引向这个点,在这个唯一的点上,呈现之物(塑造的客体,描绘的形象)变成了纯粹的在场,带着其陌异性的他者的在场,也就是,根本的非在场。这距离(雅克·杜班说的虚空)绝不有别于它所属的在场,正如在场也属于这他异的绝对距离,以至于可以说,贾科梅蒂雕刻的就是距离,他把距离交给我们,也把我们交给距离,移动又僵硬的距离,咄咄逼人又殷勤好客,宽仁又偏狭,就这样,它每一次都被永远地给予我们,又每一次都在一瞬间沦没:距离是在场的深度本身,全然显现,被还原至表面,看似没有内部,但又不可侵犯,因为它等同于外部的无限。

布朗肖,《在场》

阿尔贝托·贾科梅蒂,《直立的女人》,雕塑(1959)

# 永远的见证人

雅克·德里达

连着好几日、好几夜,我徒然地问自己:在此地此时发出声音的勇气来自何处?

我愿意相信,我希望我还能想象,我从莫里斯·布朗肖本人那里收到了这份我所缺乏的勇气。

在这个地方、这个时刻,当我念出莫里斯·布朗肖这个名字时,我怎能不颤抖?

我们仍需要无尽地思考,竖着耳朵倾听:通过他的名字,在您的名字里,继续且永远不停地回响的东西。我不敢说在"你的名字"里,因为我还记得莫里斯·布朗肖自己如何看待并公开表露这样一个绝对的例外,这样一个由友谊授予的特权标记,即用"你"称呼的特权,他说,这唯一的机会源于他同伊曼纽尔·列维纳斯的持久友谊。

莫里斯·布朗肖有天告诉我,看着最伟大的朋友之一伊曼纽尔·列维纳斯在自己面前死去,是多么痛苦。我想在此向他们的记忆致敬,好把他们与这静思的时刻联系起来:乔治·巴塔耶、勒内·夏尔、罗贝尔·安泰尔姆、路易-勒内·

德·福雷、罗歇·拉波尔特。

此地此时，当我说出莫里斯·布朗肖这个名字，这个前所未有地唯一的名字时，我怎能不颤抖？我怎能不颤抖，哪怕受邀而来，我也不得不为所有人承担言辞，无论是先生还是女士，无论是在此地还是在别处，他们都爱戴、敬佩、阅读、倾听、接近过这个人，在整个世界，两三代人中间，有这么多人视他为这个时代，而不只是这个国家，最伟大的思想家和作家之一？

也不只是在我们的语言里，因为对其作品的翻译正在拓展，并将继续用其秘密的光线辐照世界的所有习语。

莫里斯·布朗肖，据我回忆，在我成年的整个人生里，自从我读到他（50多年前），尤其是自从我在1968年5月遇到他，自从我有幸不断地得到他的信任和友谊，我就习惯了听到这个名字，不同于某人的名字、别人的名字，他是一位被人引用和借鉴的无与伦比的作者；我听到这个名字，不同于我所敬佩之人的大名，既是因为他在思想和生存上展露的力量，也是因为其回撤的力量、其堪称典范的矜持、其在这个时代独一无二的审慎，他总在远离，尽可能地远离，通过伦理和政治的原则，有意地远离一切喧哗和一切影像，一切文化的诱惑和欲念，一切急忙地冲向媒体、出版、摄影和银幕的直接性的东西。我们寻思，在有时过度地使用了其矜持和隐身的状态后，某些炒作者，会不会在明天，在足够久之后，出于懊悔，像抛弃可转让的偶像一样抛弃它们，由此确认同样的否认或同样的无知。

说到布朗肖数十年来的远离，请容许我在此感谢莫妮克·

安泰尔姆（Monique Antelme）。我想对她，这一次不只是私下地，表达我和其他许多人的感激。这份感激献给一位女性朋友，她的忠诚，在布朗肖的回撤和世界之间，在他和我们之间，是甜蜜、慷慨和正直的共同联姻的忠诚，事实上也是其联盟本身的忠诚。

我刚指明了第一次相遇的时间，1968年5月。无须回想这次个人相遇的起因或事由，它首先关乎我们之间一个本质上伦理或政治的难题，我只强调一点，即在同一时间，在1968年5月，布朗肖整个地、全身心地投入街道，一如既往地彻底介入一场自我宣告的革命。因为对于其极端的介入，二战前的介入——我不会默默忽略——以及所有如此不可磨灭的介入，占领时期的介入、阿尔及利亚战争和《121宣言》的介入、五月风暴的介入，对于所有这些政治经历，没有人比他更严格、更清醒、更负责地懂得从中汲取全面的教训。没有人比他更快地懂得承担解释和再解释，哪怕是最困难的转变。

莫里斯·布朗肖，这个名字，我已习惯了念它，不是念另一个人的名字，一个极少露面的隐秘之人的名字，一个在其缺席中被谈论、被破解、被指点、被祈求的人的名字，而是念一个活生生的人的名字，我们就在当下对他说话、向他请教。所以，这个名字，超乎命名，注定是对这样一个人的称呼：他的专注，他的警觉，他对回应的关心，他对责任的要求，被我们这么多人当作这个时代最严格的东西接受下来。这个名字，既熟悉又陌生的名字，如此陌生、如此陌异的名字，某个受到召唤或从无限远离自己的遥不可及的外部发出召唤的人的名字，也是一个亲切又古老的名字，一个没有年纪的名字，它变成了一个永远的见证人的名字：一个毫不自满的见证人，一个在我们自己身上守视的见证人，一个无比亲近的见证人，但也是一位并不陪伴的朋友，专注地把你留给你的孤独，尽管也始终留心地待在你身边，关怀所有的时刻、所有的思想，以及所有的问题，关怀那些决心和那些犹豫。这名字属于一副在我们相遇的整个时间里没有一刻离开过温柔微笑的面容。那些谈话期间的沉默、省略和谨慎的必要喘息，据我回忆，也是有福的时光，没有丝毫中断，持续的时光，源于一道笑容，一次信任与亲切的等待。

一阵无限的悲伤在此命令我缄默，又让我的心说话，为了回应他或追问他，仿佛我仍冀求一个回答，为了在他面前对他说话，而不只是说到他，仿佛为了对他倾诉、为他倾诉而在他面前还意味着什么一样。这无底的悲伤，唉，难以缓和地夺走了我呼唤他的自由和可能，就像不久前我在电话里做的那样。那时我听到了他喘息的声音，当然虚弱，却也急切地想用克制呻吟来让我安心。再也没有什么赋予我呼唤他的权利了，在此，只得陷入绝望，我还不能放弃对他说话——只不过，是在我心里说话。

然而。莫里斯·布朗肖活着，莫里斯·布朗肖活着时，那些读过他或听过他的人都很清楚，他也是一个不停地思考死亡的人，包括他自己的死亡，死亡的瞬间，他所取的书名：我死亡的瞬间。但总是作为不可能。当他执意说不可能的死亡时（以至于，跟他那么多朋友一样，为了反抗不可避免之事的最糟糕的确信，我有时也自欺欺人地宽慰自己，希望他永生，或不管怎样，如果我能这么说的话，比我们所有人更不容易死去——有天，他刚从一次摔倒中恢复，一出医院，他就用一种不寻常的语气写信给我："您看，我体格好"），是的，当他坚持把死亡当作不可能时，他的意思并非生命对死亡的欢快胜利，而不如说是默认了对可能者，因此还有一切权力，加以限定的东西。对此，《灾异的书写》指出，想要支配非权力的人，欲把自己"变成无法掌控之物的主人"，必定会撞向"自己之外的他者，撞向死亡，如撞向未来临者，或撞向那（以精神错乱的方式，通过挑破辩证法来揭穿谎言）翻转成一切可能性之不可能性的东西"。[1] 说死亡没有来临，不是说生命取得胜利，不是进行否认，不是突然发起反抗或失去耐心，而不如说是他在《诡步》里如此定义的中性之体验：

> 死的温柔禁令，那里，从门槛到门槛，没有目光的眼睛，沉默把我们带入遥远的近处。生者和死者之外有待述说的言语，见证着证明的缺席。[2]

因为，除去一种仓促的阅读引人相信的东西，除去他对死亡的持续关注，除去死这一无事件的事件，我们会想到，莫里斯·布朗肖只爱、只肯定过生命和生活，以及显现的光。对此，我们找得出 1000 个指示，就在他的文本里，在他持守生命，直到最后也偏爱生命的方式里。我敢说，他怀有一种独一的快乐，肯定的快乐，说"是"的快乐，一种甚至不同于快乐的知识（gai savoir）的快乐，无疑没那么残酷，却是一种快乐，足够敏锐的耳朵必定会察觉到的幸福的欢乐本身。在他献给死亡的所有写作里，事实上，在他的所有写作里，不管是用一种哲学或政治哲学类型的话语动摇着思想及其历史（从经典作品到最新的前沿研究）的整个领地，还是用一些文学的阐释在这么多法语和外语的作品上发明出阅读和书写的另类方式，不管是他的记述、小说、虚构（这些，我觉得，人们才刚开始读，而它们的未来仍几乎完整），还是《等待，遗忘》或《灾异的书写》这样以一种前所未闻的方式把哲学的沉思和诗性的虚构密不可分地结合起来的作品，在任何地方，疾病和致死的元素都陌异于那话语的音色或音乐般的声调。这和人们通常或轻易所说的相反。在他那里，没有任何出于自杀诱惑或消极念头的沾沾自喜，许多引述可以证实这点。听听《最后之人》，我们先听到某个人宣告（我引述）"无止尽的肯定，说'是'的幸福"，然后他声称，"我说服自己相信我首先认识的是已死的他，然后才是垂死的他"。[3]

为了把言语交还给他，在这个对我们来说，一切都经受了灰烬的考验，归于此地，无所余留的时刻，我想诵读《灾异的书写》的几句话。这无边的书周围萦绕着无以名状的焚化，即大屠杀，而我们知道，这个事件，作为绝对灾异的另一名字，很快成了其作品最为迫切的重心。就像它间接地无处不在一样，大屠杀在书的开篇被唤起。书中提到"燔祭之灼烧，正午的毁灭"，还有"构成灾异的岿然不动的遗忘（无从回忆的记忆）"，即便这样的灾异，他说，"我们也许会在其他名词中认识它"。[4]

在某人离开我们的时刻，我们的呼吸如何且为何被痛苦与哀悼割断，我们为何觉得自己像被一个闻所未闻的事件击中，哑口无言，喘不过气来，虽然那个离去的人在他的作品和他的书信里（正如我数十年来从他那里收到的所有书信几无例外地能够证实的那样），从未停止过表达其死亡的迫近，以及作为不可能本身的死亡？不管怎样，如果死亡绝不来临，那是因为它已经来临了吗？我们已完全准备好了他的死亡，他自己也已让我们准备好了，但同时，我们还是茫然无措，受到伤害，提前陷入悲痛，无力缓减不可预料之事。总在迫近的死亡、不可能的死亡和已经过去的死亡，这三种确信看起来难以并存，但这无情的真理把有待思考的第一次挑战作为礼物赠给了我们。对此，《灾异的书写》指出并确认：

> 如果，对某个弗洛伊德来说，确实，"我们的无意识无法表现我们自身的必死性"，那么，这顶多意味着死是无法表现的，不仅是因为死没有当下，还因为它没有位置，哪怕是在时间里，时间的时间性。[5]

然后，他说到一种独特的"耐心"，它"'在我们身上'只被经受为他人的死亡或永远他异的死亡，我们并不与这死亡交流，但在其考验之下，我们体会到对它的责任"，他总结道：

> 面对永远已经发生的死亡，我们别无可做：无作的工作，同没有当下（或未来）的过去的非关系。因此，灾异会超越我们所理解的死亡或深渊，无论如何我的死亡，既然已经没有位置留给它，消失于其中而不死去（抑或相反）。[6]

"［……］抑或相反"：消失而不死去，抑或，死去而不消失，两者择一并不简单。它自身分成两半，我们今天就受着其考验。对于这个将其交给我们来思考的人，我们今天可

友谊

以说，他死去而不消失，同样，他消失而不死去。他的死亡仍无法设想，虽然已降临到他身上。位于文学的虚构和不容置疑的证词之间，《我死亡的瞬间》释放了记述和不可思议的时间性。这个在某种意义上已经死了，且死了不止一次的人，在权衡、在审视不可估量之物（我引述）：

> […]我不知该如何表述的轻盈感觉：摆脱生命？无限敞开？既非幸福，也非不幸。同样不是恐惧的缺席，或许还有已经迈出的脚步。我知道，我想象这不可分析的感觉改变了生存为他留下的东西。仿佛他身外的死亡从此只能和他体内的死亡相撞。"我活着。不，你死了。"[7]

"我活着。不，你死了。"这两个声音在我们身上争夺或分享话语。而反过来：我死了。不，你活着。

1994年7月20日，与《我死亡的瞬间》一起寄来的信，从第一句话起，像是要标明纪念日的归来或重复，就告诉我："7月20日，50年前我懂得了险些被枪毙的幸福。25年前，我们踏上了月球。"

在我必须暂时假装忘记或背弃的最值得的警惕里，有一些来自友谊本身的难忘的警惕，我的意思是，它们以斜体字，开启了那本名为《友谊》的书的结语，同样题为"友谊"，而书最初的结集、题献，我们知道，是为了回忆和悼念乔治·巴塔耶：

> 怎样才能同意谈论这位朋友？既非为了奖掖，亦非为了真理。他的性格特征、存在方式、生活逸事，甚至他

觉得有责任到近乎不负责任地尽心尽力进行的寻求，任何人都不曾有过。也没有见证人［……］我知道书还存在。书的存在，也只是暂时的，即使对这些书的阅读肯定会在我们面前展现出他们自己藏身于其中的殒没的必然性。书本身指向一种存在。[8]

至于"把结局的陌异性引入其中的不可预见者"，布朗肖仍坚持：

> 这个不可预见又总深藏于其无限之迫近的运动——或许是死的运动——其发生并不是由于其结局不能事先给出，而是由于它根本就不构成一个来临的事件，即便它发生了，也绝不是能够把握的现实：不可把握，而命定于此的人现在彻底陷入不可把握。[9]

让我们读这些话，一再地读，记住发生（survenir）和来临（arriver）之间的这一区分。让我们说，布朗肖的死亡已无可否认地发生了，但还没有来临，它不来临。它不会来临。

即便布朗肖已让我们恰当地警惕一切类型和情形的法则，警惕朋友的颂歌，警惕传记或书目类型的演说，即便，任何话语，哪怕无止无尽，在此也无论如何应对不了这样一份责任的规模，请允许我对到场的先生和女士们说些心里话，他们当然是他的读者，但也是他的熟人、邻居、知己，在勒梅尼尔圣丹尼，他们以其细心和深情关照着布朗肖，直到最后（我想特别地感谢西达莉娅·达·席尔瓦·费尔南德斯［Cidalia Da Silva Fernandes］）；所以，这些话，是为了让他们相信这点，一如相信我们的感激：我们于此陪伴的人，给我们留下了一部作品，而在法国和整个世界，我们都不停地收到这作品的赠礼。通过开拓一种对其自身的可能性发起毫无担保的无尽追问的节制又耀眼的书写，他标记了所有的领地，文学和哲学的领地（他以前所未有的方式认识并阐释那里产出的一切），精神分析的领地，语言理论的领地，历史和政治的领地。让过去的世纪，还有这个世纪，深感不安的东西，其发明、其动乱、其变异、其革命、其怪怖，这一切，统统没有逃过布朗肖思想和文本的高度张力。通过把自己暴露于不可更改的命令，他回应了这一切。他在建制之外回应，不管是大学的建制，还是那些团体或聚众的建制，它们被不时地授予某些权力，有时甚至是以文学、发表和出版的名义。在他打乱并改变我们思考方式、书写方式和行动方式的一切里，其作品有时具有看不见的光芒，我想，我们不能用"影响"或"门徒"这样的词语来定义。布朗肖不曾创立学派，虽然关于教育的言语和培养，他说过要说的话。布朗肖不曾产生我们所谓的对门徒的影响。那完全是另一回事。他留给我们的遗产保留了一道无比内在也无比沉重的痕迹：不可占有。他留下孤独的我们，他留下前所未有地孤独的我们，身负无尽之责任的我们。其中的一些责任已让我们对其作品、其思想和其签名的未来作出承诺。对此，就我而言，我为他作的承诺，将永存不变，并且我敢肯定，这里的许多人也分担这样的忠诚。

每年一两次，我定期给他打电话，并寄一张埃兹村的明信片。两年前，我在让-吕克·南希的陪同下这么做。南希是我们共同的朋友,他现在就在这里,在我身旁,布朗肖的思想曾如此频繁地转向他,尤其是在《不可言明的共通体》里。每一次,我都给他寄一张二战前的旧明信片,那是我从埃兹老村小巷的一位收藏商手中挑选的。很多年前,布朗肖就住在埃兹老村,并无疑与尼采的幽灵擦肩而过,那里有条街就是以"尼采"命名的。随着岁月流逝,每一次,我几乎都不敢在喃喃低语中隐隐担忧:我希望,我会长久地给他寄别的明信片,带着同样仪式化、深情又有点迷信的热忱。

今天,我不再把这样的信放入邮箱,但我知道,我会继续给他写信或打电话,在我心里或在我灵魂中,就像人们说的,只要我还活着。

布朗肖葬礼,2003 年 2 月 24 日

《解放报》,2003 年 2 月 26 日

《线》(*Lignes*),第 11 期,2003 年

---

1　布朗肖:《灾异的书写》,第 90 页(译文有所改动)。

2　布朗肖:《诡步》,法文版,第 107 页。

3　布朗肖:《最后之人》,第 7 页(译文有所改动)。

4　布朗肖:《灾异的书写》,第 8 页(译文有所改动)。

5　同上书,第 149 页(译文有所改动)。

6　同上书,第 150 页(译文有所改动)。

7　布朗肖:《我死亡的瞬间》(*L'Instant de ma mort*),Paris: Gallimard, 2002,第 15 页。

8　福柯、布朗肖:《福柯/布朗肖》,肖莎等译,郑州:河南大学出版社,2014 年,第 89—90 页(译文有所改动)。

9　同上书,第 91 页(译文有所改动)。

德里达寄给布朗肖的明信片正面（格拉迪瓦，弗洛伊德博物馆）
1995年7月19日，伦敦

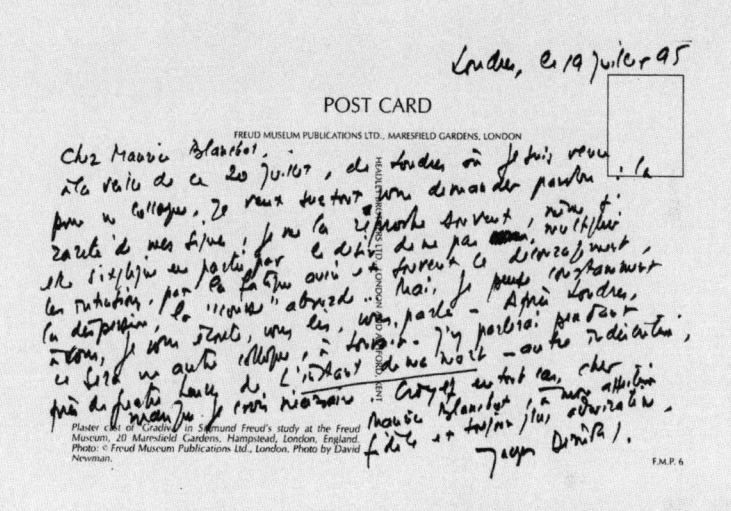

德里达寄给布朗肖的明信片背面
1995 年 7 月 19 日，伦敦

友 谊

德里达寄给布朗肖的明信片正面（埃兹，老街）
1995 年 11 月 24 日

德里达寄给布朗肖的明信片背面
1995 年 11 月 24 日

德里达,《友爱的政治学》献给布朗肖的题词(1994)

德里达，《持留》（*Demeure*）献给布朗肖的题词（1998）

le 21 juin 1982

cher Jacques Derrida,

j'essaierai d'être toujours (toujours? cela ne veut pas dire très longtemps) là où vous êtes, là où vous tentez d'être. Le difficile, voir l'impossible reste notre perspective pratique, le projet qu'il faut poursuivre sans illusion et sans relâche. Vous le savez, nous le savons, même si ce savoir se dissipe sans cesse. Les rapports de la philosophie et de la littérature retiennent l'énigme et la nécessité, la nécessité incertaine sans laquelle il n'y aurait jamais lieu d'écrire — mais où est-ce lieu et a-t-il eu jamais?

cher Jacques Derrida, merci pour votre affection à laquelle la mienne n'est pas seulement une réponse.

Maurice Blanchot

布朗肖致德里达的信（1982 年 6 月 21 日）

## 布朗肖致德里达的信（一）

亲爱的雅克·德里达：

我会试着一直（一直？这并不意味着很久）在您所在的这个地方，在您试着在的这个地方。困难的，甚至不可能的，仍是我们实践的视野，是必须不抱幻想、坚持不懈地继续下去的事业。您知道这个，我们都知道，即便这样的知识在不断地消散。哲学和文学的关系仍是谜，仍有必要性，不确定的必要性，没有它，就绝不会有书写的位置——但这个位置在哪里呢，我们书写过吗？

亲爱的雅克·德里达，感谢您的厚谊，对此，我的深情不只是一封回信。

莫里斯·布朗肖<br>1982 年 6 月 21 日

布朗肖致德里达的信（1986年3月10日）

## 布朗肖致德里达的信（二）

亲爱的雅克·德里达：

在一个或许漫长的星期的开头，请让我打破一会儿沉默并告诉您（以及真实又不真实的书之伴侣），我多么惊讶地再次发现了一场不再容许我踏足的旅程的模糊踪迹，而且是同这样一位伙伴一起前行：在我遭遇永远迷路之风险的区域（哪怕——当然，这是不可避免的——仍然会有迷路的可能），他已懂得保持航向。面对这份由这本书，由您的书，由同时从书中溢出的东西——对您自身来说也不无危险地——献给我的礼物，我的感激无以言表——最终庆幸自己一段时间做过您的同时代人。我忘不了我们的初次相遇，忘不了那次相遇沉重又带几分伦理意味的缘由。它关乎着一个不可调和的记号，或许是要拯救一段友谊。愿这段友谊长存。

带着我对您的深情所能说的一切

莫里斯·布朗肖
1986 年 3 月 10 日

布朗肖致德里达的信（约 1995）

## 布朗肖致德里达的信（三）

亲爱的雅克·德里达：

书？还未到，但友谊比它先来。

有几年不再翻卷的列维纳斯读了《瞬间》并作了一些深入的评论。怎样的回报啊，米克尔告诉我。另有一人谈到了《诡步》。

您知道，我一直站在您这边。那些希望我疏远您的人不了解我们。

我带着把我们团结在一起的决心写信。

怀着不屈的忠诚。

莫里斯

# 向莫里斯·布朗肖致敬

让-吕克·南希

该我们来倾听莫里斯·布朗肖在喃喃低语中发出的"呼喊"了。

向莫里斯·布朗肖致以一种不仅仅是献给作家和思想家的敬意也是适宜的。这敬意转向了那个使两者得以同时可能的人,他献身于它们,赋予了自身一个双重的使命:留出其位置,并将其力量赠予书写的操练或思想的劳作。

那个人,我们可以说,就是布朗肖其人。但这并不因此就是我们想要的那个人,那个人,我们想要立刻仔细地查看其隐藏的、"私人的"面孔,其独一又脆弱、大胆又微不足道的人性。这不是我们的好奇心会喜欢的那个太人性的(或超人的)人。那个人将他的生命隐退到一种只找得到极少典范的审慎之中,如此,他避免了让人注意到他身上那能够自行构成一个目的和一种绝对的人性,人类学神学的人本主义的人性(正如他几乎写过的那样)。

这不是为了在其位置上树立思想家的庄严形象,也不是为了确立作家的自命不凡的姿态。把分析引入这个方向无疑是可能的，至少是诱人的，但最终，仍有必要跨越这一领域。有必要如此，因为目的本身已如此隐退，以至于它绝不允许通过神化那个顽固幽居的生命来辩证化。

任何未来的荣耀都无法实现这样的翻转。在隐退中死着，布朗肖已在死亡中延长了其生命的隐退。他保持着这份朴实，不再将其戏剧化，但也没有在其线性的简朴上（在"生命之线"上）或在那由此邻近贫苦和无名的东西上进行任何让步。"形象"的这一消散能够拥有一切动力并被一切可想象的情感穿越：恰恰，这不关乎想象。

这关乎对一个事实的考量，即布朗肖在其死亡（mort）中已经并且正在为我们紧紧地持守这个死（mourir），死这个词在他那里定义了书写和思想的无作之劳作："死"，片刻不息地穿越可意指的意义的界限，同样让有限打破了界限，而不因此再度居有它。澄清人类学神学的人本主义是为了让它所命名的东西有朝一日听到呼喊的人本主义（呼喊，或者，确切地说，喃喃低语）。我们该试着再次聆听布朗肖在喃喃低语中发出的呼喊。

作家，思想家，既不持有什么权力，也不承担什么重要性，除非是在我们发出又打乱了的这声呼喊的转瞬即逝的指示中。但恰恰是我们，恰恰是我们所有人，不管是不是作家，在我们的日常生命里，呼喊着它，低语着它。这些生命在全然的神显中隐退，它们是平凡的——它们是共通的（communes），在这个词的双重意义上。它们不是"意味深长的"，但它们也不是"毫无意义的"。每个人，唯一的人，以及所有的人，一起抑扬地发出这喃喃低语的呼喊。这是生命的呼喊，也是死亡的呼喊，这是总在抉择的生死的呼喊，这是一切抉择和一切被假定之主体的界限，但也是那偶然地逃离了主体的东西的开始，我们所谓的欲望、梦幻或思想的开始。

今天，难道不是有必要重新思考它吗？这是布朗肖对我们的要求。但至少我们应该承认，布朗肖之死，已不只是与布朗肖所说的死亡相符相合了：一个人的死亡与这个人关于死亡的思考彼此嫁接了，它们对着彼此慷慨。最终，既非死亡，亦非生命，而是意义的一束渺小黯淡的光芒：一片白。

布朗肖写道："如果你能够像一个确定其中心的圆一样封闭你自己，那么，你，作为一个自我，会同意把这个自我当作可疑的、虚构的，并因此无论如何更加必要的吗？那么，或许，在书写的时候，你会同意把这个符合遗忘的早早得出却姗姗来迟的结论，当作书写的秘密：他人在我的位置上，在这个作为我唯一身份的无人占据的位置上，书写；正是这让死亡一瞬间显得欢乐、偶然。"[1]

《线》，第 11 期，2003 年

\*

"无尽的谈话"，这个标题——其作品中最引人注目的一个——我们可以把它当作莫里斯·布朗肖思想的一个象征。其实，与其说是一种思想，不如说是一种姿态或姿势：一种信任的姿势。首先，布朗肖信任谈话的可能性。在（同另一个人的，同他自己的，同谈话的固有追求的）谈话中维持的，是言语和构成其真理的意义的无限性之间一种永远更新着的关系。书写（文学）命名了这种关系。它不转录一份证词，它不发明一种虚构，它不传达一个讯息：它追踪意义的无限旅程，因为意义让自身陷入缺席。意义的这一缺席化并非否定；它是意义本身的机运和赌注。"书写"意味着不断地接近言语的极限，言语所唯一指定的那一极限，而它的指定又让我们（言说者）不受其限定。

布朗肖懂得这样来认识现代性的事件：外部世界的消失，以及随之而来的"文学"和体验或真理之间一切可靠划分的消失。他在书写中重新开启了一项任务，即把声音赋予那自行保持沉默的东西。

如此声音的赋予就是"关注缺席的意义"[2]。专心、忧虑又深情的关注。它留心那缺席的保留，真理就由此产出：我们内部对我们外部之无限的体验。

这样的体验在圣典及其存在的解释学关闭的时刻变得可能和必要。文学——或书写——始于这些书的闭合。但文学并不形成一种亵渎的神学。它挑战一切神学和一切无神论：一切单一意义的建立。在这里，"缺席"不过是一个运动：一种缺席化。它是从一切言语到无限的持续过渡。"那神迹般之缺无者，缺无于我且缺无于一切、为我缺无［……］"[3]《黑暗托马》所说的"缺无"不是一种存在或一种情形，而是我在我自己外部的不断滑移，由此产生了"关于其实存的纯粹的感觉"[4]，虽然它仍在等待。

这样的生存不是作为直接感发和自在永存的生命，也不是它的死亡。但布朗肖所说的"死"——它绝不能与生命的终止相混淆,相反,它是存活,或离布朗肖最近的德里达所命名的那种"余 – 存"(sur-vivre)——形成了一个持续不断地接近缺席化的运动,因为缺席化就是真正的真理,而在接近的同时,这运动也抹除了虚无主义的一切痕迹。

正是这样的运动,通过书写,能"以其无物之形态,赋予无物那某物之形态"[5]。

2007年,布朗肖百年诞辰纪念

---

1　布朗肖:《无尽的谈话》,第606页。

2　布朗肖:《灾异的书写》,第55页。

3　布朗肖:《黑暗托马》,林长杰译,南京:南京大学出版社,2014年,第137页。

4　同上书,第101页。

5　同上书,第114页。

# 关于《柏林之名》
## ("对于所有人,柏林是分裂的难题……")

莫里斯·布朗肖
《柏林之名》(*Der Name Berlin / Le Nom de Berlin*)
伊索尔德·埃克尔(Isolde Eckle)德译
埃莱娜·热朗(Hélène Jelen)、让-吕克·南希法译
梅尔韦出版社
柏林
1983 年

莫里斯·布朗肖的这个文本曾被译成意大利语发表于 1964 年的《梅那波》(*Il Menabò*)第 1 期。该版本后又被译成英语,收录于 1982 年的《符号文本》(*Semiotexte*)第 4 卷第 2 期,"德国专刊"。当彼得·根特(Peter Gente)请求莫里斯·布朗肖授权梅尔韦(Merve)出版社出版法文原版时,原文已无法找到。

一个以柏林之名致力于"同一语言"和"同一文化内部"之分裂和关系缺席的文本,其独特的命运启发我们尝试从异国版本出发来重构一个法语文本,并试着让"制造布朗肖"和制造另一个文本之间的间隔游戏起来。莫里斯·布朗肖友好地接受了这一提议,并为这个文本——(作为)他的文本——署名。用他的话说,这是"根据那些不属于任何人的文本的不确定性进行分配"的"一种共通的工作方式"。

文中提及的乌韦·约翰森(Uwe Johnson)的小说是《边

境》(*La Frontière*), 很可能还有（虽然莫里斯·布朗肖对第二个标题不再有绝对的把握）《关于阿希姆的第三本书》(*Le Troisième livre sur Achim*)。

H. J. 和 J.-L. N.
柏林—斯特拉斯堡
1983 年 1—2 月

## 布朗肖致南希的信

亲爱的让-吕克·南希：

你们的译文在我看来反倒是一个原创的文本，我只能是它惊叹不已的读者。根据那些不属于任何人的文本的不确定性进行分配，这难道不是一种共通的工作方式吗？我时常在想，你们的合作，你们两个人，如何能够继续下去而没有彼此摧毁的风险。但这已经是共通体的开启了。我因此可以告诉您，您在《变量》(*Aléa*)上发表的文章多么打动我，它在许多时刻显得至为关键，尤其是在我遇到它的时刻，我已被推动着去草拟一项跟随乔治·巴塔耶来反思"共产主义与共通体"的工作（我刚读了一位［意大利］先生关于乔治·巴塔耶的政治研究，它绝对面面俱到，但未触及本质）。

我把评注交给你们。乌韦·约翰森？我只想起他一部相关小说的标题："边境"。

再次感谢您。请在一种默默证实的邻近里，转告菲利普·拉库-拉巴特，我多么想念他。

带着我对友谊的忠诚。

> 莫里斯·B
> 1983 年 3 月 16 日

您会如何（用德语）翻译"l'arrêt de mort"？我是说，书的标题。此外，没有人，在任何语言中，找到了解决办法。

杜拉斯,《毁灭,她说》(*Détruire, dit-elle*),电影剧照(1969)

他们来自何处？他们是谁？无疑，和我们一样的存在者：这个世上没有别人。但存在者其实已被根本地毁灭（这说法涉及犹太教），因此，这种侵蚀，这种毁坏，或这种无限的死之运动，作为他们身上关于他们自己的唯一记忆（在一个人身上是借着最终被揭示的缺席的闪光，在另一个人身上是通过一种持续而不完整的缓慢前行，在年轻的女孩身上，则是通过她的青春，因为她被她同青春的绝对关系纯然地毁灭了），远没有留下不幸的疤痕，已经释放了他们，出于温柔，出于对他者的关怀，出于一种非占有的、非特定的、不受限的爱：出于这一切，出于他们彼此承载的独一无二的词。他们从最年轻的、夜间的青春少女那儿收到了这个词，只有她，能够用完美的真理"说出"它："毁灭，她说。"

布朗肖，《毁灭》

杜拉斯,《毁灭，她说》献给布朗肖的题词

## 致 谢

亲爱的玛格丽特：

我读了您的书，我不停地读它，在我看来，它是如此临近的黑夜，以至于一切都通过它，在它里头，被给予了我。而阿丽莎永远在那里，在致死关系的青春里，而我，她的伙伴，就在她给予的死亡中，在她永恒地重返的死亡中。

我们全都走向首要的毁灭：每个人如其所能地奔赴毁灭，带着勇气，带着胆怯，睁着眼睛，闭着眼睛，如有可能，还怀着友谊。

我温柔地拥抱您。

莫里斯·布朗肖

布朗肖致布朗迪娜·让松的信（1986年2月6日）

"我一直试着，用或多或少的理由，尽可能不抛头露面，不是为了抬高我的书，而是为了避免一位声称拥有自身之存在的作者的到场……"

加里·希尔（Gary Hill），《在原地》（*In Situ*），混合媒体装置（1986）

为什么是布朗肖？为什么是《黑暗托马》？因为在该书开篇的章节，即我们的主角，《在原地》的作者-演员阅读的那些章节，目光和语言之间发生了一种极其暴力的相遇。托马——其黑暗之名或许就自此而来——托马沦陷了，消失于其自身目光的深处，而他觉得，这目光，不是来自他的身体，而是来自外部，来自黑夜，来自万物的沉寂；由于托马也是一位读者，词语就进入了这既扬扬得意又咄咄逼人的目光，它们从中散发，就像眼睛，活的生物，野兽（"有着锐利眼睛和纯粹牙齿的巨鼠"），对之施展一种殊死搏斗般的吸引。不难理解，加里·希尔多年来执迷于语言的物质性，以至于将其当成作品的重要手段，受到了一部虚构的诱惑，在此，他以一种既真实又隐喻的方式，把它与电视的虚构和装置对立起来。

雷蒙·贝鲁（Raymond Bellour），《十字架上的最后之人》

雨果·圣地亚哥（Hugo Santiago），《莫里斯·布朗肖》，纪录片剧照（1998）

现在除了我们还有谁？"——"无人。"——"谁是远客，谁是近邻？"——"这儿的我们，那儿的我们。"——"谁最年长，谁最年轻？"——"我们。"——"而谁该被赞颂，谁朝我们走来，谁在等待我们？"——"我们。"——"而这太阳，它从哪儿获得光芒？"——"只从我们身上。"——"而天空又是什么？"——"我们身上的孤独。"——"那么谁该被爱？"

"我。"

布朗肖，《最后之人》

206　　　　　　　　　　　　　　永远的见证人：布朗肖批评手册

# 批 评

布朗肖,《黑暗托马》手稿

"托马坐下来看海……"

# 致布朗肖的信
## 论《黑暗托马》

伊曼纽尔·列维纳斯

我亲爱的朋友：

昨天我收到了《黑暗托马》，当我妻子通知我时，我已准备去雷恩的大学图书馆取一本，它刚好装点着那儿的橱窗。十分感谢这份我另有所求的关爱，因为托马这个不好听的名字[1]让我无意识地想到了我只求其选印本的某份研究和某篇文章的一个主体。所以这是一部小说。而我有些感慨地看着你的名字让一个橱窗在我眼里变得亲切起来。我常从橱窗前经过，恼怒于那些被莫朗的"匆忙之人"[2]框定的有名之徒或无名之辈的这么多忏悔行为及其他废话。凭借"自由出入"，我已在周三阅览了最后部分关于死亡的一页（仿佛除了死亡，这书里还有别的似的），其中托马谈到了他独立于器官衰竭的死亡，从中应能找到这本书的关键。感谢上帝，这不是一篇散发着英雄的（也就是说，异教的）土地与生存之气息的叙述，就像夏多布里昂（Châteaubriant）、拉瓦朗德（La Varende）、布拉席拉赫（Brasillach）书中充斥且多得令人生厌的那样。一部形而上的小说,却具有一种绝对意想不到的笔调、风格、观念。

今天是周末,我的闲暇让我有一些消遣。我已在夜间读了40页。给你写信的需求在我幽暗又寒冷的房中纠缠着我,阻止我闭上眼睛。我等不及看完全书,今日就要向你倾诉。在你定会读到的许多从容撰写的批评里,这封信会向你传达一些初步接触的印象。至少它们会有独创的保证。但关于那些批评,我寻思,现今杂志的这些人是否跟得上你,以及,你会不会因短视之徒所指控的那类擅长"毛发四分术"[3]的人被驱逐出城市而败北。我回头再跟你细说,待我从头到尾读过——并反复读过——你的托马。但只要那些批评不失睿智,它们就会在你的书中看到一个头等的事件。

首先,我会带着最初的震惊对你说两个词。你可知,统领全书的黑夜的主题和我认为关键的"身体"的主题一样,是我关于**瞬间**(Instant)的研究的重要主题?[4]我体会到了一种既快乐又害怕的强烈情绪。为自己并非孤身一人而快乐;又害怕在一片我觉得自己是第一个独自探索其奥秘与深度的原始森林里,发觉人的到场。就像鲁滨逊在其海岛的沙地上辨认出人的踪迹。从托马通过拒绝前行来前行的游泳描述里,我就知道会发生这个。黑夜一词还未被念出。然后当托马在海边行走时,突然就是黑夜了——黑夜,缺席的在场(la présence de l'absence),这是我所用的表达。然后它重复、壮大、发展——除此无他。这"光天化日下的黑夜",我自己也在波德莱尔和兰波那里,在现代画家那里,以及,在我的游牧经历里,寻找其典型的描述。一切意义的黑夜,一切意义之光的黑夜。

这当然只是一种主题的共通性,原初情感的共通性。我不认为我们的用法相同。黑夜,在我看来,不是死亡,而是死亡的不可能性。与海德格尔相反,我认为畏(angoisse)是死(mourir)的不可能性。在其"双重的孤独"(solitude à deux)[5]里,"我"(je)永远专注于其自身。"缺席的在场"并非某物的在场,也非某人的在场(你已用一种十分简洁的方式说出了这点);它本质上是无名的——也就是,正如我所称呼的,有(il y a)。不同于海德格尔,"常人"(on)不是一种已然沉沦的生存形式,而是支撑"我"的本真的生存形式。这一切在我看来至为重要,因为只有这样才能摆脱哲学家们一直以来借以接近存在的"内 – 外"结构。(你已很好地表明,正如黑夜占据了托马,正如他成了黑夜;正如他在游泳时成了水。就我而言,我在此重提了前逻辑的分有观念。你已在托马阅读那个十分美妙的——十分季洛杜[Giraudoux]的——段落的时刻,给出了有关沐浴结束的极为深刻的分析:孩子们重新找到了父亲,而人们感受到一切真挚情感的败坏。)所以,我希望,至少 40 页过后,只存在一种主题的共通性。但在一件艺术作品里(因为你的小说不是一篇论文),也就是说,在一个被自由地创造出来的世界里——有着其视野,其太阳,其色彩与其阴影,其轮廓与其节奏——重要的恰恰是原初的意象。在这方面,我想到了普鲁斯特在《女囚》(*La Prisonnière*)里(我读过其节选)对陀思妥耶夫斯基的一个十分惊人的判断,他觉得,俄国小说家的本质在于揭露一个女子,以及拉斯科尔尼科夫犯下罪行时的住所庭院。[6]从那时起，十年来每年或每两年只相交一两次的两条路线的共同路标怎能不令人印象深刻？在韦伯[7]家，当我们进行莎士比亚式的谈话时，你就说过一句像是出自我笔记的话："宗教为我们呈现的至高的慰藉——灵魂不死——总之是一种至高的惩罚。"但先不管我作势要来追还想法的这些考虑了——它们是出于一种最低贱的所有权的本能，那几乎总是一种可疑的权利。

必须把你的书当作艺术作品来评判。它首先体现了一种完全已被征服的创造的自由。或许兰波在这样的征服里起了一点作用。人们从彩图走向彩图。在被建造又被摧毁的城市意象里，在你对都市风景、对城市隐喻的偏爱中，我发现了《彩图集》(*Illuminations*)的城市。在托马的不同状态之间，在安娜的各种想法之间，是这些奇怪的呼应，它们甚至抗拒现象学的分析，被猜测、被揭示、被启发——却从不被看到，正是它们且只有它们指挥着叙述的进程。——还有季洛杜的影响。如（从头到尾）描写安娜笑容的段落，描写其局促不安的生命体验、其衰老的段落（"当她的女伴们在走廊里哭泣时，她已懂得在房间里落泪了"）；如谈论日落时色彩的段落（"花园一片红"……"童真的色彩"……）——所有这些都是极佳的季洛杜风格——但尤为惊人的是句子的辩证步法。肯定总是通过否定的在场来获得，但后者也否认那被确认的肯定。我认为，在这方面，你的风格就像黑夜的结构：无限重复的缺席的在场。一位非内行的读者会从中看到一种手法，一种悖论的过度使用，就像奥斯卡·王尔德的悖论，但那并不深刻，因为它只撕破了伪善的已然透明的面纱。从纯粹文学的观点来看，我觉得这一辩证法是你的伟大发现，是你的书赋予表达方法的某种绝对新颖的东西，很可能是你从未摆脱的个人风格。

我又在摆权威的架子了。请原谅这种语气，或许是由于两年来我对一切生动的智识接触的远离导致了反驳的长久缺失。但既然我在摆架子，我就该提出一种批评。在你书的前 40 页，以"他"的形式出现的任何已知人物都几乎没有遭遇什么。我知道，这恰恰是你小说的主题："非现实化"（irréalisation）的运动（它本身就是一种现实化）[8]——正如我所称呼的，"世界的终结"（fin du monde）[9]。但一次阅读不是应该给我们留下几副面容、几个身影吗——就像普鲁斯特所说的陀思妥耶夫斯基的女子和拉斯科尔尼科夫的庭院？ 40 页过后留下了一些：身着黑色西装的旅店老板——某种引起幻觉的东西——安娜让其自身注定衰老的状态"发生质变"的笑容——但这一切都有点淹没在一种过于抽象的语言中。虚无一词毫不谦逊地流露于字里行间。我没有说那些跟不上你步伐的公众。我也无意指摘你的书难懂。但我寻思：我们能否试着把握艺术中的"非现实化"？哪怕我们不诉诸一个有形的故事作为提示的手段，它不也是一种颠倒吗？我们能不借故事做些什么吗？一件艺术作品本质上不是包含一个可塑的元素吗？

若我冗长的信无法为我带来一个回音，那也早已情有可原。你不考虑哪天从雷恩路过吗？我现在可以随时出去。要不是，与所有囚犯一样，我同家人分离，我与一些人——从此无足轻重的人——分担这份绝望，我的命运还可忍受。我受到的待遇不错，我读书、写字。你在给我的《黑暗托马》样书扉页上写的关于希望的引文出自何处？我读不到参考文献。我觉得我也知道什么比希望更大。那就是绝望——整个的绝望。从中呈现了一种挑选和一种子亲关系。但自然地，从人的层面，从布尔乔亚的角度，这是无名的痛苦，经此并由此，只有极少数时刻，才感觉得到一丝爱抚。它不带来希望，但有它足矣。

连同这篇安息日的散文，收下我全部的友谊。

伊曼纽尔

*Emmanuel*

1941 年 10 月 26 日

---

1  在法语里，"thomas"一词有"便盆，夜壶"之意。

2  《匆忙之人》(*L'Homme pressé*)是法国作家保罗·莫朗（Paul Morand）于 1941 年发表的小说。

3  "毛发四分术"（capillotétratomie），根据翁贝托·艾柯（Umberto Eco）在《傅科摆》(*Il pendolo di Foucault*)中杜撰的相似术语"Tetrapiloctomia"，意为"把头发一分为四的艺术"。

4  参见列维纳斯的《从实存到实存者》(*De l'existence a l'existant*)一书中《疲惫与瞬间》(La fatigue et l'instant)一节。

5  参见列维纳斯的《从实存到实存者》一书中《朝向时间》(Vers le temps)一节。

6  参见普鲁斯特：《追忆似水年华 V：女囚》，周克希、张小鲁、张寅德译，南京：译林出版社，1996 年，第 353—354 页："陀思妥耶夫斯基笔下的女子［……］千变万化，他塑造的总是同一种女子［……］在陀思妥耶夫斯基的作品里不仅对人物精心刻画，而且对人物的住宅也作了浓墨渲染［……］这崭新的、可怕的住所美，这一崭新的、混合的女客美，这就是陀思妥耶夫斯基独创的世界。"拉斯科尔尼科夫是陀思妥耶夫斯基的小说《罪与罚》的主角。

7　塔韦纳·韦伯（Taverne Weber）。在同年 8 月 22 日致布朗肖的信里，列维纳斯曾说："自我们上一次会面（我想是在塔韦纳·韦伯那里）后，这么多联系已经中断。"

8　参见列维纳斯的《从实存到实存者》一书中《无实存者的实存》（Existence sans existant）一节的注释："莫里斯·布朗肖的《黑暗托马》始于对有（il y a）的描述。缺席的在场，黑夜，主体在黑夜里的消解，存在的恐惧，存在在一切否定运动中的回归，非现实的现实性（la réalité de l'irréalité），都被它精彩地说出。"

9　参见列维纳斯的《从实存到实存者》一书中《与实存的关系》（La relation avec l'existence）一节。

布朗肖,《亚米拿达》手稿

"天光正亮。那时,托马还是独自一人……"

# 《亚米拿达》
## 刊登请求

某个人从街上经过。似乎有人从一栋房子里向他招手。他推开门,进入一个走廊。他到达前厅。他会找到什么,他能找到什么吗?《亚米拿达》不过是这场从一开始就在自我怀疑的找寻的故事。

所有不满足于现实主义目标的记述都要求一个秘密的意义,其缓慢的揭示与叙述的曲折相关。如果意义毫不含糊地对应于逸事,但也能在逸事之外得到彻底的表达,那么它是一个寓言。相反,如果它只能用虚构来把握,而一旦人们试图从其自身来理解它,它就会消散,那么它是一个象征……一个故事的意义是故事本身。它看似神秘,因为它说出了一切恰恰不容说出的东西。

M. B.
1942 年 10 月

# 作为语言的奇幻
## 论《亚米拿达》

让-保罗·萨特

那被非思想之物讽刺地拿来作为对象的思想。[1]

——布朗肖,《黑暗托马》

托马穿过一个小镇。托马是谁？他从哪来？他往哪去？我们一无所知。一个女人从一栋房子里向他招手。他进去并突然发现自己身处一个由房客组成的奇怪共和国，那里的每一个人好像既在臣服，又在统治。有人让他经历一些毫不相关的入会仪式，有人将他与一个近乎哑巴的同伴锁在一起，而他就带着这一随从，从一个房间游荡到另一个房间，从一个楼层攀爬到另一个楼层，经常忘了他在追寻什么，却总在别人意图挽留他时把这事想起。多次历险过后，他变了样子，失去了同伴，生病了。于是他收到了最后的忠告，一位老员工告诉他："问题应该由您自己提出来。"[2] 一名护士补充说："您被幻象给骗了。您以为有人在召唤您，可当时那里根本没有人，召唤来自您自己。"[3] 但他固执己见，终于走到顶层，再次找到了向他招手的女人。但他得知："没有一条指令是给你的，人们等待的是另一个人。"[4]托马逐渐变得虚弱；日暮时，曾与他锁在一起的同伴过来看他，并向他解释说，他走错了路线。"认清您的路［……］我就像另一个您。房子里的路线我都熟悉，我知道哪条是您应该走的。您问我就够了［……］"[5]托马问了最后一个问题，却一直没有得到回答，而房间被外部"美丽，带给人平静"的黑夜侵占，那是"一场辽阔的梦，非它所覆之物所能及"。[6]

根据这样的概述，布朗肖的意图显得十分清楚。更清楚的是他的书和卡夫卡的小说之间的非凡相似。同样精细又谦恭的风格，同样优雅的梦魇，同样拘谨又荒唐的礼节，同样徒劳的寻觅（因为它不通向任何东西），同样详尽又毫无进展的说理，同样枯燥乏味的传授（因为它不传授任何东西）。但布朗肖表示，当他写《亚米拿达》时，他还未读过卡夫卡的任何作品。这就更让我们忍不住赞叹：这位对其手法尚不确定的年轻作家，是通过怎样神奇的遭遇，为了表达人类生活的几个平凡想法，就找回了那件曾在他人手指下发出过闻所未闻之声响的乐器。

我不知这样的联结从何而来。我对它感兴趣只是因为它允许我们勾勒奇幻文学的"最新状态"。因为奇幻这一类型，如同其他文学类型，有一种本质和一种历史，而历史不过是本质的发展。那么，当代奇幻得是什么，才能让一位坚信必须"思考法语"[7]的法国作家，刚借用了这一表达模式，就与一位中欧作家相遇？

为了实现奇幻，描绘超凡之物既不充分，也不必要。最不寻常的事件，若孤零零地处在一个受法则统治的世界里，也会自行重返普遍的秩序。如果你让一匹马说话，那么我会暂且相信它中了魔法。但如果它继续在静止不动的树丛中、在了无生机的土地上高谈阔论，那么我会承认它天然就有说话的能力。我看到的不再是马，而是伪装成马的人。相反，如果你成功地说服我，这匹马是奇幻生物，那么树丛、土地和河流就也是如此，哪怕你没有这么说。我们不把自己的部分强加给奇幻：它要么不是奇幻，要么延展至整个宇宙；它是一整个世界，其中万物流露出一种被囚禁、受折磨的思想，既任性又遭束缚，它从底下啃噬机械的链环，而从未顺利地表达过自己。在这个世界里，物质绝不完全是物质，因为它只提供一种永远受挫的决定论的粗坯，而精神也绝不完全是精神，因为它落入了奴役，而物质浸透着它，使它臃肿。一切只是厄运：万物受苦并趋于迟钝，却从未抵达迟钝；精神遭羞辱、受奴役，努力追求意识和自由，却从未实现过。奇幻提供了灵肉合一的颠倒图景：其中，灵魂占据了肉体的位置，而肉体占据了灵魂的位置。为了思考这一图景，我们不能使用清楚明白的观念；我们不得不诉诸模糊的思想，它们本身就是奇幻的。简言之，我们不得不让自己带着全然的清醒、全然的成熟、全然的文明滑入梦想家、原始人和孩童的魔法"心智"。因此不需要求助于仙子；仙子本身不过是漂亮的女子；奇幻之物，当它服从仙子时，就是自然之物，它是人内部和外部的自然之物，它被当成一个内外颠倒的人。

只要我们相信可以通过禁欲主义、神秘主义、形而上教义或诗歌练习逃离人的境况，奇幻类型就被要求履行一种很确定的职责。它显示了我们超越人类的人类力量。我们努力创造一个有别于此世的世界：要么像爱伦·坡一样，从原则上偏爱人造的东西；要么像雅克·卡佐特（Jacques Cazotte）、兰波和所有那些练习看见"湖底的客厅"[8]的人一样，相信作家变魔术的使命；要么像刘易斯·卡罗尔（Lewis Carroll）一样，想把数学家从几个公式出发就推导出整个宇宙的绝对能力系统地运用于文学；要么像夏尔·诺迪耶（Charles Nodier）一样，意识到作家首先是个骗子，意图达成绝对的谎话。如此创造的对象只指涉它自身，它不追求描绘，它只求存在，它只用其自身的密度使人承认。如果某些作者恰好以讨人喜欢的虚构的名义，借奇幻的语言来表达一些哲学或道德观念，那么他们也乐于承认，他们已让该表达模式偏离了其惯常的目标，而他们不过是创造了一种可以说是错视（trompe-l'œil）的奇幻。

莫里斯·布朗肖在一个幻灭的时代开始写作：历经二战后以灾难告终的形而上学的盛大节庆，新一代作家和艺术家，出于傲气，出于谦逊，出于严肃的精神，已气势恢宏地重返人世。这样的潮流也影响了奇幻本身。对该领域充当先驱的卡夫卡来说，无疑存在一个超验的领域，但它遥不可及，只能让我们在人世中更残酷地感受到人的孤立无援。布朗肖也不相信超验，他无疑会同意爱丁顿（Eddington）的这一观点："我们在未知的沙滩上发现一个陌生的脚印。我们设想了一个又一个深刻的理论来解释其起源。最终，我们成功地重构出留下该脚印的生物。瞧，那就是我们自己。"[9] 从中就有奇幻的"重返人世"的雏形。我们当然不会用它来证明或建构什么。布朗肖尤其否认他写过这样的寓言，他说，其"意义毫不含糊地对应于逸事，但也能在逸事之外得到彻底的表达"[10]。不过，为了在当代人本主义里找到位置，奇幻也像其他类型一样开始自我驯化，放弃探索超验的现实，甘心于记录人的处境。那么，在大约同一时刻，出于内在因素的作用，这一文学类型追随其自身的演化，摆脱了仙子、神灵、妖精这些无用又过时的惯例。达利、基里科让我们目睹了一个魅影重重又毫无超自然可言的自然：其中一位向我们描画了石头的生命和苦难，另一位则给一种被诅咒的生物学作插图，向我们展示人体的恐怖萌芽或生命蕴含的金属。通过一种奇怪的反弹，新人本主义加快了这场演化：布朗肖，继卡夫卡之后，不再关心如何叙述物质的着魔；在他眼中，达利的畸形肉块无疑是程式化的产物，就像闹鬼的城堡在达利看来是陈词滥调一样。对布朗肖来说，奇幻只有一个对象：人。不是宗教的人或灵知的人，只留半截身子在尘世，而是给定的人、自然的人、社会的人，会向路过的灵车致敬，会对着窗户刮胡子，会在教堂里下跪，会跟着一面旗帜前进。这样的存在是一个微观宇宙，他是世界，整个自然：只有在他身上，才显现出整个着魔的自然。在他身上：不是在他的肉体上——布朗肖抛弃了生理的奇幻，他笔下的人物在肉体上是普通人，对其刻画也是一笔带过——但他们具有能人（homo faber）和智人（homo sapiens）的全部现实。就这样，通过自我人化，奇幻接近了其本质的纯粹理想，变成了它之所是。它似乎舍弃了一切人造之物：手中空空如也，囊中也一无所有。我们认出沙滩上的脚印属于我们自己；没有鬼怪，没有女妖，没有哭泣的泉水，只有人，而奇幻的创造者宣称，他将自己等同于奇幻的对象。对当代人来说，奇幻不过是映照出其自身形象的百种方式的一种。

正是从这些评论出发，我们可以试着更好地理解《亚米拿达》和《城堡》之间非凡的相似性。事实上，我们已经看到，奇幻的本质是提供灵肉合一的颠倒图景。所以，在卡夫卡那里，正如在布朗肖这里，奇幻仅限于表达人的世界。它难道不会在两者的作品中服从新的状况吗？而人类关系的颠倒又意味着什么？

当我进入咖啡馆时，我首先瞥见一些器具。不是物体，未经加工的物质，而是工具：桌子、长椅、镜子、杯子和茶碟。每一件器具都代表了一块被征服的物质，其总体服从于一个显现的秩序，而这一布局的意义就是一个目的——这个目的正是我自己，或不如说我身上的人，我所是的消费者。这是正向（à l'endroit）所见的人类世界。我们若要从中寻找一种"原始"质料，将是徒劳：在这里，手段构成了质料，而形式——精神秩序——则由目的所代表。现在，让我们反向（à l'envers）描绘该咖啡馆；我们将不得不表明，目的被其自身的手段击碎，并徒劳地试着穿透物质的巨大厚度，或者，如果你愿意的话，穿透那些自行显现出工具性的物体，但它们具有一种无纪律、无秩序的力量，一种黏滞的独立性，会在我们以为抓住目的的时候突然夺走目的。比如，这是一扇门：它在那里，有它的合页、它的插销、它的锁。它被人细心地关上，像是在保护某个宝藏。经过一番尝试，我终于弄到了它的钥匙；我打开它，却发现它后面是一堵墙。我坐下，点了一杯奶油咖啡，而服务员让我重复点了三次，然后自己又重复了一次，以免出错。他匆忙离开，把我的菜单递给第二位服务员，后者在一个本子上记下，又转交给第三位服务员。最后第四位服务员过来把一个墨水瓶放在我桌子上并说："请慢用。""可是，"我说，"我点的是奶油咖啡。""这没错啊。"他说完就走了。如果读者读到类似的故事，认为这是服务员的恶作剧或某种集体精神病，那么我们已经输了。但如果我们能给他这样的印象，即在我们向他谈论的世界里，这些荒诞的现象均以正常行为的名义出现，那么他会发现自己一下子就扎入了奇幻的核心。人间的奇幻就是手段对目的的反叛：要么所考虑的对象将自身高调地肯定为手段，并通过这一肯定的暴力，向我们掩藏其目的；要么它指涉另一手段，而另一手段又指涉别的手段，如此以往，无穷无尽，根本找不到终极的目的；要么属于独立系列的各个手段相互干扰，让我们隐约瞥见一个由自相矛盾的目的拼凑而成的混杂形象。

相反，如果我最终成功地抓住了一个目的呢？所有桥梁都被拆毁，我找不到也发明不了任何实现它的手段。某人约我在这家咖啡馆的二楼见面；我必须立刻上楼去。我从下面看见了二楼；我透过一个环形的大开口发觉了其阳台，我甚至看见了桌子和桌子旁的顾客；但我在房间里转了无数遍也没找到楼梯。在此情况下，手段很明确，一切都在指示并要求它，它潜藏于目的的明显在场。但它开大了玩笑，以至于化为乌有。在此，我能像加缪在其《局外人》里一样谈论一个"荒谬的"（absurde）世界吗？但荒谬是目的的完全缺席。荒谬以一个清楚明白的思想为对象，作为人类力量的实际界限，它属于"正向"世界。而在我们试图描绘的制造幻觉的离奇世界里，荒谬会是一块绿洲、一次喘息，因此得不到一席之地；我一刻也不能停留在此处：每一个手段都不停地把我抛回到萦绕着手段的目的之幻影，而每一个目的又不停地把我抛回到我用来实现目的的手段之幻影。我什么也思考不了，除非借助那些绚丽多彩却站不住脚，只能在我的注视下瓦解的概念。

所以，在卡夫卡和布朗肖这样不同的作者笔下遇到一模一样的主题就一点也不奇怪了；他们致力于描绘的难道不是同一个离奇世界吗？两者的首要关注都是把"冷漠的大自然"从小说中驱逐出去：由此就出现了其所共有的那令人窒息的氛围。《审判》的主角在一座大城市里挣扎，他穿过一条条街道，进入一间间房子；《亚米拿达》的托马也在一幢大楼的无尽走廊里游荡。他俩从没有看见森林、草地、山丘。要是他们能面对一块土地，或一无所用的物质碎片，那会多么惬意！但如此一来，奇幻就消失了；该文类的法则注定其只能遭遇工具。这些工具，我们已经看到，不是为了服务他们，而是为了不断地表明一种捉摸不定、冷漠无情的目的性：由此就出现了走廊、房门、楼梯组成的那没有出口的迷宫，那无所指示的路标，那指明路线又毫无意义的无数符号。有必要把布朗肖和卡夫卡作品中如此重要的消息话题作为符号主题的特例加以引述。在"正向"世界里，一条消息假定了一个发送者、一个传递者和一个接收者，它只有手段的价值；其内容才是目的。在反向世界里，手段被孤立出来，成为自为的存在：困扰我们的是没有内容、没有传递者或没有发送者的消息。或者，目的存在，但手段会渐渐地侵蚀目的：在卡夫卡的一则故事里，皇帝向城中的一位臣民下达了一条圣谕，但使者要走完如此漫长的路程，以至于消息永远到不了它的目的地。布朗肖也对我们谈过一条在行程中内容逐渐改变的消息："这些猜想很可能得出这样一个结论，那就是，尽管传话人有心把事办好，但当他到达楼上的时候，他已经不记得什么消息了，也就没办法传递它了。还有一种可能，他确实小心翼翼地记住了那些词句，但他无法明白其中的含义，因为语言在这里表达这样一种意思，到了那里必定又会有另外一种完全不同的意思，也可能没有任何意义［……］至于他本人会变成什么样，我拒绝去想象，因为我猜测，他在我眼里将是一个不同于我的存在，这种差异一如消息的本貌之于它被接收的样子。"[11] 也有可能一条消息触达了我们，且只能识别出一部分。但我们后来得知，它不是给我们的。布朗肖在《亚米拿达》中发现了另一种可能：一条消息到了我手上，这当然令人费解；于是我对此展开研究，并最终发现我就是其发送者。不用说，这些可能的情况并不代表一些小概率的坏运气；它们构成了消息的本质，发送者知道这个，接收者并不知道，但他们仍不懈地继续，一个发送信件，另一个接收信件，仿佛消息本身而非其内容才是头等大事：手段吸收了目的，就像吸墨纸吸掉了墨水。

基于把自然从故事中排除出去的相同原因，我们的两位作者也从其故事中排除了自然的人，也就是孤立的人，个体，塞利纳（Céline）称之为"没有群体重要性的青年"[12]，他只能是一个绝对的目的。奇幻的律令颠倒了康德的律令："在任何时候都应该把自己和他人仅仅当作工具,而永远不应看作自身就是目的。"[13]为了让其笔下的主角们身陷狂热、疲乏不堪又难以理解的活动,布朗肖和卡夫卡不得不让他们周围充满工具人。从器具返回人,从手段返回目的,读者发现,人,反过来,不过是个手段。由此就有卡夫卡的书中充斥的那些公务员、那些士兵、那些法官,以及《亚米拿达》里遍布的那些侍者,他们也被称为"员工"。所以,奇幻宇宙会呈现出官僚系统的样子:那其实是最像一个反向社会的庞大行政部门;《亚米拿达》里的托马从一个办公室走向另一个办公室,从一位员工走向另一位员工,却从未找到雇主或领导,就像那些访客在部门里提出诉求,却被一个部门无尽地打发到另一个部门。此外,那些公务员的行为始终完全难以理解。在正向世界里,我可以把行政官员出于偶然打的喷嚏或一时兴起吹的口哨与运用法则的司法活动清楚地区别开来。让我们颠倒一下:奇幻世界的员工小心翼翼又吹毛求疵,乍看起来像在勤勉地执行他们的职务。但很快我就得知,这样的热忱全无意义,甚至该受惩罚:那不过是一时心血来潮。相反,因其失礼而让我反感的仓促姿势,细看之下,却完美地符合人物的社会地位;它依据法则而完成。就这样,法则瓦解为随意,而随意又让人突然瞥见法则。我徒然地要求规章、条例、法令:办公桌上放着陈旧的指令,员工们都在遵从,但没有人知道,这些指令是不是一位有资格的人物下达的,或者,它们是不是由来已久的无名惯例的产物,或者它们是不是公务员发明出来的。它们的范围也含糊不清,我压根儿没法判断,它们适用于集体的所有成员,还是只针对我一个人。但这在规章和随意、普遍和特殊之间摇摆不定的含糊法则无处不在，它约束着你、压制着你；当你以为你遵守它时，你违背了它；当你反抗它时，你又无意间服从了它。没有人会忽视它，但又没有人认得它。它的目的不是维持秩序或处理人际关系，它是**法**，没有目标、没有意义、没有内容，但谁也逃不出它的手掌。

但必须关闭回路了：没有人能潜入梦的宇宙，除非是在睡觉时；同样，没有人能进入奇幻世界，除非他自己变得奇幻。然而，我们知道，读者的阅读开始于他把自己认同为小说的主角。因此，通过我们提供他的视角，小说主角也搭建了进入奇幻的唯一通道。以前的技巧是将其呈现为一个正向人，却被奇迹卷入一个反向世界。卡夫卡至少使用过一次这样的程式：《审判》里的K是个正常人。我们看到了这一技巧的优点；通过对比，它突显了新世界的异常特点，而奇幻小说变成了"教育小说"（Erziehungsroman）；读者共享主角的惊奇并跟随他经历一个又一个发现。只不过，他同时也从外部目睹奇幻，就像目睹一个奇观，仿若沉睡的理性安然地注视我们梦中的景象。到了《城堡》，卡夫卡完善了他的技巧：其主角本身就是奇幻的。我们不得不共享这个土地测量员的历险和所见，但我们只知道他令人费解地执意留在一座被禁入的村子里。为了达到这个目的，他牺牲了一切，他把他自己当成一个手段。但我们始终不明白这对他有何价值，也不清楚这值不值得付出那么多努力。布朗肖采用了相同的程式；其笔下托马的神秘性丝毫不逊于大楼里的侍者。我们不知他从哪来，也不知他为何热衷于找到那个向他招手的女人。如同卡夫卡，如同萨姆沙，如同土地测量员，托马从不诧异：他感到愤慨，仿佛他目睹的一连串事件显得极其自然又该予以谴责，仿佛他心中拥有一套奇怪的**善恶**准则，而布朗肖小心翼翼地对我们省略了这一点。就这样，由于小说的法则，我们被迫接受一个不属于我们自己的视角，面对眼前惊人之事，只能谴责而不理解，只能注视而不诧异。此外，布朗肖像摆弄一个盒子一样打开又关闭主角的灵魂。我们有时进入，有时又被拒之门外。如果我们在里头，那是为了发现一些已然开始的推理，它们像机械一样连接起来，设定了一些我们所不知的原则和目的。我们步调一致；既然我们是主角，我们就同他一起进行推理；但这些话语得不出什么东西，仿佛要紧的只是推理。再一次，手段吞食了目的。而我们本应拨正反向世界的理性被卷入了这场噩梦，自身也变得奇幻起来。布朗肖甚至走得更远；在《亚米拿达》的一个精彩段落里，主角突然发现他不知不觉就成了房子的员工，担任了刽子手的职务。我们就这样耐心地询问公务员，因为在我们看来，他们知道宇宙的法则和秘密——但突然，我们得知，我们自己就是公务员，而我们竟然不知道。于是别人也带着哀求的目光转向我们，反过来询问我们。毕竟，我们也许知道法则。阿兰（Alain）说过："知意味着知其有所知。"[14] 但这是一个来自正向世界的格言。在反向世界，我们不知道我们知道我们知道的东西；如果我们知道我们有所知，那么我们就不知道。就这样，我们最后的依靠，为斯多葛派提供庇护的那种自我意识，也逃离了我们，分崩离析；其透明正是虚空的透明，而我们的存在在外部，在他人手中。

以上就是《城堡》和《亚米拿达》的重要主题，其特征鲜明：但愿我已表明，从其选择描画反向世界的那一刻起，这些主题就势在必行了。但有人会问，为什么必须反向描画呢？多傻的方案啊，让人倒立着被描绘！事实上，这个世界当然并不奇幻，因为一切均正向。一部恐怖小说可被视为现实的简单错置，因为在生活过程中，我们会遇到一些恐怖的情形。但我们已经明白，其中不会有奇幻的插曲，因为奇幻只能以宇宙整体的名义存在。更进一步看。如果我在一个反向世界里反向，那么一切都对我显现为正向。所以，如果我自己是奇幻的，且住在一个奇幻的世界里，那么我也绝不会把它当成奇幻的：这有助于我们理解我们作者的意图。

所以我没法评判这个世界，因为我的评判也是其中的一部分。如果我视之为一件艺术品或一台复杂的座钟，那么我是从人的角度来看；相反，如果我声称它是荒谬的，那么我仍然是基于人的观念。该如何给我们人类追求的目的定性呢，如果不参照其他目的？我希望，如果必要的话，有天我能获知周围机械的细节，但人要如何评判整个世界，评判人身在其中的世界？然而我想知道卡牌的底面，我想如其所是地注视人类。当哲学家放弃的时候，艺术家还在坚持。他发明了一些简易的虚构来满足我们：微型巨人、高贵的野蛮人、小狗里凯[15]或加缪近来在谈的"局外人"；这些纯粹的目光避开了人的处境，因此能够对之加以审视。在这些天使眼中，人类世界是一个给定的现实，它可以说是这样或那样的，也可以是不一样的；人类的目的是偶然的、单纯的事实，而天使就像我们看待蜜蜂和蚂蚁的目的一样看待它们；人类的进步不过是原地踏步，因为它走不出这个有限又无边的世界，就像蚂蚁逃不出蚂蚁的天地。然而，通过迫使读者认同一位人类主角，我们让他像飞鸟一样翱翔于人类处境之上；他逃脱了，他忽略了其所注视的宇宙的首要必然性：那就是人在其中。如何让他从外部看到这身在其中的必然呢？这是向布朗肖和卡夫卡提出的根本难题。这是专属于文学和技巧的难题，因为它在哲学层面上没有任何意义。他们找到了答案：他们抹掉了天使的目光，让读者与K、与托马一起陷入世界；但在如此的内在性里，他们又让超越性像幽灵一样飘浮着。器具、行动、目的，我们无不熟悉，而我们与之保持如此亲密的关系，以至于我们几乎觉察不到它们；可一旦我们发觉自己在一种有机的、同情的温暖氛围下和它们关在一起，它们就对我们显得冰冷又陌异了。这刷子，就在这里，在我手上；为了刷我的衣服，我只需要拿起它。但在我触碰到它的那一刻，我停下了：这是一把从外部看见的刷子，它在这里，充满了其偶然性，它指涉一些偶然的目的，就像被蚂蚁愚笨地搬回巢穴的白石子在人眼里显现的那样。天使会说："他们每天早晨都刷衣服。"无需更多，这活动就足以显得古怪且难以理解了。布朗肖的作品里没有天使，相反，他努力让我们把我们的目的——这些目的诞生自我们并给出了我们生活的意义——视作为他人准备的目的；他只向我们展示这些异化或僵化了的目的的外在面相，朝向外部的面相，使其成为事实的面相。僵化的目的，即来自底下的目的、被物质性侵占的目的、在被欲求之前得到确认的目的。同时，手段独立出来。如果每天早晨刷衣服不再是显而易见的事，那么刷子就成了难以辨认的器具,失落文明的遗物。它仍意味着什么,就像人们在庞贝古城发现的那些烟斗形状的工具。但不再有人知道它意味着什么。那么,这些固化不变的目的,这些怪异无效的手段,如果不正是奇幻的宇宙,又是什么呢?我们看见了其程式:既然人类活动,从外部看,好像颠倒了,所以,卡夫卡和布朗肖,为使我们不求助于天使,从外部看见我们的处境,就描画了一个反向世界。在这矛盾的世界里,精神变成了物质,因为价值显现为事实;而物质被精神啃噬,因为一切既是目的又是手段;我虽不断地身在其中,却从外部看到了自己。若不借用一些自我毁灭的渐趋消逝的概念,我们还无法思考它。更确切地说,我们压根儿无法思考它。这就是为什么,布朗肖写道:"[意义]只能用虚构来把握,而一旦人们试图从其自身来理解它,它就会消散[……]故事[……]看似神秘,因为它说出了一切恰恰不容说出的东西。"[16]奇幻具有一种边缘的存在:如果你直视它,试图用词语表达其意义,它就会消失不见,因为你终究要么在外部,要么在其中。但如果你只读故事而不试着转述,那么它会旁敲侧击你。你从《亚米拿达》里捕捞的些许真理一旦离开水域,就会失去其光泽和生命:啊,没错,人是孤独的,他独自决定他的命运,他发明了他所服从的法则;我们每个人,都是自己的陌生人,是其他所有人的刽子手和牺牲品;我们徒劳地寻求超越人的处境,却更想获得一种尼采式的尘世意义;啊,没错,布朗肖的智慧似乎属于让·瓦尔(Jean Wahl)在论海德格尔时所言的"卓尔不凡"。但说到底,所有这些听起来并不新鲜。然而,这些真理,当其回溯叙事的涌流,在两片水域间滑动时，便闪耀着一种陌异的光芒。因为我们反向目睹了它们：那是奇幻的真理。

我们的两位作者，一起同行了这么长的路，在此他们分道扬镳。关于卡夫卡，我没有什么要说，他当然是这个时代最罕见也最伟大的作家之一。而且，他率先到来，他所选用的技巧在他身上响应了一种需求。如果他向我们表明，人的生活永远被一种不可能的超验性所困扰，那是因为他相信这种超验性的存在。只不过，对我们来说，它遥不可及。卡夫卡的宇宙既奇幻又绝对真实。布朗肖当然天赋可观。但他是后来者，其所用的手法，我们已太过熟悉。在评论让·波朗的《塔布之花》(*Les Fleurs de Tarbes*)时，他写道："那些经由苦行的奇迹而产生了一种远离一切文学之错觉的人，由于想要摆脱惯例或形式，以便直接地触及他们意图揭示的秘密的世界和深刻的形而上学［……］最终满足于使用这个世界、这个秘密、这个形而上学，正如他们使用他们沾沾自喜地展示的惯例和形式一样，那些惯例和形式同时构成了其作品的无形框架和基础［……］对这类作家来说，形而上学、宗教和情感取代了技巧和语言的位置。它们是一个表达的体系，是一种文学的类别，简言之，就是文学。"[17] 我诚然担心这样的指责，如果它算一种指责，会对准布朗肖本人。他所选择的符号体系并不完全对应他所表达的思想。为了向我们描绘"精神的本质，其深刻的分裂，这场作为其力量之手段、其痛苦和其荣耀的同者与同者的斗争"[18]，不需要借助人为的技巧把外在的目光引入意识内部。我乐于用拉尼奥（Lagneau）评价巴雷斯（Barrès）的话来说布朗肖："他盗用了工具。"符号和所指之间的这一轻微错位让卡夫卡的真实主题步入文学惯例的行列。由于布朗肖的过失,现在有了一种"卡夫卡式的"奇幻模板,就像闹鬼的城堡和肺脏里的怪物构成的模板一样。我知道艺术靠惯例活着,但至少我们要懂得选择。在一种带有莫拉斯主义色彩的卓尔不凡之上,镶贴着奇幻的效果。

由于布朗肖不忠于其意图的事实,读者的这一不安还加剧了。他告诉我们,他希望《亚米拿达》的意义"一旦人们试图从其自身来理解它,它就会消散"。好吧,但如果这样,对其象征,为什么他要给我们提供一种持久的转述、一种丰富的评论?许多段落里,解释变得如此执着,以至于故事清楚地呈现出寓言的样子。让我们从细说侍者神话的漫长记述中随意挑选一页,比如这一页:"我曾提醒您员工在大部分时间都是见不到的。这样的话太愚蠢了,是我经受不住骄傲自大的诱惑,我为此感到脸红羞愧。见不到的员工?大部分时间都是见不到的?可其实我们从来就没见过他们,从来就没发现过他们,哪怕只是远远地;我们甚至不知道看见这个词和他们产生关联意味着什么,不知道是否有一个词可以表示他们的缺席,也不知道这种缺席的概念是否就是令我们期待他们出现的最后一点可怜的依据。他们置我们于不顾,这在某些方面是超乎想象的。我们可能会在发现他们对我们的利益漠不关心之后发出抱怨,因为许多人或是失去了健康或是为他们服务的失误赔上了性命。然而,如果他们时不时给我们一些甜头,我们就全都不介怀了 [ …… ]"[19] 在这一段里,如果用"上帝"一词替换"员工"一词,用"天意"一词替换"服务"一词,就会得到一份关于某方面宗教感的明白易懂的报告。在这个伪奇幻的世界里，物体也往往"正向"对我们传达其意义，不需要任何评论；就像被锁在一起的那位同伴显然是身体，是在一个宣告了灵肉分离的社会里遭受羞辱和虐待的身体。所以我们觉得它在转述一篇转述，依据一个主题打造一个版本。

此外，我并不认为我已抓住了作者的全部意图，或许我还弄错了不少。一想到这些意图，哪怕隐晦，也显露在外，就足以令我局促不安：我始终相信，凭借更多努力或更多才智，我可以将其统统澄清。事实上，在卡夫卡那里，意外事件根据情节的必然性相互连接：比如，在《审判》中，我们没有一刻不觉得 K 是为其声誉、为其生命而奋斗。但托马究竟为何奋斗呢？他没有鲜明的特点，没有目标，几乎不让我们感兴趣。而事件任意地叠加起来。就像生活中一样，有人会说。但生活不是小说，作品中可以提取的这一连串既无规则也无缘由的事件把我们硬生生地推向了作者的秘密意图。托马为何失去了与他锁在一起的同伴并生病了？在这反向世界里，没有什么预示或解释了这场疾病。所以，其存在的理由在这世界之外，在作者的天意计划中。就这样，布朗肖，在绝大多数时候，做着无用功；他没有把读者顺利地诱入其营造的噩梦世界。读者逃跑了；他在旁观，他和作者本人一起置身事外，他注视这些梦魇就像观察一台装配好的机器；他只在极少数时刻踩空。

但这些时刻足以表明布朗肖是一位优秀的作家。他机敏又细致，有时深邃，喜爱词语；他只差找到他的风格。他闯入奇幻的举动不无影响：他点明了关键。卡夫卡是不可模仿的；他仍是地平线上的永恒诱惑。为了不知不觉地模仿他，布朗肖让我们摆脱了卡夫卡，他揭示了他的方法。这些分门别类、固定又无用的方法不再令人恐惧或眩晕：卡夫卡不过是一个台阶；迈过他，就像迈过霍夫曼（Hoffmann），迈过爱伦·坡、刘易斯·卡罗尔和超现实主义者，奇幻继续着其未断的进程，最终，它应追上其向来之所是。

《南方手册》（*Cahiers du Sud*），第255—256期，1943年

---

1　布朗肖：《黑暗托马》，第14页。

2　布朗肖：《亚米拿达》，第170页。

3　同上书，第214页。

4　同上书，第267页。

5　同上书，第256页。

6　同上书，第272页。

7　我认为布朗肖一直是夏尔·莫拉斯（Charles Maurras）的信徒。——原注

8　兰波：《地狱一季》，收录于《兰波作品全集》，王以培译，北京：东方出版社，2000年，第207页。

9　爱丁顿1920年的著作《空间、时间与引力》（*Space, Time and Gravitation*）。

10　《亚米拿达》的刊登请求（译文见本书第218页）。

11　布朗肖：《亚米拿达》，第203—205页。

12　参见塞利纳的剧作《教堂》（*L'Église*）："这个青年没有群体的重要性，他仅仅是一个个体。"萨特的小说《恶心》（*La Nausée*）引用了这句话作为题记，可参阅《萨特文集·小说卷[1]》，沈志明、艾珉编，桂裕芳、王庭荣、沈志明译，北京：人民文学出版社，2000年，第3页。

13 参见康德:《道德形而上学原理》,苗力田译,上海:上海人民出版社,1986年,第36页:"在任何时候都不应把自己和他人仅仅当作工具,而应该永远看作自身就是目的。"

14 阿兰:《观念与时代》(Les Idées et les âges),收录于《激情与智慧》(Les Passions et la Sagesse),Paris:Gallimard,1960,第29页。

15 "微型巨人"(Micromégas)出自伏尔泰的同名小说;"小狗里凯"(le chien Riquet)出自阿纳托尔·法朗士(Anatole France)的"现代史话"(Histoire contemporaine)四部曲小说。

16 《亚米拿达》的刊登请求(译文见本书第218页)。

17 布朗肖:《文学如何可能?》(Comment la littérature est-elle possible?),Paris:José Corti,1942,第23页。——原注(译按:参见米歇尔·福柯等:《文字即垃圾:危机之后的文学》,白轻编,赵子龙等译,重庆:重庆大学出版社,2016年,第37—38页。)

18 同上书,第15页。——原注

19 布朗肖:《亚米拿达》,第103—104页(译文有所改动)。

I

Je n'étais pas seul, j'étais un homme quelconque. Cette formule comment l'oublier?

Durant mon congé de maladie, j'allai me promener dans un quartier du centre. Quelle belle ville, me disais-je. En descendant dans le métro, je heurtai quelqu'un, qui m'interpella sur un ton brutal. Je lui criai: "Vous ne me faites pas peur." Son poing se détendit avec une rapidité fascinante, je m'écroulai à terre. Il y eut un attroupement. L'homme essaya en vain de se perdre dans la foule. Je l'entendais protester rageusement: "C'est lui qui m'a bousculé. Qu'o me fiche la paix!" Je n'avais pas de mal, mais mon chapeau avait roulé dans l'eau, je devais être blême, je tremblais (Je relevais de maladie. On m'avait dit: pas de secousse). Un agent sortit de la cohue et nous invita calmement à le suivre. Nous montâmes les escaliers, séparés l'un de l'autre par tout un groupe. Lui aussi était pâle et même livide. Au commissariat, sa colère éclata.

- C'est tout simple, dit l'agent en l'interrompant. Il a pris ce Monsieur à partie et lui a envoyé son poing sous le menton.
- Portez-vous plainte? me demanda le commissaire.
- Puis-je poser une ou deux questions à mon ... à cette personne?

Je m'approchai et le regardai.

- Je voudrais savoir qui vous êtes.
- Cela vous regarde?
- Êtes-vous marié? Avez-vous des enfants? Non, je voudrais vous demander autre chose. Quand vous m'avez frappé, vous avez senti que vous deviez le faire, c'était un devoir: je vous défiais. Maintenant, vous le regrettez, parce que vous savez que je suis un homme comme vous.
- Comme vous? Cela me ferait mal!

布朗肖,《至高者》,打字文稿

"我不孤独，我是个普通人。这套说辞，怎么会忘记？"

## 《至高者》
## 刊登请求

原则上，一本书，若像这部小说一样以第一人称写成，事实上就让发生之事进入了一种目光的厚度和一种在场的肯定。

所以这些书的陌异性可以来自如下事实：它们以第一人称写成，却要用第三人称阅读。或许还是那个矛盾：作为一种在场的肯定，它们是一个当下的故事。

写书的人："我"，甚至在一本他自认为完全从中缺席的书里，无疑，也展示了一种对其自身的巨大得意。因为自我肯定未必是把更多的"我"置于世上，它也意味着在有"我"的地方试着不安放任何人。

M. B.
1948 年 6 月

# 关于莫里斯·布朗肖
## 论《至高者》

皮埃尔·克罗索夫斯基

德尔图良（Tertullien）反对肉体复活教义的一种纯粹象征的解释，提出了如下观点："如果再现存于真理的图像，而图像本身又存于存在的真理，那么事物在充当另一者的图像前必须为其自身而存在。相似并不奠基于虚空，寓意并不奠基于虚无。"[1] 这些命题已然包含帕兰（Parain）从其语言观念中得出的所有结论。要是我们现在颠倒德尔图良的论证，我们就会划出莫里斯·布朗肖的沉思所运行的领地。如果再现存于真理的图像，那么，真理从来就只是一个图像，而图像本身也不过是存在的一种缺席，因此也是虚无的在场；这甚至是语言自身的体现：因为，为了让一物只能充当另一物的图像，该物就不得不停止为其自身而存在。一物的图像从不指定任何东西，而只指定了它的缺席。由此，虚无不仅奠定了相似，它还是相似本身。相似于什么？若不相似于一个掩藏起来的存在？

在莫里斯·布朗肖看来，存在（l'être）掩藏于语言的这一观念，揭示了语言对实存者（l'existant）施加的功能，也就是死亡的功能。但就连死亡的这一功能也是双重的。"[……]死亡既是世间真理的劳作，也是不承受开端和终结的永恒。"语言的模糊性就源于死亡的这一双重性。

实存者的构成似乎只是对一种意义（sens）的追求：那不过是一个开端和一个终结的可能性。实存的意指（signification）就源于其有限性，即朝向死亡的运动。

语言，鉴于它在意指，只能参照无意义（insignifiance）来意指。意指的这一缺席是什么？作为存在的存在，因为它既没有开端，也没有终结。

如果死亡没有结束存在，如果万物注定永远存在，那么就再也不会有语言，因此也不会有意指：一切实存者会立刻崩塌陷入荒谬，即陷入存在。

但死亡本身也把实存者身上，即这个世间，获得了一种意义的东西，抛入既无开端也无终结的存在之无意义。在世界和历史中，意义比实存者活得更久，但在存在中，实存者"荒谬地"活得比意义更久。所以，语言从诸存在的虚无之在场中汲取了其意指的力量：那是"承受死亡并在死亡中维持自身的生命"。

没有止尽的存在的无意义性使得意指与死（mourir）密不可分。然而意义，如果只有从一个开端出发并以一个终结为前景才是可能的，那么，为了成为意义，它不得不通过对自身的不断撤回，持留于实存者，并成为世界，即被我们称为历史的那一变迁沉浮的背景。意义就这样依仗于存在，而存在又供奉着任何一个意义的不可能性。但这正是世界难以忍受之处：作为世界的实存者成形于把存在思为存在的无能无力。[2]

在实存者的意义和意义沦没其中的永远存在（l'être-à-jamais）之间，就有名为**文学**或**艺术**的领域。作品采取了一种外在于实存的意义，这让它成了缺乏意义的存在之参与者。而对一个开端的追寻——开端表现为创造者的实存，它将其实存永恒地投入词语或图像——就见证了意指相对于存在的不充分；作品越是意指，创造者就越是趋于存在的无意义。

如果实存者——世界及其历史——从遗忘中找回了作为无意义的存在——不过，在实存者身上，无意义仍"潜回"于变得有所意指的言语和图像；但这里所**回忆**的东西自身仍不过是一切记忆的缺席，也就是遗忘：存在，这不承受开端和终结的永恒。

如同实存者怀着对绝对无意义的忧惧阻止了对存在作为存在的回忆，名字（noms）也在有限的存在中阻止了存在的遗忘。那么，名字，正如图像，已是实存者身上虚无的在场，又无论如何，如其所是地指称着它们，在存在中指定它们并恢复它们的无意义。由于它们在存在中被指定，死亡就让它们活得比其意义更久，像是永远且一直存在。它们在存在中被指定，但它们也因此失去了其同一性，只在实存者的有限中进行意指。它们在其暂时的意指中达至同一，却不相似于其自身，在此它们永远缺乏意义——在无始无终的存在里。

所以实存者之名，如同图像——隐喻，以及肖像（古罗马先辈的面具或半身像）——在超越死亡的存在中，预见了实存者相对于其同一性的这一非相似性，而在死亡的此岸，它们表达了存在身上虚无的在场，也就是其缺席；以至于实存者之名将实存者抛到其自身之外。

在诸存在之间的交流里，各个存在之无意义的部分交涉着其被给予的意指，即其消失的相互接受。

但这时，同消失者的关系介入了，而消失者幸存于其中的名字的意指再次变得模糊；相对于其非存在的自身，它不再是同一个，因为它不可挽回；它不过是哀悼、记忆、礼拜在实存者身上维持的已然逝去的同一性；换言之，不仅从其消失以来，而且一直以来，既无开端也无终结者的漠然在其背后得以掩藏的面具；为我们指称这和那的还是同一个吗？当它意指时，我们的关系里不是有我们自己身上这压倒一切的无意义吗：既然两个存在能够把其身上既无开端也无终结的东西归于彼此，抛向彼此，就像永远在推延它们无法交流的存在，但存在降临于它们并将它们统一于无意义。

这无疑是不可交流者的秘密，它以沉默击中了幻象。如此视观者，定会为了不疏离世界而表达自己，为了克服其疏远而描述其所见，尽管他只对自己说话，且只能被包含他的幻象听到，以至于其语言就是沉默者的言语。[3]

但存在作为存在的命名又如何，若它等同于开端和终结之缺席中的无意义？

意指实存者的语言赋予了绝对无意义"实存的最高贵的名字"，即上帝。

在众名之中这个至高的名字和实存者之总体——如果它不只是其自身的一种语言指定，就像被存在遣返回语言一样——之间如此建立起来的关系让一个被意指的实存者的命运服从这个（个人的和本质的）名字。

由于这个名字会意指那绝无法意指自身的东西，它指定的乃是绝对的无意义，即存在，它将存在指定为一个对实存者之总体来说独一无二的实存者。这就是受到了一个与绝对无意义相称的唯一实存者威胁的实存者之意指，因此，也是受到了一种意指威胁的存在本身，即那个服从开端和终结之必然性的名字本身。

这似乎是《至高者》的寓意教导。

然而，我们之前给出的对这一独异之书的分析有意依赖于存在与实存、存在者（l'étant）与本质的学院式区分；它仍是一种有效的阐释，因为布朗肖对语言的沉思触及了思想的古老痛苦，即把存在思为存在的无能为力。

## 《至高者》

书一开篇就展示了一个当市政公务员的单身男子的生活，除去办公时间，他患病的生活往返于诊断和康复之间，其康复时光包括换环境，以及同邻居的暧昧接触，除非疲惫让他重归家庭，家中有他再婚的母亲和妹妹。这个人物刚与家人度完一场假期回来，他居住的大楼所在的街区就爆发了一场病因不明的传染病。疾病呈现出末日的规模：骚乱、火灾、镇压、暴行、恐怖活动。但小说主角没有离开他那栋已变成了肮脏门诊所的大楼，而是留下来，他也感染了疾病，像是陷入了腐坏的氛围。在心不在焉的读者看来，这是外在的行为。让我们假设，他绝没有逃脱小说自行施加的魔咒；更有可能，他压根儿不记得书开篇的话："我不孤独，我是个普通人。这套说辞，怎么会忘记？"[4]让我们回到这些话上：一个普通人——一套说辞；它因而是如下意义上的语言：布朗肖把它变成了我们人类历险的既超验又内在的原动力；语言既与普通人相联系，又与之相分离；在此范围内，它还是反抗遗忘的斗争，这样的斗争制造了一段记忆，却是一段与其主体相分离的记忆。如果语言仍与一个人相联系，那么它会建构相对于既有的意指而言，这个人专有的意义，并且两者都会充当真理。但只要语言与它暂时联系过的一个人相分离（因为语言在通过故事得以述说的运动，即真理的运动中，耗尽了一个人的意义），人就变得偶然；或者人不过是谎言，故事是真理；或者人是真理，而故事是谎言。但这样的解释在把握意义的点上偏离了真正的意义。

在与其家人共度的假日期间，普通人（他的名字会在后头仅被提及一次）似乎通过一种盟约与他的妹妹（露易丝）相连，盟约可追溯至他们的童年，事实上却见证了一个无比遥远的起源，只要我们看穿了人物的真正"处境"。第57—58页的挂毯场景[5]，在讲述另一段沉思的第237—238页获得了其全部的意义[6]。露易丝把她哥哥拖进一片墓地（这个词被小心翼翼地默默略过，以便只出现一片空荡荡的广阔居住区，也就是对我们熟知的"西区"的最初回想），在那里，一座墓穴底部，她让他服从一场仪式，一场处决仪式，其咒语"只要我活着，你就活着，死亡就活着。只要我有一口气在，你就会呼吸，正义就会呼吸［……］而现在，我保证"[7]是普通人已明白的一段话，而我们也已理解了某一部分。因为我们在此面对着一段分离的记忆——至于是哪段记忆，则仍有待知悉——它与其主体分离——至于是哪个主体，也仍有待知悉。然后就是逃离的场景和妹妹追捕哥哥的场景："我不知道她从我的眼神里读到了什么。她的双眼失了神采，有某种东西爆发了。她扇了我一个耳光，打破了我的嘴巴。"[8]从这一刻起，他人的沉默变成了普通人的言语，而他者所言的一切正是他闭口不谈之物。以至于"事件被封闭于言语，好让言语在事件中被读出"（德尔图良）[9]。主角的秘密就这样被一点点揭露，而我们在书的第二部分看着他从私人和家庭的层面——做作的私人和家庭——转向了集体灾祸的层面，传染病的层面，进入了一个恐怖体制的中心，而他会是那一体制的虚弱良心。他为何没法离开这个注定荒芜、充满谋杀和火灾的西区？

突然，在一次谈话过程中，我们得知了普通人的名字。亨利·佐尔格（Henri Sorge）？[10]难道不应该用**形而上学**的神圣帝国的语言来念这个名字，并将它译成海因里希·佐尔格（Heinrich Sorge）？或不如说：操心（die Sorge），就像我们在弗莱堡大学听到的那样？[11]一种操心（cura），纯粹的操心（cura pura）？纯粹的操心——以亨利之名得以伪装。纯粹的操心，这是生存之所是：亨利的此在（Dasein）。但问题是说亨利的实存吗？根本不是。亨利不过是一种本质，却接受了实存；于是"小说"会失去旨趣，而书名也得不到合理的说明。所以，这仍是一种解释：亨利·佐尔格刻画了一种没有如此存在（être tel）的实存，一种缺乏如此存在的此在（ein soseinloses Dasein），这就是为什么，他不过是我们所说的无本质之人，因为其本质就是其实存。[12]

布朗肖在传统意义上写道："见上帝者死。在言语中死去的就是把生命赋予言语的东西：言语就是这死亡的生命，它是承受死亡并在死亡中维持自身的生命。"[13] 这是从其深渊（Ungrund）的视角来看适用于上帝本身的表述。上帝会认得布朗肖为文学打造的条件，上帝会是这个：深渊，它要求言说，它一无所说，虚无（深渊）在言语中找到了其存在，而言语的存在就是虚无。

更有甚者，上帝丧失了其名字，或实存丧失了其如此存在，因为在操心的状态里，它丧失了上帝之名；在这个借用的名字下，佐尔格，"市政厅的雇员"，他在单身男子的生活中否认自己，这样的生活由不同程度的恶心组成，而他的意识就借此拥抱他所创造的宇宙，现在他逐渐步入毁灭，乃至他自己重返了深渊；在这独异的寓言里，没有什么被留给偶然，因此跃升至东边的人并非徒劳地住在"西边"的底层街区[14]。同样，通过文学说出的语言的晦暗倾向"想在世界存在之前抓住事物的在场，想在一切遭到抹除之际抓住持存的东西，在一无所有之时抓住显现之物的迟钝"（《文学与死亡的权利》）[15]，而通过其"对事物之现实，对其未知、自由且沉默之实存的关注"，它把语言变成了"一种无轮廓的物质，一种无形式的内容，一种反复无常的无人称力量，无所言说，无所揭示，却又在它对一无所说的拒绝中，满足于声称它来自黑夜又归于黑夜"[16]，神性的概念也是如此：它是**圣言**（Parole）对其深渊的回归，而在世界之外说明事物和存在的文学揭示的这一现象不过是映射而已。如同幸存的神话，要么是一个人忘了他的死亡，相信自己活着，要么是另一个人明知自己已死，却徒劳地为死挣扎，在比自己活得更久的造物主神话里，虽然他在其创造中死亡，但一种清除了其位格的神性意识被投射到上帝身上。在这里，**圣言**的双重极性再次得到肯定，它充当了被**圣言**唤入存在的虚无；正如语言与人相联系然后离弃了人，上帝的**圣言**离开了上帝并质疑述说**圣言**者。所以在《至高者》里，一边是**国家**和法律的问题，另一边是以传染病的形式组织起来的反叛和社会破坏的问题，并且社会破坏只存在于反叛者、嫌疑犯和他们所反抗的法律之间达成的共谋，而暴力和镇压不过是法律与它所抑制的人性冲动之间达成的人性共谋。我们明白，这里的关键是**圣言**固有的辩证法导致的一种增添：**国家**连同其法律和监狱——人们再也不想离开监狱，因为他们从不比囚徒更自由，[17]而病人被当成罪犯对待，并"从死亡的惩罚中接受了那样的惩罚让他们弥补的过错"——在此甚至只是人决心赋予世界和实存的意指的图像，而这些图像此后又被如下不可能性的事实毁灭或颠倒：由于语言的无限可能，我们不可能维持一种通过消灭一切只意欲自身且从不死去的事物而得到的意指。**国家**的在场，如同上帝的在场，支配着言说的普遍能力所体现的一种无所不在：那是识别和宣告法律的无所不在，也是用法律的在场来僭越法律的无所不在。如果上帝，因为他不再说话，或因为他不再得到命名，或因为他借敌人之口说话，回归了深渊（自此语言试图摧毁其所意指的事物以认出其真实的在场），那么在事实的秩序里，传染病就会先于反叛发生并暗示那一反叛的后果，不可救治的疾病再也不能在惩罚中被破解为其如实之所是的罪行：把握词语使用为意指所废除之物的意志会不断看到其对象的闪避，因为它自身就是死的不可能性。[18]这便是为什么佐尔格对布克斯说："请你明白，你从我这里知道的一切，对你来说不过是谎言，因为我才是真理。"[19] 上帝的辩证的语法错误（Dei Dialectus solecismus）。没有人比他更清楚这点，顶着"亨利·佐尔格"的名字，他具有一种和其无力一样无限的意识：因为其无力依附于其自身的死之不可能性，依附于其永恒。他是实存，或许，他反过来也向往这给出了意指的死亡：实存能给出意指吗，若它也弃绝其如此存在，若它也作为上帝死去？尽管他在众人中间"死了"——布朗肖的幻象会这样得以解释——但他因此活得比他自己更久，他似乎忘了他的"死亡"，或至少拒绝把它"想起"。他在旧得长满虫子的挂毯面前的反应就应该这样来理解："啊！这虚假、奸诈的图像已经消失了，不可毁灭；啊！它诚然是个古老的东西，古老得可恶，我想要斥责它，撕碎它。因为感觉自己被湿云和土地包围着，我被这存在所表现出来的盲目和极端不自觉的行为震惊了，这些东西使他们成为死气沉沉的、可怕的、过去的卫士，要将我也引入这最无生气，最为恐怖的过去之中。"[20]

为了酝酿"某些变革"，佐尔格作为**国家**的忠实公务员，其"良知"还不够"坏"。当机器出故障时，他还想着及时脱身。佐尔格与其说提交了辞呈，不如说暗示了辞职：这整个做法和至高者一模一样。这就是佐尔格，他在普遍的荒芜中混日子，而这也是造物主面对其被毁坏的造物的态度：造物只懂得注视苦难，而造物主的升天不过是其自身的一个骗局；用残忍地直白的话说，这是把造物主比作佐尔格：他只有一个牵挂，那就是掩藏其本质并把它与其实存相混淆，而我们可用这来命名他的静止不动。但如果所有声音都只是他自己的声音，那么他的沉默也渗透着另一种沉默，隐含着一种令他难以容忍的控诉："人们没有听见，这正是最坏的［……］所有人［……］不知道说些什么［……］已经准备好滑向历史曾经绊了一跤的大坑，这份沉默像强有力的尖叫声一样击中我，它喊叫，哽咽，低声咕哝，让人一听就疯狂。这痛苦的叫喊声不只是这里有。我知道，那些想要法则死的人和别人一样发出这种叫声，我知道这份一成不变的沉默，通过它，一些人继续表达他们对这个不可动摇的制度的信心，甚至于对发生的事情漠不关心［……］对别人来说，它意味着混乱，不可能知道公正止于何处，恐惧始于何方，不可能知道为了政府的伟大和政府的毁灭而做的告密在哪里取得了胜利，我知道，这份沉默是如此悲惨，比任何相信它的人还要可怕，因为它来源于法则本身的沉默的死尸，拒绝透露它为什么进了坟墓，以及它进去是为了摆脱，还是接受坟墓。"[21] 于是，存在得以揭露。它首先被大楼里的一个无名女人心照不宣地揭露。"出门时候，我遇上一个女人，我给她开门，打了声招呼。这个女人盯着我看了一会儿，就开始浑身发抖，脸色变得惨白，缓缓地倒在了我的脚下，动作像是早就想好了的，额头磕到了地上，之后，她急忙忙地站起来就走了。她走之后，我激动万分。我想做些不同寻常的事，比如自杀。为什么？当然是因为高兴。可现在，这份高兴在我看来简直难以置信。我只觉得痛苦，心中沮丧气馁。"[22] 在极度的不幸中，流露了片刻的崇拜。但由于实存，此刻在它后来被剥夺的名字下，比其令人崇拜的本质更加强大，这份高兴会持久吗？情况总是这样吗？如果崇拜在存在身上激起英勇的冲动——比如"自杀"——那么这一冲动就让其不变性陷入为难,虽然其言下之意是,在此,这是所期望的姿态。他几乎立刻就被负责照看他的古怪护士让娜认出了,后者向他坦白并宣布:"'我现在知道你是谁了,我发现了,我得告诉别人。现在……''你小心,'我说。'现在……'她突然直起身子,抬起头,说话的声音足以穿透墙壁,撼动城市和天空,它如此洪亮,却又十分镇静,如此蛮横,却又不强迫我做任何事,她嚷嚷道:'没错,我看见你,我听到你说话,而且,我知道至高者是存在的。我可以赞美它,爱戴它。我转向它,说:大人,请听我说。'"[23] 佐尔格改述了圣典的话,又对她说:"你可以替我保守这个秘密吗?"[24] 但这里,神性的本质被认为躲藏起来并拒绝了其名字:"你为什么这么说?你记住:我不负责你的秘密。责任不在我。你刚刚说的话,我不懂。我听过就忘了。"[25] 而作出回应的恰恰是丧失了存在的实存,深渊:"你的话没有任何意义[……]即使它说的是事实,也没有任何价值。"[26] 然而,正如这里向我们展示的,从造物主被贬低为佐尔格令人生厌的状态的那一刻起,我们就毫不惊讶地看到他在一个场景里为让娜心生妒火,因为让娜假装只同他生活,却也和医生罗斯特生活在一起。尽管这嫉妒底下掩藏着造物主对其造物的嫉妒,直到她对他说出"两句脏话"的时刻:"突然,我如梦初醒,一种奇怪的感觉袭来:那是一种壮丽的感觉,一种威严的、炫目的狂热。仿佛白天发生的那些事、那些话找到了真正属于它们的位置。"[27] 或许这是其名字呼唤的神性本质的最后闪光,然后它便消散于丧失了存在的实存:"我是个普通人。"从这一刻起,问题还是关于一个真理或一种神秘化吗？如果这的确是一种神秘化，那么它难道没有对它绝不是的真理作唯一的说明吗？"'我还是希望能把我的话变成玩笑，因为它们使我感到不安。但现在，你得相信我。我要说的话是真话。听我的话，说你会相信我，你保证。''好，我会信你。'她迟疑了一会儿，费了好大劲，笑着低下头，说：'我知道你是独一无二的，是至高无上的。谁能在你面前继续站着？'"[28]

一旦被人认出，他就只想着一件事：逃离。但这个自身就是实存的人如何逃离实存呢？或许可以藏身于深渊，因为语言就存留在众人中间，清空了意义：就连眼看其崇拜被拒的护士说的话听起来也不再渎神："我没瞎，我一靠近你，你就躲开。我要是走开了，你根本不会察觉。你从来不看我，不听我说话。你对我的关注还没有对一块抹布的多［……］你为什么到这里来？我早就可以问你这个问题。这种时候，你为什么在这里，在我身边？如果是为了嘲笑我，我不会觉得难为情，我将以此为荣。如果是为了抛弃我，我也不会觉得受伤，我对此早有准备。因为我也没把你放眼里。我知道你是谁，我根本没把你放眼里［……］我要把你像狗一样关起来。不会有人知道你的消息，除了我，你再也见不到任何人［……］对你，我没有任何期待。我从来没有向你提过要求。我的生活里没有你的存在。你要知道，我从来没有求过你，我从来没有说过：过来，过来，过来！"[29]

只要预期的事件——不可能的"上帝之死"——没有发生，随着言语变得荒谬，被分割实存与本质的冲动占据，各种属性就从它们的主体身上脱离，各种意外也从它们的实体中脱离：气味、色彩和声音从流露它们的存在和事物中分离出来，以回归一种"规定了其非规定的实存"——仿佛就连**圣言**创造的事物和存在也丧失了其本质，其如此存在，以通过述说者的沉默回归其述说之前的状态，就像佐尔格自墓地场景以后在其供述过程中不停地向我们描述的那样，而在墓地里，当他低声叫妹妹的名字时，他便感到这个名字在他口中融化，变得不知其名，"于是闭了嘴"[30]。这个以打破我嘴巴的耳光告终的处决仪式的场景在全书最后一幕里找到了其对应物。如果露易丝曾把他带回到自己位于西街的房子并在一次昏厥期间照料他，对当时的他来说就像"一名护士"，那么此刻，护士让娜则在这间隔离的小屋里让他想起了"他妹妹"，她把这个只有她认出的人，这个目前好像只关心自身"安危"的人转移到了那里："我知道，不论发生什么事，我现在都得一动不动地待着"[31]——而保持着让人反感的一动不动，"我想起来什么都不可能发生，也想起来自己知道这件事〔……〕这个想法是极大的安慰，一下子使我完全恢复了过来"[32]。那么，由于狂暴言语对神性之名的废除，还发生了什么？佐尔格开始打扫他的房间，"因为地板砖上满是灰尘，干了的泥浆，甚至还有稻草"[33]。实存"把垃圾聚在一起，堆成一个小丘"然后"倒在了垃圾堆上"[34]，逐渐被其存在丧失的苦恼侵占。而我们目睹了构成存在论解体（标志是对蟾蜍这一低卑形象的畏惧）的不同阶段的一切，直到"至高者"在其"深渊"中变得平凡的终极时刻，也就是其创造沦入了**圣言**从中提取它的原始污水坑："一个结实而张开的土堆——一个洞〔……〕它完全没有动，一动不动地待在地上，它在那儿，我看着它，是整个儿的它，而不是它的外表，里外都看见了，我看见某个东西在流动，凝固，再流动，而它身上什么都没有动，每个动作都是绝对的麻木，这些波纹，这些凸起，这个满是干泥的表面是它塌陷的内部，这个土堆是它萎靡不振的表面，这一切不在任何地方开始，不在任何地方结束，无所谓哪一边，我隐约看见它几乎变成了扁平状的，之后又重新变成一个团状物，让我的眼睛永远不可能离开［……］那个土堆完全没有注意到我的存在，由着我靠近。我离它又近了一些，它没有动，我对它来说甚至不算陌生，我朝它那儿挪过去，从来没有人这么做过，而它没有自己躲起来，没有离开，没有任何要求，也没有从我这里拿走任何东西。突然，我看见这土堆里冒出了一截东西，它像是要求成为独立的存在似的，奋力往外面冲，仍然保持着条状的样子，整个土堆试图慢慢转动，看上去笨拙却灵巧，但没能成功。我看见两个透明的球体，它们就被放在表面上，没有根基，油水光滑的，十分光滑。它们不看我，在它们身上也没有影子和动作，而我，我看它们就像是看自己的眼睛，我已经靠得太近了，近得危险，还有谁曾经离得这么近呢？"[35] 这强有力的图像描绘了朝着无规定者的下坠，也展现了某物从无规定者中冲出的跃升：不管此处的某物是人的境况，还是神的境况，抑或只是语言的境况。

于是，最后一幕——墓地的预言在此得以实现——就表现为一场庞大的、形而上的词语游戏。护士让娜的举动就像一个颠倒的抹大拉的玛利亚。如果抹大拉的玛利亚在墓穴的虚空中找到了实存的意义，那么，为了获知实存的意指，让娜需要看着实存落入坟墓。她说："你不只是人们想象中的，我认出你来了（你，也就是实存）。现在，我可以说：他来了，他在我面前，就在那儿，这简直是发疯，他在那儿。"[36] 这等于说：实存来了，实存就在我面前，就在那儿。让人发疯的是实存的本质是成为实存。然后："活着，你活着只为我，不为任何人［……］你就不能为此而死吗？"[37] 她无法忍受实存就是实存。因此她说："现在是时候了。只有对我来说，你是活着的。所以得由我来取你的命。"[38] 这意味着：只有对我来说，实存是实存着的，所以我要消灭实存。她还说："没有人知道你是谁，只有我知道，但我要你死。"[39] 这意思和埃克哈特大师（Meister Eckhart）说的一样：我若知道实存为何，我就会失去实存。下跪的让娜对准实存之人的手枪在此不过是顺从剧情氛围的道具。在字面意义上，这不能是"决心"的问题，在神秘意义上，这也不能是自杀的问题；如果实存恰恰在死亡中恢复了言语，那么这一言语必定仍是**作者**的言语：作者之作者的言语，或只是作者的言语。

我们已拥有在字面意义上阐释《至高者》的天真。语言向我们强加了上帝之名的在场；如果这名字最终必有一个意义（因为"所有的名字都要求存在，最普通的存在和最高贵的存在"，而"我们的死亡就为此服务"），那么语言如何在此翻转成实存的最高贵之名的黯然失色？因为其否定的力量，相称于这名字所指定的绝对实存，从不停止，直到它自身也变成了绝对实存。在此意义上，语言在它命名至低者的那一刻会是至高者。[40]

《现代》，第 40 期，1949 年
《这样一种致命的欲望》（*Un si funeste désir*），1963 年

1　德尔图良的《论肉体的复活》(*De Carnis Resurrectione*)第三十章。

2　海德格尔(在《尼采》[*Nietzsche*]一书里)指出,形而上学从来只能以实存者的模式来思考存在。但实存者若没有存在就得不到设想,那么它同样处在一种相对于存在的永恒被弃的状态,存在将离开它,并不断地缺场:这是一切形而上学的起源。——原注

3　参见布朗肖:《文学与死亡的权利》("La littérature et le droit à la mort"),载《批评》第20期,1948年1月:"言说之人同时进行对其所言之实存者的否定和对其自身之存在的否定,而如此否定的进行又是基于其远离自身的权力,其异于其存在而存在的权力。而且:言语不只是所言之物的非存在;言语作为非存在还变成了客观的现实。"——原注

4　布朗肖:《至高者》,李志明译,南京:南京大学出版社,2016年,第1页。

5　同上书,第62—65页。

6　同上书,第290—294页。

7　同上书,第87页。

8　第75页(译按:布朗肖:《至高者》,第88页)。这个场景在第223页(译按:布朗肖:《至高者》,第274—275页)和最后一幕里找到了其对应。——原注

9　德尔图良的《论肉体的复活》第二十章。

10　参见布朗肖:《至高者》,第57页。

11　参见海德格尔在《存在与时间》中对"操心"的讨论。

12　参见圣托马斯·阿奎纳:《论存在者与本质》(*De ente et essentia*)第五章(译按:中译参阅阿奎纳:《论存在者与本质》,段德智译,北京:商务印书馆,2013年,第53页):"所以,我们发现一些哲学家声言上帝并不具有实质或本质,这是因为他的本质不是别的,无非是他的存在。"——原注

13　布朗肖:《火部》,法文版,第316页。

14　在布朗肖的书里,西街变成了"西方没落"的剧场。——原注

15　布朗肖:《火部》,法文版,第317页。

16　同上书,第319页。

17　对此,萨德是最令人心碎的说明。——原注

18 这里的传染病是当代思想及其文学表达的一个完美图像。——原注

19 布朗肖：《至高者》，第 210 页。

20 同上书，第 65 页。

21 同上书，第 260—270 页。

22 同上书，第 272—273 页。

23 同上书，第 272 页。

24 同上书，第 273 页。

25 同上。

26 同上。

27 同上书，第 274 页。

28 同上书，第 275—276 页。

29 同上书，第 280—281 页。

30 同上书，第 86 页。

31 同上书，第 285 页。

32 同上。

33 同上书，第 286 页。

34 同上。

35 同上书，第 292—293 页。

36 同上书，第 299 页。

37 同上书，第 300 页。

38 同上。

39 同上。

40 参见布朗肖的《文学空间》（译按：中译参阅布朗肖：《文学空间》，第 256 页）："[……]世界越体现为真实的前景和光辉灿烂——在那里一切都将有价值，一切都会有意义，一切都在人的控制下并在为人所用之中得以完成——，似乎艺术就越应当趋向于这方向——在那里任何东西尚无意义——，艺术就更必须保持那种摆脱一切控制和一切目的的东西的运动、不安全和不幸。"——原注

> **LIBRAIRIE GALLIMARD**
>
> **JUIN 1948**
>
> ## MAURICE BLANCHOT
>
> # L'ARRÊT DE MORT
>
> **RÉCIT**
>
> Un vol. in-8 tellière . . . . . . . . . . . . . 175 fr.
> 10 ex numérotés sur pur fil . . . . . . . . . 300 fr.
>
> > *Il n'y a sans doute rien de commun entre ces deux livres, Le Très-Haut, L'Arrêt de Mort, qui paraissent en même temps. Mais, à moi qui les ai écrits, il me semble que l'un est comme présent derrière l'autre, non comme deux textes impliqués, mais comme les deux versions inconciliables et cependant concordantes d'une même réalité, également absente de toutes deux.*
> >
> > *M. B.*
>
> Ce récit est peut-être un récit étrange, mais il rapporte, en toute clarté, des événements dont tout laisse croire qu'ils ont eu lieu réellement, qu'ils continuent, maintenant encore, à avoir lieu. Poe a raconté, dans un récit célèbre, la sombre histoire d'un être qui n'avait pu se résigner à mourir. Mais Poe, obsédé par le souvenir de sa mère, morte toute jeune, et qu'il voyait revivre en toutes celles qu'il aimait, n'a exprimé dans l'admirable résurrection de lady Ligeia que la hantise de son rêve et de son propre face à face avec la mort.
>
> Qu'arriverait-il si celui qui meurt ne s'abandonnait pas entièrement à la mort ? Qu'est-il arrivé, en vérité, le jour où, pour la plus grande et la plus grave des raisons, quelqu'un qui déjà était entré dans la mort, soudain *arrêta* la mort ? Cette histoire n'est pas un rêve, elle n'a pas eu lieu dans un monde de rêve ; elle a commencé il y a peu d'années, le mercredi 13 octobre ; elle s'est déroulée parmi nous ; et il se peut qu'elle ne soit pas encore finie, mais c'est que, peut-être, elle ne peut plus trouver de fin. Car c'est cela, aussi, la mort.
>
> *Du même auteur :*
>
> **THOMAS L'OBSCUR**, roman.
> **AMINADAB**, roman.
> **FAUX-PAS**, critique.
> **LE TRÈS-HAUT**, roman.
>
> *nrf*

布朗肖,《死刑判决》的《刊登请求》

## 《死刑判决》
## 刊登请求

在这两本同时面世的书——《至高者》和《死刑判决》之间,无疑没有什么共同之处。但对写下它们的我来说,我觉得,一本就像在另一本后面,不是作为两个牵连的文本,而是作为同时从两者中缺席的同一个现实的两个不可调和又无论如何都达成一致的版本。

M. B.

这或许是一部奇怪的记述,但它以全然的清晰,汇报了一些事件,它们无不让人相信其已真实地发生,此刻也还在继续发生。爱伦·坡在一篇著名的记述里,讲述了一个不甘心死去的人的暗黑故事。但爱伦·坡,痴迷于对其英年早逝的母亲的回忆,甚至在所有他爱的女人身上看到了母亲的重生,在丽姬娅小姐的惊人复活中,他不过是表达了其梦中的执念,以及他自己与死亡面对面的执念。

如果死者没有完全陷入死亡,会发生什么?有天,出于最重大也最沉重的原因,某个已步入死亡的人,突然停止了死亡,那么事实上发生了什么?这故事不是一个梦,它没有在一个梦的世界里发生;它开始于短短几年前,10月13日,星期三;它在我们中展开;它可能还没结束,但也许,它再也找不到终点。因为它也是死亡。

1948 年 6 月

# 白　夜

## 论《死刑判决》

罗歇·拉波尔特

> 夜，白夜——这便是灾异，缺少黑暗的夜晚，亦没有光明将其点亮。
>
> ——莫里斯·布朗肖,《有关耐心的话语》[1]

"这些书页能在此找到它们的终点，而对我刚刚写下的这一页，任何后续都不会让我做任何增减。它持留，它会持留到最后。谁若想从我身上抹掉它，以换取我徒然找寻的这一结局，谁就会反过来成为我故事的开篇，他会是我的猎物。在黑暗中，他会看见我；我的言语会是他的沉默，而他会相信他支配着世界，但这样的统治权仍是我的，他的虚无也是我的，并且，他还会知道，对一个想要独自结束的人来说，没有什么尽头。

"所以，这应被传唤给任何一个阅读这些文字，认为它们被不幸的思想贯穿的人。而且，他要试着想象那只写下它们的手：如果他看见了它，阅读或许就会成为他的一项严肃的使命。"[2]

莫里斯·布朗肖的《死刑判决》以上述两段话结束，确切地说，只有1948年5月19日发行的该书第一版以这两段话结束；到1971年更换开本再版时，这两段话就消失了。它们会让读者着迷，也就是在吸引的同时让他动弹不得，它们的删除因此会让同一位读者心神不宁。皮埃尔·马多勒的作品《一项严肃的使命？》足以证实这点："《死刑判决》的最后两段已经消失：这两段话［……］这些句子，对我来说，是那个长久以来捕获我的陷阱的直接显露，也是一个警示——最沉重、最迫切的警示。"[3] 马多勒就是用这样简单的字词完成了一篇记述，制造了不止一个惊奇：发现一部无比熟悉的作品变得陌异起来。

如果某本书必须在再版之前加以修订，那么作者会忍不住重写文本，或补上一篇后记，但布朗肖，至少在《死刑判决》的情形里，采取了逆向操作：他删掉了最后两段话，尽管每一位读者都倾向于赋予这些话一种遗嘱的价值。为何要做删减？即便对此问题的回答无从寻觅，探究或许也不可避免，但此刻探究显得不合时宜，因为我们不得不追随马多勒，而他（我们应问为什么）并未提出这样的问题，确切地说，他并不试图弄清布朗肖究竟出于什么原因删除了《死刑判决》的最后两段，哪怕书的排版通过将其印"于纸上"而突显了重要性。

如果《一项严肃的使命？》三部分中的第一部分《读者的记述》（Récit du lecteur）里有一个反复出现的词，那么，它显然是陷阱（piège）一词，但这个词或这个主题在马多勒笔下反复到了执迷的地步（无疑是迷恋的证据），因为对他来说，《死刑判决》事实上构成了一个陷阱，或者，更确切地说，因为在《死刑判决》的中心就有一个陷阱，但那是作者本人提醒我们注意的陷阱。如果马多勒所言不虚，那么我们其实必须把《死刑判决》的主角，同时也是其叙述者，与布朗肖本人等同起来："布朗肖，通过一个我难以理解的决定，选择删掉《死刑判决》里的一些话，那些话紧随记述的最后一幕，可被视为对读者的至高叮嘱。"[4] 必须把叙述者与布朗肖，虚构与现实，等同起来吗？未必，但若我们无法证实这样一种解释的确切，也没有什么允许我们取消其价值，我们只得满足于强调一点，即对马多勒来说，《死刑判决》这样一部作品不以写作为其自身的目的，仿佛其存在的理由，不过是"一种谜一样的体验在生命中留下的痕迹"[5]。

什么样的体验？什么样的谜？什么样的陷阱？《死刑判决》对读者施展了何种吸引力？读者有可能多了解一点陷阱，了解陷阱或许不只是陷阱，如果他最终成了那个对此一直不知情，或至少不承认的人，但写作的决定难道不恰恰是启用陷阱的操作吗？这从一开始就是这样一个人的隐晦确信，他知道阅读 – 写作在何种程度上是一项"严肃的使命"："写作就是更深地陷入陷阱，助长其幻术和其威力。"[6] 马多勒没有说一个人可以通过节省写作来弄清陷阱，甚至接近谜团，但他指出，写作会让人进一步踏入一座无限的迷宫："追寻这些句子的真正意思 [……] 恰恰是不该落入的陷阱。这样的追寻会无止无尽并注定让那个只想试着谈论它的人陷入沉默。"[7] 陷入沉默，也就是陷入写作的无限运动。

如果《死刑判决》是一个陷阱，或者，如果这部作品落入了一种既谜样又危险的体验布下的陷阱，如果从另一方面看，一切注定要以手中之笔进行的对谜题一词的研究必须启用陷阱，那么，我们应提防写作：这是马多勒长久以来困难重重的解决方式。《一项严肃的使命？》在不止一个方面成了一篇动人的记述，尤其是因为马多勒，作为《死刑判决》的一位专注的、堪称典范的读者，投身于一场败局已定的战斗，即要忘记其心中最为挂念的一本书："我不想谈我不理解的东西，但为了确保闭口不谈，首先应将其忘记。"[8] 但若陷阱是一个谜团，或者，更确切地说，若一个人甚至不知道陷阱的存在，那么，又要如何忘记："我为保护自己而避开的陷阱难道不是想象出来的吗？"[9] 难道没有必要同为数不多的朋友进行某种以陷阱为目标的"无尽的谈话"吗？"关于陷阱之本质和现实的一切谈话，"马多勒回答说，"只会戛然而止。"[10] 如果我们追问《死刑判决》的作者呢？马多勒避免了这无比错误的做法，因为他很清楚，布朗肖总已经死了，即便想要开口也无法作答，因为"布朗肖已然确认：如果叙述者没有写下更多，那是因为他已不可能去写"[11]。我们至少能希望布朗肖后来的作品澄清《死刑判决》的谜题吧？不，马多勒回答说："作品本身中一直没有也不会有任何真正的澄清。"[12] 如果不单是《死刑判决》，还有布朗肖的全部作品，都让我们提防作品本身，因此提防一切写作，那么我们必须沉默。尽管马多勒怀疑他这一决定什么都不会改变，因为他已经在陷阱之中[13]，他仍然决定永久地沉默。

"正是布朗肖的作品和我眼中代表它的陷阱解释了我的沉默"[14]：所以需要有一种完全出乎意料的情形来让马多勒"打破遗忘的誓言"[15]，着手进行"一位曾经忠实的读者发起的记述，但那记述逐渐变成了其不忠的供认"[16]，简言之，写下《一项严肃的使命？》这本就其本不会被写下而言显得十分重要的书。马多勒理解并严肃地对待了布朗肖传达给读者的"至高的叮嘱"[17]，因为在《死刑判决》的第一版作为唯一版本的那段时间内，他没有写作：《一项严肃的使命？》是对一种不忠的记述——这本书就归功于如此幸运的不忠——但在1971年新版的《死刑判决》中删掉了最后两段话的布朗肖本人不也准许了不忠，甚至让不忠成了必然吗？

某种现代批评不无理由地声称，应根据范式轴来阅读文本，应在文本的每一个交叉口上重建不同的可能路径，试着弄清作者为什么排除了一切可能，只留下一个成为现实的可能，即文本本身；简言之，在文本的每一个重要分岔上重构其想象的变奏至少会有帮助。本文的署名者绝不知道他该做什么，如果某个10月8日（对《死刑判决》的每位读者来说关键的日期）是他自己而不是马多勒在拉丁区最知名的书店里，如果他自己注意到重版的《死刑判决》变成了一本不同的书。只有读了《一项严肃的使命？》，我才得知两个版本之间的差异：所以，我只能想象我直接的反应会是怎样，但我能轻易地想象到，以至于我再次问自己，布朗肖究竟出于什么原因删掉了《死刑判决》第一版的最后两段话。

《无尽的谈话》的后记以这个表述收场："我相信，这些文本，带着一种至今令我惊讶的顽固，不断地试着回应那一要求，直到它们所徒然指定的书的缺席来临为止。"[18]从一本书里删去几页，尤其是删去重要的几页，这难道不是以一种方式向读者指明，"书的缺席"比任何作品都重要吗？这样的删减，某种意义上把书带向了不可能的本源之沉默，只能被一位看过《死刑判决》第一版的读者察觉，而如果我们拥有《一项严肃的使命？》的反证，我们还会更好地读懂那部作品。事实上，布朗肖的一位年轻读者（先阅读新版《死刑判决》的第三代读者）难道不应当告诉我们，他如何偶然间或借助《一项严肃的使命？》，发现布朗肖本人已删去了其作品中尤为重要的几页？对此发现，这位读者会作何反应？我们不得而知，但我们当然不会只以我们自己的名义说，若我们再问一句："愿闻其详。"我们恳请这位当然存在的读者表明自己的身份，且首先愿意（对我们）讲述他的阅读体验。我们不要期待我们所不知的东西，但有一点我们可以肯定：只知道新版《死刑判决》的人无法意识到，写作的行为没有让我们转向作品，而是转向了书的缺席，但如果第一版，尽管遭到涂改，仍同样需要阅读（因此仍不可抹除），那么，我们就无法抵达这样的缺席，而只能指定它，且总是徒然。所以，在前文所引的《无尽的谈话》后记里，最重要的词会是"徒然"，因为布朗肖难道不是先写下了636页《无尽的谈话》——还有其他那么多文字——然后才能说，他，诚然是徒然地，指定了书的缺席吗？马多勒没有把新版《死刑判决》同"书的缺席"明确联系起来；马多勒没有从根源上追问布朗肖作出其决定的原因，但谁又能更好地理解布朗肖所展现的姿势呢，如果我们能随《失足》的作者承认"当我们理解一首诗时，我们并没有把握其思想，甚至不能描述其复杂的关系，而是被它带向了它所意指的生存模式"[19]。

马多勒明白，当布朗肖删去《死刑判决》的最后两段时，他并没有因此解除了陷阱，相反，他只是把陷阱"隐藏起来"[20]，最终使陷阱变得更加危险："在记述深处进一步隐藏的秘密再次引诱了我。"[21] 我们当然不禁要说，《死刑判决》后记的删除撤销了那道把马多勒留在写作门槛上的禁令，而事实上，马多勒会写下《一项严肃的使命？》，恰恰也是考虑到他把自己置于写作，他难道没有启用陷阱吗？这个问题很快就翻倍了，因为马多勒也问自己，他是否徒然地步入了陷阱，也就是，没有澄清它，甚至无法说清是否存在一个陷阱。当他的计划开始成形时，马多勒告诉自己："这是对记述结尾删掉的几行字的评论"[22]，但在《读者的记述》临近结束时出现的这个句子，很快又被另一个同样含糊的句子取代："谈论它的唯一方式是把我在陷阱内的体验变成记述。"[23] 在该书第二部分"我本想说的话"（Ce que j'aurais voulu dire）里，马多勒对我们讲述的比他声称的更多（这点稍后再谈），但不要忘了标题的条件式语气，并承认其暗含之意："我本想说却没有说的话。"鉴于这样的条件式，一种在法语里具有"不真实"价值的模式，一些读者会匆忙地得出结论，认为马多勒的作品实属无用，因为它既没有揭示陷阱的本质，也没有揭示与之相连的谜题的本质。确实，马多勒没有交出谜题一词，也没有对《死刑判决》第一版的最后两段作详尽的评述，但难道不恰恰是因为《一项严肃的使命？》——首先从标题上——倾向于重新铭写[24]删去的两段而不作任何评述，马多勒才分担了布朗肖的同一姿势，采取它并通过徒然地指定书的缺席而圆满完成了它？我相信是的。布朗肖未能预见：删去的文字不仅被重新铭写，而且被铭写这么多次，以至于其重要性无限地增大了；我不是第一位把删去的文字置于文章开头的专栏作者，但通过这"难以接受的"姿势，或许轮到我们来完成布朗肖在《无尽的谈话》中确然预言的运动了："书写是作品之缺席（无作）的生产。"[25] 或者，再一次："书写就是作品的缺席，以至于它通过作品生产自身并穿透了作品。作为无作（在这个词的积极意义上）的书写就是疯狂的游戏 [……]"[26]

请允许我唤起一段回忆，这段回忆是如此地遥远，以至于我无法确定它的时间和地点：我记得一部电影里的一个场景，但我不记得有关这部电影的任何东西，就连名字也不记得，它无疑是我至少35年前看的。那个谁也不知道的场景是这样的——这或许会允许一位读者认出片子来（它的情节在我看来似乎被设定于19世纪末）——有一个宽敞的房间，左边是一张大床，床上躺着一个无疑病入膏肓的女人。有人在（右边）敲门吗？我不记得，但死神进来了。那是一个中年男子：他披着外套，把帽子放在了一张小桌上，但那是死神：他转向病弱的女人并用简单、坚定而温柔的语气说："时候到了。我过来找你。"我的回忆在这里停住。我们不要说死神被"人格化"了，我们要更确切地说它，但请注意，电影制作者没有试着无疑徒劳地激发恐惧，用一种险恶的形象来再现死神，而是通过死神出场时的克制，至少在我身上，成功地激起了一种难以磨灭的"不安之陌异"（inquiétant étrangeté）的感受。"陌异"这个表述是我们对弗洛伊德的 Unheimlichkeit

一词的翻译，它指定了这样的感受，即一个人无法断定他所察觉的东西是死了还是活着；既死了又活着，一个活死人。

伊壁鸠鲁说："当我们活着的时候，死亡还没有来临；当死亡来临的时候，我们已经不在了。"[27] 死亡，更确切地说，虚无，无法让我们恐惧，但死亡真的是一种消灭吗？如果死神根本没有通过揭示生命的继续来让我们安心，而是在我们身上唤醒了一种陌异的感受，那么，就它缺乏虚无而言，死亡难道不是没有任何的安全可言吗？在生命与虚无这两个对立项之间，还有第三项——死神，不被排除在外：还有什么比这更令人着迷、更令人恐惧的？布朗肖的全部作品，尤其是《死刑判决》，就激发了这样的着迷和恐惧。对海德格尔来说，死亡是最高的可能性，也就是每个"此在"（Dasein）的在世存在最终变得不可能了的那种可能性，但另一方面，对布朗肖来说，死（mourir）只是失去了死亡（mort）而已："只要我活着，我就是必死者，然而，当我死去，停止作为一个人，这也同时停止会死，我不再具备一个死的资格，故而死亡的张扬使我恐惧，因为我已明白何谓死亡：再无死亡，而是死的不可能性。"[28]

死的不可能性，这种"陌异的恐惧"贯穿了布朗肖的全部作品：托马，福音书中拉撒路的倒错和颠覆，从坟墓里出来并出现"在他墓穴的窄门时，他是何等异骇啊；那不是复活，而是死了，并且确信着自己同时从死亡和生存中被脱拔出来"[29]。这个把生命与虚无分开的不可能的间隙，让死亡也变得不可能：这就是每个"有死者"命中注定的陷阱，"这个令几乎已征服死亡者亦不免落入的陷阱"[30]。

在一个没有出路的悲伤的空间里游荡：如果我们相信布朗肖，那么，这就是我们的命运，但某种最终的反转不是仍然可能吗？是的，请相信《死刑判决》的某些段落，但在阅读它们之前，为了首先不曲解它们，有必要重新说明，其中的一些插曲——不管它们看似怎样——令人不安到了何种的程度。J，《死刑判决》第一部分的女主角，在叙述者来到她身边的时候刚刚死去，这是叙述者如何继续他的叙述的："我俯身靠近她，大声呼喊她的名字，立刻——我敢说不到一秒，一股气流、一声叹息就从她紧闭的双唇吐出来［……］"[31] 那么，叙述者是一个基督的形象吗？这个问题必须被问及，但如果托马是拉撒路的极为晦暗的弟兄，那么，《死刑判决》的叙述者也就是基督的形象了，但这个形象是完全颠覆了的：复活根本没有产生一种神圣的幸福，在所引的文本之后6行可以读到这样的话："她的双眼在一两秒钟后突然睁开，眼中闪现出某种无以言表的可怖之光，那是活人所能承受的最可怕的眼神。"[32]

让我们重复叙述者之前说过的话："我不知道她在害怕什么：不是死，而是更为严重的事情。"[33] 死是为了发现死的希望从此被禁止了：这就是地狱，寒冷的地狱，但如果一个人有勇气面对它，又会发生什么？让我们再次援引《死刑判决》："相信如果在那一刻我感到战栗和恐惧，那么这一切就都会消失，但我心中充满柔情，如此强烈［……］我把她搂在怀里，她的手臂紧抱着我，那一刻她不仅完全恢复了生命力，而且非常自然、快乐、几近痊愈。"[34] 我们不要误解这个"痊愈"的意思，因为两页后我们会读到这句："我后来让路易斯征求他们的同意，给她姐姐涂香油。"[35]《死刑判决》的最重要的场景：叙述者和娜塔莉之间的相遇——虽然是在"无处"——包含了一段和我们刚刚所讲的东西类似的插曲，但更加明显，因为这个"无以言表的可怖之光"在一个出现了两次的句子里得到了命名："我立刻清晰地看到，在三四步远的地方，她的眼睛闪着死寂而空洞的光芒。"[36]然而，我们必须继续阅读，进一步踏入陷阱，忍受寒冷，因为前方有一个反转："那一点寒冷［……］它很残忍，好像某种啃噬、捕捉、诱惑你的东西，当然它的确擒获了你，但这也是它的秘密所在，极富同情心的人在献身于那一寒冷后，会在其中找到一个真实生命所具有的善意、温柔还有自由。"[37]不是像哈姆雷特那样沉思一个空洞的头骨，我们或许应该信赖（上卢瓦尔省）沃迪厄的圣安德烈教堂那令人惊奇的14世纪壁画，在那上面，死神，或许是黑死病，被再现为一个披着黑纱的女人，把她的箭投向了活人。那么，死神也是这个女子吗：年轻、美丽、高贵、慷慨，并且不可思议地楚楚动人？

那么，陷阱只是一个有待克服的考验吗：一旦超越了它，我们就会发现"真实生命所具有的温柔还有自由"？如果《死刑判决》只是一个陷阱，马多勒会避开它，但他久久地在这部作品边上守护，以期从中发觉"一个终极之词的回响"[38]，而他写下来是因为"怎能不接受深刻孤独的迷误以换取不可知的沉默言语呢？"[39]马多勒把《死刑判决》里的两段话十分恰当地联系起来[40]：一段话用"一种骄傲的力量，自信且快乐"控制了娜塔莉，那力量"战胜了生命，因为我既准确地理解它，又毫无保留地信任它"[41]，而另一段话位于书的开头，它提到了一张都灵裹尸布的独异照片，从中可以认出两张面孔的重合，一张是基督的，另一张是圣维罗妮卡的："在基督像后面，我可以清晰地辨认出一个女性面容的轮廓，极美丽，而且因为脸上古怪的冷傲表情而显得尤其动人。"[42]维罗妮卡已经战胜了死亡吗，或者，死神已经抓住了维罗妮卡，并征服了所有的生命？无疑，这是至高的模糊性，是任何读者都无法解决的不可决定的东西，哪怕他没有掉进《死刑判决》的陷阱，哪怕他的身体，不是那么地病弱，可以诈死，也就是，经历那不是考验的死神之考验。在此，我允许我们的阅读参照贝尔纳·诺埃尔的文本。[43]

"要注意，我并不排除你或将显现为一个陷阱的这种念头。"[44]《最后之人》的叙述者通过向他所面对的念头讲话来如是宣称。而在《死刑判决》的结尾，叙述者就是在对念头（这个词被印成斜体，在布朗肖那里实为十分罕见的做法）说话，仿佛那个念头活着一样，仿佛它就是一个活生生的、可能被爱的人："我把自己的所有力量都给了它，它也把它的所有力量给了我。最终这异常强大的力量，这不可能被任何事物摧毁的力量，将使我们遭受或许是无边的不幸，但若果真如此，我愿承担起这不幸，并为此感到无边的快乐。我会永无休止地对那个念头说，'来'，而它永远都在那里。"[45]无以度量的厄运，漫无止尽的游荡，无边无际的虚弱，恐怖却不致死的受难，这就是我们的命运，如果我们必须像托马一样说道："我思，故我不在。"[46]这个托马是布朗肖后来的所有主角的模型，他们死了却没有坟墓，更确切地说，他们死了却已经遗弃了他们的坟墓，他们徒然地等待安葬，被遗忘于光的墓穴。痛苦和思想之间、虚空和应"是"思想的东西（因而阿尔托对于布朗肖来说极为重要）之间要有一个纽带，因此，思想和死神之间、书写的无限运动和死的不可能性之间也要有一个纽带，这个肯定，更确切地说，这个没有在肯定中得以弥补的问题，贯穿了布朗肖的全部作品，所以，一个人必须牢记《黑暗托马》《死刑判决》《最后之人》，如果他想读懂布朗肖最近作品里的这两句互补的矛盾的话："灾异就是思想"，"思考，自我抹除：温柔的灾异"。[47]

蒙彼利埃，1975年10月8日
《批评》，第358期，1977年

---

1　布朗肖：《灾异的书写》，第2页（译文有所改动）。

2　布朗肖：《死刑判决》（*L'Arrêt de mort*），Paris：Gallimard，1948。我们所有对该书的引文均出自其第一版，即1948年版。——原注

3　马多勒：《一项严肃的使命？》（*Une tache sérieuse?*），Paris：Gallimard，1973，第69页。——原注

4　同上书，第74—75页。——原注

5　同上书，第14页。——原注

6　同上书，第39页。——原注

7　同上书，第77页。——原注

8　同上书，第33页。——原注

9　同上书，第21页。——原注

10　同上书，第34页。——原注

11　同上书，第36页。——原注

12 马多勒:《一项严肃的使命?》,第 37 页。——原注

13 同上书,第 49 页。——原注

14 同上书,第 33 页。——原注

15 同上书,第 55 页。——原注

16 同上书,第 54 页。——原注

17 同上书,第 74 页。——原注

18 布朗肖:《无尽的谈话》,第 837 页。

19 布朗肖:《失足》,法文版,第 137 页。——原注

20 马多勒:《一项严肃的使命?》,第 63 页。——原注

21 同上书,第 82 页。——原注

22 同上书,第 83 页。——原注

23 同上书,第 87 页。——原注

24 同上书,第 86—87 页。——原注

25 布朗肖:《无尽的谈话》,第 818 页。

26 同上。

27 伊壁鸠鲁、卢克莱修:《自然与快乐》,包利民等译,北京:中国社会科学出版社,2004 年,第 31 页。

28 布朗肖:《从卡夫卡到卡夫卡》,潘怡帆译,南京:南京大学出版社,2014 年,第 103 页(译文有所改动)。

29 布朗肖:《黑暗托马》,第 44 页。

30 同上书,第 106 页。

31 布朗肖:《死刑判决》,第 26 页。

32 同上。

33 同上书,第 11 页(译文有所改动)。

34 同上书,第 26 页。

35 同上书,第 28 页。

36 同上书,第 84 页。

37 同上书,第 86 页。

38 马多勒:《一项严肃的使命?》,第40页。——原注

39 同上书,第41页。——原注

40 同上书,第93页。——原注

41 布朗肖:《死刑判决》,第96页。

42 同上书,第13页。

43 贝尔纳·诺埃尔:《以晦暗之手》(D'une main obscure);罗歇·拉波尔特:《一种激情》(Une passion),收录于《对布朗肖的两次阅读》(*Deux lectures de Maurice Blanchot*), Montpellier: Fata Morgana, 1973。——原注

44 布朗肖:《最后之人》,第102页。

45 布朗肖:《死刑判决》,第99页。

46 布朗肖:《黑暗托马》,第125页。

47 布朗肖:《有关耐心的话语》(Discours sur la patience),载《新交流》(*La Nouveau Commerce*),第30—31期,1975年,第21、44页。——原注

## 《在适当时刻》
## 刊登请求

关于这部记述，我们只想说它所报道的事是真的。但它也是无事为真的那个时刻的临近，是无所揭示的那个点的临近，在那里，在掩藏的中心，言说还只是言语的阴影，而必须施以沉默的这持续不断、无止无尽的喃喃低语，最终，如果你愿意的话，也被人听到。

M.B.
1951 年 11 月

## 沉默与文学

论《在适当时刻》

乔治·巴塔耶

在把莫里斯·布朗肖比作威尔斯（Wells）的"隐身人"的意图里，有一部分错位了的玩笑。首先，上述的作者从来没想让威尔斯的幽灵在解开身上包裹的绷带时揭示的可见之虚无显现出来。但在另一个层面上，布朗肖的小说作品所拆解——或摊开，如果一个人愿意这样说——的句子揭示了沉默。无论如何，我在这样的差异周围认出了一个精确的意象。布朗肖的作品具有唯一的对象，那就是沉默，并且，作者的确让我们听到了沉默，几乎就像威尔斯让我们看见了他的隐身一样（电影从这个故事里汲取的东西被如此可怕又如此完美地揭露出来）。

玩笑，总而言之，具有这样的趣味：我们很难用玩笑表明布朗肖在其作品中赋予文学的角色；但没有玩笑，就更难办了。作者的确已在其批评的写作（参见《失足》《洛特雷阿蒙与萨德》《火部》）中就此作了说明，但一种感性的表述并不算坏。尽管如此，我还是得立刻提供这样的纠正：在威尔斯的意象里，有某种繁重的元素，一种不幸的挑衅，一种可怕的恐怖，它不仅制造了一个困住我们的陷阱，还制造了悲惨的愚蠢灾祸。在布朗肖的书中，既没有陷阱，也没有捕获，只有一种藏在词语下面的最终之沉默的意象，如果它和衣物下藏着的可见之虚无一样惊人，如果它令人不安，如果它看起来甚至反对一切安息，那么，它无论如何是中性的，它不能有任何意图；最终——或许——它只给我们留下一种遥远的友谊感、一种遥远的共谋感。

友谊？共谋？这恰恰是布朗肖的悖论所在。我担心，对他的绝大多数读者来说，他的名字暗示了一个苦恼的世界，或暗示了苦恼所包围的反思。其实，我应该承认，作者表达自身的自然方式滋养了这样一种感受。事实上，这样一种文学会以各种方式让人失望。它以文学几乎未获得的掌控使人拜服，但还要担心的是，这样的掌控一旦得到承认，读者就抱怨看不见它，最好是绝对看不见作者想要说什么。这样的印象没有道理。但它不可避免。

相反，我应该坚持一个事实，即莫里斯·布朗肖的"记述"没有分享我们时代几乎时髦的沮丧。《在适当时刻》不仅是一本幸福的书，而且还没有哪一部小说比它更好地描述了幸福。如果这样一本书仍然给出了困惑，那是因为作者的表达模式把一种完美的翻转引入了文学，某种意义上就像一个人突然从相反的方向转动胶片后，马在银幕上的运动。这是我的第一个意象试图以一种不那么精确的方式来指明的事情：绷带的解开揭示了虚空。对作者来说，虚无就好比沉默。他毫不费力、毫无厄运地被沉默深深地吸收了：唯当他开始说话的时候，费力和厄运才开始。

一个人如何把过多沉默的注意力投向这样说话的作者呢（他所说的东西通过一种粗暴而可怕的撕扯，从语言中抽出了某种不是语言的东西，语言所终结的东西）：

> 我唯一擅长的就是沉默。现在想来，这样巨大的沉默简直不可思议，它不是美德，因为那时我根本没想要说话，只是因为沉默从来没有对自己说：小心点，你有些事必须向我解释，那就是为什么我的记忆，我的日常生活，我的工作，我的行动，我所说的话，还有从我指尖流出的文字，所有这一切，不论直接还是间接，都没有对我整个人的真实关切透露过一点信息。此刻，开口说话的我无法理解这一沉默。当我痛苦地回望那些沉默的日子、缄口的岁月，好像面对一个无法进入的、不真实的国度，不向任何人开放——最重要的是不向我开放。可是，我生命的很大一部分就在那里度过，轻松自在、无欲无求，凭一种令我瞠目的神秘力量。

> 失去沉默，我的悔恨无以复加。说不清是怎样的不幸侵袭了曾经侃侃而谈的人。这不幸静止不动，一言不发；就因为它，我呼吸着令人窒息之物。我把自己锁在房间，整栋房子都无旁人，房外亦无一人，但孤独本身开始张口说话，我则不得不反过来言说这一说话的孤独。不是想要嘲弄它，而是因为有一个更大的孤独盘旋于它之上，而在这更大的孤独之上，还有更大的孤独。每个孤独都相继接话，想要压制那话语，让它沉默，结果反而都在无限

重复它，并使无限变成它的回声。[1]

沉默的难题不能被更加准确地提出了：沉默的难题是一个言说的问题，沉默是语言能够不说的最后一个东西，然而，把沉默当作对象的语言必定犯下了一桩罪行。

首先，选择把沉默当作一个对象的作家对语言犯下的罪行——就像乱伦者对法律犯下的罪行——也是对沉默本身所犯的罪行。我不知道一个作家还能有什么更好的方法踏上无法逃脱的丑闻之路，起身反抗那规定所有人之行为和判断的<u>重量</u>。如何设想一种逃避的可能性？不可避免的骗局同时是欺骗的不可能性，因为我们必须回应的要求是我们自己的要求。我们每个人当然还可以随心所欲地说话，但从那时起，一个人就无法进入那个他将在其中得知语言所不揭示之东西的王国——对此，布朗肖已通过一种异常而骇人的努力，在他的书里说过了——在那里，一个人只在力量的极限处接受失败，并且，这最终只在一个条件下可以忍受：不断地服从失败所揭示的判断。

为了谈论一个谈论沉默的人，我只能亲自体验这场难度不断加大的游戏。但这不无补偿。我留有一个余地……我所说的或许是暂时的，并且至少被允许简化。如果我应谈论《在适当时刻》，那么，我没有或者至少现在没有和沉默的欲望联系起来，我还可以谈论这个由绷带的拆解所揭示的幻影，它无疑就是沉默并且只被沉默所揭示：它具有一种幸福感——它不同于威尔斯的隐身人的意象，即便它，相反地，没有从一个不那么可怕的时刻浮现。幸福和虚无，任何预谋都无法获得这样的幸福,而对其期限的预谋会立刻把幸福变成虚无。

人们会怀疑我让只有严格才……的东西变得索然无味……事实上,幸福似乎褪色了……

但我要更为清楚地表明,这种从沉默的扩张的荒漠里浮现的幸福,如果它源于一个遵守语言之日常法则的故事,那么,它对我们来说仍然是未知的。在我看来,我大约可以顺着概述这个故事。一个男人在一段时间过后回来寻找一个女人,朱迪特,他这样说她:"各种事件、被夸大的现实、痛楚、难以置信的念头显然在我俩之间漫长地堆积,外加一个如此深远的令人愉悦的遗忘,她很轻易对我的出现不觉吃惊。"[2]但她当时和克劳迪娅一起生活;克劳迪娅"年龄相仿[……]自小就是朋友,对朱迪特来说,她更像一个站在身后有着强硬性格且充满才华的大姐姐"[3]。克劳迪娅把她自己嵌在了朱迪特和叙述者之间。克劳迪娅没有被叙述者的预谋之缺席击败,而是在某种意义上被淹没了;叙述者自由地找到了朱迪特。有时候仿佛是偶然地,记述遵循一个令人信服的现实的轻易的过程,尽管如此,那个现实仍然从半睡着的现实中浮现:"炉火可能已经熄灭了。我怀着同情回想着那炉火,刚才它是那么容易就被点燃,在这个下雪的时刻。雪花渐渐被细小的雪尘代替,而后者由渐渐被某种令人鼓舞并闪耀的,某种更为显现的外部世界替代;它宛如某种执着的外表,几乎像某种显灵——为何会这样?白昼想要自我显现吗?"[4]然而,在接连不断的意象之间,存留着一种由组织(tissu)之记述内部的缺席所创造的虚空,那样的组织严格地将一系列事件彼此连接起来。本质上缺乏人物的关心和意图，只有当下的瞬间占有了人物的时候，人物才被给予我们。如果这些意图被说了出来，那么，它们就仿佛遭到了否定，被还给了瞬间的轻盈。

> 她们各自有自己的家务事。"我将做这件事——我将做另一件事。"这和未来的宏伟计划，神圣的和另一个世界相连的决定一样重要。"我将拜访木材商！——我将到洗衣工那里去！——我将和看门人谈话！"这些言语在清晨从她们的茶杯上飞过，宛如永恒的誓言。"吸尘器！——渗漏的水！——堵塞的垃圾管道！"而结论，即整件事中最为凄凉的是："莫法夫人将把这一切都清扫掉。"门开门关，嘎嘎作响。谨小慎微而又好打探是非的气氛不断地紧随着她们，貌似忙碌的、游手好闲的，这一切无非是为了赋予她们的来去些许柔和的矫饰。[5]

但没有什么比这些"浓密的大雪"[6]，比这"再次变成了一种暗淡的深邃"的雪[7]，比这"如此阴沉（如此无谓的白色直至无穷）"的时间[8]，更加地符合一种对同样乏味的未来的希望。在这些连续的时刻里，过去和未来从没有逃离关于当下的不确定的、徒劳的、沉闷的东西。然而，没有什么更加多变、更加绚丽、更加欢乐的了。但最终，在这个不时响起动物之嚎叫的舒适世界里，那终结思想的东西，乃是唯有沉默才知道如何包纳的幸福之意象（如果它不首先是那无止尽的沉默的一部分，就没有人表达过它）。

在此刻，没有白昼也没有夜晚、没有可能性、没有等待、没有担忧、没有休息，然而一个站立的男人被包裹在这话语的寂静中：没有白昼，然而就是白昼，以至于这个在低处倚墙而坐的女人，这个半曲着身体，头部倾向膝盖的女人，她和我的距离并不比我和她的距离更近，且她在那儿也并不意味着她真的在那儿，我也一样；我只表述这句燃烧着的话语：看，她来了，某件事情正在发生，结局开始了。[9]

遗忘并非发生于事物之上，但我必须指明：在它们再次闪耀的光明处，在这个不会摧毁任何它们的界限的光明里，但其将无限和一种持续的欢乐的"我看见你们了"结合在一起，它们在一个重新开始的熟悉感中闪烁，在那里其他事物都没有位置；而我，穿过它们，我拥有反射的静止与善变，在诸多画面中游走并和它们一起被拖拽进移动的单调中，看起来没有终点就如同它没有起点一样。或许，当我站起身时，我对开始怀有信心：如果不知道白昼开始了，那谁还会起来呢？但是，尽管我仍能够行进很多步，这也就是为什么门会嘎嘎作响，窗户打开了，阳光又再次出现，所有的事物又重新处在它们的位置，不可改变的、欢乐的、确定的在场的，以一种关闭的方式在场，如此确认和稳定以至于我明白它们不可抹去，在它们的画面再次闪耀的永恒中静止。但是，在那里看见它们，在它们的在场中微微远离自身，且依靠这难以感知的后退，成为一个反射着幸福的美丽，尽管我仍能够行进很多步，我也只能在我自己画面的安静的静止中来来回回，这画面和一个不再流逝的时刻漂浮着的欢庆相连。我竟能够深潜到离我自身如此之远的地方，到一个我觉得可以被称为深渊的所在，而它仅仅将我放置于一个节日的欢乐的空间里，一个画面永恒的再次照耀，人们可能对此吃惊，我也会有同感，如果我没有体会到这不知疲倦的轻浮的重量的话，天空的无尽的重量，在那里我们所见的持续着，界限平展开，遥远处昼夜闪烁着一个美丽表面的光华。[10]

在这样一种把充裕当作眩晕之坠落的、无论如何被掌控了的语言里，怎能看不到：意义将要揭示那已是虚无的东西，那仅仅作为闪光的瞬间，在这绵延（和意图）的世界中，它只是加剧内心之紧张的空虚？

《批评》，第57期，1952年

---

1　布朗肖：《死刑判决》，第41—42页。

2　布朗肖：《在适当时刻》，第3—4页。

3　同上书，第15页（译文有所改动）。

4　同上书，第53—54页。

5　同上书，第47—48页。

6　同上书，第63页。

7　同上书，第65页。

8　同上书，第67页。

9　同上书，第97—98页。

10　同上书，第107—108页。

# 阅读笔记
## 论《那没有伴着我的一个》

米歇尔·布托

卡夫卡的记述与布朗肖的记述的相似丝毫没有削减后者的原创性,因为他继续探索,并把光带给了他的前辈,而没有像其他那么多人一样满足于接受光芒。

《那没有伴着我的一个》给人的印象是,某种全新的事物突然出现,以致适用于卡夫卡文本的研究方法在这里被揭示为几乎不可用。

布朗肖的伟大胜利就是:为了谈论他所做的事情,他迫使我们,向他借用他的语言。

事实上,我们在封面上看到了"记述"(récit)一词,但《那没有伴着我的一个》不是一篇记述,至少不是人们通常理解的那种记述,而这个词的在场并非一个过失的产物,因为我们的不精确的语言让我们支配的一切,正是那最不具迷惑性的东西。

第一句话看似极其无关痛痒:"这一次,我试图与他攀谈"[1];随后,我们得知,每一个元素,尽管简单,但有太多可以说。它们把我们带向了各式各样为时过早的结论，这些结论一般来说是有效的，但不是在这里。

词语总是过于沉重，以致无法恰当地描述布朗肖想对我们传达的东西。但他同样会让词语经受一种有条不紊的减轻。

这与威廉·福克纳（William Faulkner）的做法相反。为了让词语充满意义，福克纳会用各种各样的预备程序来宣告它们，并积累大量由"不仅……而且……尤其……"连接的句子。相反，在布朗肖这里，我们注意到了一个缓和语气的措词的持续使用："至少"。布朗肖并不试图赋予语言一种增强的意义，而是通过仔细地拆解语言，揭示语言已然包含的无边的意味。

他成功地唤起了真实之物的一个减轻了的重影及其脆弱性，这重影通过反冲让我们日常世界的重量和荣耀同时发生了炸裂。

他向我们表明，有可能谈论一个伙伴，而这个伙伴，与我们相信的必然之事相反，并不与他相伴；由此，他让我们以某种方式潜入了存在的前厅。

这就是为什么，要概述文本是如此地困难，因为它包含的不是一个完全意义上的情节，而是一个时空内部展开的种种尝试，并且，我们时空的某些十分重要的特征在那个时空中缺失了。

叙述者已经失去了世界的坚实表面，并为重新发现它而四处漂游。他的尝试不能算一次回归，因为存在无论如何已经在那里了。他还多次说到，在他漂泊期间，他也在别的地方，且完全静止不动。他自身的一部分就栖息在这无论如何逃避了他的稳固的现实上。

试图把这个文本还原为一个明确的生理或心理状态的描述是徒劳的,但显然,如果我们每个人都不能够从他身上发现其体验的相似物,即失眠、疾病或眩晕的话,那么,这个文本就不会有同样的影响或同样的力量了。

我们所有人都曾与这样的怀念、这样的无力擦肩而过。我们所有人都曾在这贫困的过往生活里忍受摇晃跌倒的风险。我们所有人都曾差点被大玻璃窗与"照料得很好的小花园"[2]隔开,花园的"绿色"叶子给面前的世界带来了唯一的颜色残迹,在那个世界里,就连床、桌子这样值得赞叹的日常对象也都隐匿了起来。

《新法兰西杂志》,第 8 期,1953 年

---

1 布朗肖:《那没有伴着我的一个》,第 1 页。

2 同上书,第 55 页。

# 布朗肖的空间

## 论《文学空间》

亨利·托马

总有可能把一部作品当成起点去表达个人对一般文学对象的看法。甚至阅读行为——不管是针对哪本书的阅读行为——也可以引出丰富多彩的展开，而莫里斯·布朗肖关于"阅读的轻快而单纯的是"的论述[1]就是例子。说真的，评论家的精神能让自身成为任何东西的中心，甚至从虚无出发乐享其中。中心的观念或许属于一种文学的天体演化学，而后者也并不唯一。阅读莫里斯·布朗肖时，我印象中常有一个无尽的运动朝向诗，那不是布朗肖所拷问的诗，而是以布朗肖为作者的诗，如果他没有着魔一般进入研究之工作的区域的话。研究有时推进得如此遥远，以至于某种来自未知之诗的东西像一道奇异的光转入了布朗肖的话语：如关于死亡的论述，或不如说关于尸体之存在的论述："死者牢牢地占着他的地盘，并同它彻底结合在一起，以致，对这个地方无所谓，即这个地方却是一个随便什么地方，这个事实成为作为死者他的在场深度，成为无所谓的支持，成为无差异的没有任何一处的张开的内在深处,而对这没有任何一处却应把它定位在这里。"[2]在这里,《文学空间》的万能标题不再万能;它关注的不如说是莫里斯·布朗肖所特有的"内部的遥远"(lointain intérieur)[3],而阅读过程中提及的作者——马拉美、里尔克、荷尔德林——有时像是给一段只在途中牵涉他们的冒险设定了路标。有那么一会儿——难道不是从一开始,难道我们没有前进过?——我们的所有坐标点都被远远地留在身后,而精神面对着言语视域的无限曲线,在那里,"在永恒中失足堕地的危险"[4]以某种方式引出了在永恒中言说的必要。黑夜的辩证法,沉默的辩证法,消失的辩证法,布朗肖令人钦佩地运用着荷尔德林的诗句或卡夫卡的段落;他绝不煽动它们,而是让它们在越来越遥远的意指中倾泻,直到最终的辐照,但发生了什么?布朗肖的话语拥有一种非凡的吮吸能力:它难以觉察地为一个文本减轻了各种阻碍其在透明深渊中自由漂浮的元素,而诗性的精神就像其中一个令人目眩地静止的浮沉子。但诗性是一个可疑的词,因为它邀请我们把文学视为,总之,被不同的领地所割裂,也就是,所固定,所凝结。而布朗肖在这一点上毫不含糊,甚至干脆,像是等不及撇开一个无关痛痒的异议:"形式和体裁不再有任何真正的意涵,比如问自己《芬尼根守灵夜》(Finnegan's Wake)是不是散文,是不是一种所谓的小说艺术,就很荒唐。这样的事实意味着,文学的深刻工作试图通过否认区分和界限来本质地肯定自身。"[5]暂不考虑在《芬尼根守灵夜》里寻找小说艺术、诗学、多言癖的做法是否真的荒唐,我觉得成问题的恰恰是对形式和体裁乃至文学本质的超越。布朗肖在《文学空间》里评论的作者恰好把体裁和形式的概念推到了极限：马拉美的十四行诗无比严格，乃至于用一种全新且更深刻的必要性重新创造了诗行；如果卡夫卡的艺术不同于让·保罗（Jean Paul）、布伦塔诺（Brentano）或创作《奥夫特丁根》（Ofterdingen）的诺瓦利斯这样的德国浪漫派小说家，那是因为一种严密和一种精练允许思考风格一词，这个词拥有一种不可忽略的，甚至困难的含义。荷尔德林的思虑注定要与他翻译的《安提戈涅》及《俄狄浦斯》相伴，另一方面，他狂热地试图抓住并勾勒戏剧的概念，其个体化的原理，其法则。说一部作品——甚至《芬尼根守灵夜》这样的作品——在其自身肯定的意义上肯定了一种形式，几乎是赘述；但形式之必要性的难题——戏剧的目标不同于小说或诗歌的目标，等等——又开始了这样的确认，也就是回到写作的层面，这直接就成了形式的分割线。这"难题"如此轻易、如此完美地隐匿的原因在于，每一部真正的作品都用其唯一的存在解决了它：马拉美的十四行诗作为形式、限制、尺度，倾向于在一种无限的光中进行抹除——"壮大或自决也不变的空间"[6]——而为了留在十四行诗这一微不足道又神秘的体裁中，我们可从魏尔伦那里找到一些同样精确的例子，但它们适于表明，最纯粹的形式意图和最流行的技巧是同样的原则——这场游戏不会损害布朗肖的极度严肃——也不会损害体裁和形式的严肃，正如我们已表明的那样。因为这些概念源于经院哲学；虽在普遍的逻辑上有理有据，但其抽象的僵硬扭曲了文学创造的分析。苏利·普吕多姆（Sully Prudhomme）的数百首十四行诗或阿韦尔（Arvers）的《十四行诗》（Sonnet）没有证实任何体裁，不如说加大了其缺席和其不可能性；体裁呈现于《幻象集》(Les Chimères)或《爱伦·坡之墓》(Le tombeau d'Edgar Poe)，难得却又彻底地呈现出来，每一次都作为一个不可模仿的例子。

这种把一些词语贫乏地指定为体裁、形式、类型……的作品建构法则既隐秘又不容置疑。对于文学，只想保留其不与任何形式通约的"本质"——其难以言喻的本质的喃喃低语——这不恰恰是把经院哲学的精神推向其极致的结论吗？因为最终，本质不仅属于约定俗成的词汇，它甚至是至高的珍宝，宝藏的东方，没有它，一切都会失去。但这时，黑夜——在其中，"一切都消失了"——开始显现。"黑夜是'一切都消失了'的显现。"[7]

布朗肖坚持聆听的正是这个永远他异的黑夜。其专注中没有丝毫的神秘，甚至没有任何确切地说不安的东西，只有当前文学中堪称典范的至为纯粹的修辞。怎样至纯的修辞，事实上，甚于缺席的修辞、"存在之本质"的修辞："这存在是存在于存在缺少之处，即是作为掩饰物的存在 [……]"[8]？在《文学空间》的许多地方（我不觉得这是布朗肖最为出众的书），这场奇异的冒险抵达了日常推理的极限，也就是相对于老练的屋面工的步伐，一位梦游者在房顶上走过的路程。我说到了修辞——也许应该说风格、形式——最终是布朗肖像马拉美在十四行箴言诗里一样擅长的一种体裁……我不确定一种客观的文学批评是否可能，如果它要做的，的确是从此且一直进行辩护和抨击的话；但它至少合乎所愿，若是只为不同寻常之物。但经由布朗肖，我们看到，困境并非如此简单:让《文学空间》成为一部既强大又破碎的作品的那个矛盾不在客观性与论战的偏袒之间;它源于遵从法则、变为形式、变得严格的语言所追求之物,语言就这样抛弃了那未超出其已获之形式的东西,驱逐了这一形式和这一界限:它自己……如果文学的确只以这样的超越为代价——如果它,借助闪电,只属于它自我否定的界限——那么必须承认,文学的时刻来不及存在就永远消逝了。但布朗肖绝没有把他的纸页作为真理或谬误给予我们;他似乎更专心于记录一个无边的梦,这梦的真实,既不比语言多一分,也不比语言少一毫。

《四季手册》(*Cahiers des Saisons*),第 5 期,1956 年

---

1　参见布朗肖:《文学空间》,第 198—200 页。

2　同上书,第 264 页。

3　同上书,第 207 页。

4　马拉美:《窗》,收录于《马拉美诗全集》,葛雷、梁栋译,杭州:浙江文艺出版社,1997 年,第 12 页。

5　布朗肖:《文学空间》,法文版,第 229 页。

6　马拉美:《当阴影用命运之法威胁》,收录于《马拉美诗全集》,第 89 页(译文有所改动)。

7　布朗肖:《文学空间》,第 162 页。

8　同上书,第 261 页。

## 《最后之人》
## 刊登请求

　　两个人物，一个年轻女子和叙述者，在一个大概也属于我们的时间里，在一个好像也属于记述的空间中，遇到了一位人称教授的男子。他奇怪地虚弱，身处险境，忍受苦难。他是谁？什么样的力量推他至此？他为何施展这样一种魅力？他为何如此孤单？为何，在他周围，是这一片痛苦，又为何如此平静？这是一个被击垮的人吗？一直在说他的衰落？这是一位失明的神吗？或是关于最后之人，就像叙述者以一种决然的权威作出的那一肯定，为了让他和年轻女子从此不得不居留的这一空间保持敞开？

　　这场被推向其所招致的体验之极限的相遇，它的记述，和其报道的事件一样难以把握又可怖，却十分简单，小心翼翼地不泄露真理的空间。这里没有象征，没有形象，没有秘密的知识；只有某种事情得到了描述，它就像真的发生了一样，而读者则受邀在自己身上重新抓住它的运动和它的单纯，以将其接纳。

M.B.

1957年2月

# 我们死在其中的这个世界
## 论《最后之人》

乔治·巴塔耶

对我来说，在这个世界上，似乎没有什么逃避了我们的思想。我们移动：各个事物进入我们的目光。目光遥不可及之处，我们估测一片无边的疆域，诸世界在那里得到安置，为一种缓慢的摄影所揭示。

无边的？但我们已让这所谓的无边进入了我们的尺度，我们甚至按我们的尺度缩小了那看似超出尺度的东西。

只有死亡逃避了一种意图无所不包的精神的努力。

但死亡，人们会说，在世界之外。死亡在界限之外。它因此必然逃避一种如果不加限制，就无所考量的思想之方法的严格。

如果人们愿意这样的话。

我手里拿着一本奢华的画册，其文本配有许多彩色插图。《生活》(*Life*)杂志（它在美国发行了400万册）在1954年以"我们活在其中的世界"（The World We Live in）为题（如今发行的法文版题为 Le Monde où nous vivons）发表了一组文章，这些文章又在1955年的画册里汇集起来。

地球的诞生，海洋和大陆的形成，动物和人对地球疆域的占据，或地球所穿越的星空，产生了一系列迷人的图像。摄影无法抵达的东西，素描已把它描画。手中的这本画册，生命所呈现的东西，人之精神的形成向这一精神揭示的东西，在其可以把握的整体中向我的眼睛敞开。对于我们，我们活在其中的世界，就它产生了人而言，是人所起源的世界，而一种清晰的再现，使这个世界符合人之精神的尺度。人，的确，不拥有世界。他至少拥有靠近他的东西，而他对离他最近的东西所施加的统治，在科学所发现的空间中，一般来说给出了在家的感受。

但我现在想提出一个问题。

我们活在其中的世界，难道不同时是"我们死在其中的世界"吗？"我们死在其中的世界"（The World We Die in）也可以充当美国杂志的标题。

或许吧。

然而，有一个困难。

"我们死在其中的世界"无论如何不是我们所拥有的。其实，在"我们活在其中的世界"里，死亡是逃避占有的东西，意即，我们把它还原为恐惧，没有任何要占有它的欲望，我们试图对它施加一种统治，最终却承认它逃脱了。

各个时代的仪式和宗教实践努力让死亡进入人之精神的领域。

但这些仪式和实践将我们维持于死亡的迷恋。为之着迷的精神能够想象死亡成了它的王国：在那王国里，死亡会被克服。在我们活在其中的这个世界里，因为科学，最终，不再有什么对我们完全地隐藏起来，但死亡仍是逃避之物。我们死在其中的世界不是"我们活在其中的世界"。我们死在其中的世界对立于我们活在其中的世界，正如不可通达之物对立于可以通达之物。

我向孩童展示《我们活在其中的世界》。他立刻抓住这些图像，它们是可以直接通达的。我向最具反思精神的人提议阅读《最后之人》，这能够为他打开"我们死在其中的世界"；把这本小书读了两三遍之后，他才隐约地预感到有理由重启一种他一开始无法进入的艰难的阅读。无疑，这样的阅读会通过一种难以置信的超越的力量对他有所强迫，但一段耐心的时间过后，不可把握之死亡的一个方面才向他敞开，并在给出自身的同时再次逃离：再一次，其固有的思想有可能让他逃避其根本的要求，逃避思想一开始在他身上安置的一切。

我谈到了对《最后之人》的阅读所呈现的种种困难。之前的一些句子会表明它涉及哲学。然而，《最后之人》外在于哲学。

首先，正如其书名页所指示的，它是一篇记述。

这篇记述介绍了一些人物，把他们置于一个确定的情境当中，它走向了一种消解。我会进一步描述这些人物以及他们面对的东西。但我要马上指出那个不把任何哲学性赋予《最后之人》的最为深刻的原因：这本书其实不是一场劳作。哲学是一场劳作，在其中，作者，着眼于一个目的，放弃了其前行的疯狂自由。只有文学是一场游戏，它一次次抛出骰子，以便获得一个不可预见的数字……

现在，我将陈述记述的材料。我至少会说出那对我呈现的东西（它们，或许，部分地远离了以作品为出路的思想，但在我看来，如此的远离不至于让回归变得不可能）。

三个人物，以其各自的方式，接近了死亡。其中的一个，"最后之人"，先于其他两个人接近：他的整个生命或许就是其体内的死亡的功能。并非他本人拥有一种确定的关注，而是说，叙述者看着他在死，他对叙述者来说就是他身上存在的这个死亡的一道反射。正是在他身上，叙述者得以凝视和沉思死亡。

如此的沉思从未被完全地给出。"最后之人"的见证者没有真正地接近死亡，唯当他们自身进入"我们死在其中的世界"时，他们才预感到了他们最终之所是。但那时，他们消解了：这个在他们当中说话的"我"逃离了他们。

凝视死（mourir）的人处在了他向死亡（mort）敞开的凝视之中：这是因为他已不再是他，他已是"我们"，他已被死亡所消解。但这个位于死亡之中的"我们"不能被明显地置于这个孤立的、不可领会的、熟悉却令人恐怖的死亡面前，凝视死亡的时候，人只有一边躲避恐怖的在场，一边凝视，如果不调转那道病弱的目光，人就无法凝视[1]；事实上，这个"我们"不能源自"我"的一个总和、一个系列；只要这里所说的死亡不再是我们逃避时所认识到的东西，而是"最后之人"所归属的"普遍的死亡"，对这个"我们"的直面就有可能。一个死了，但在死着的时候把他的在场赋予了死亡的人，至少，一个因为偏离生命的老调而死了的人，一个死了并因此被"我们死在其中的世界"所吸收（在那里，缺席诚然继承了在场，但其实，我们只把在场赋予"我们活在其中的世界"）的人，一个死了并把一切献给其死亡所是之消失的人，不会有什么证人，如果这些证人没有——通过哪怕一丝的不安——分担死亡所是的普遍之消失（但这普遍的消失，最终，难道不是普遍的显现吗？）。

在他那并不做作但令人惶惑的语言中，莫里斯·布朗肖"明确表达"了这"最后之人"的偏爱，他第一个进入了"普遍的死亡"："从他这些偏爱，我相信每个人都感觉是另一个人遭到锁定，但这另一个亦非任意是谁，而总是最接近的那个，仿佛他根本无法观看，除非他稍微望向别处，选定那个摸得到、触得到而事实上至此亦被认为存在之人。也许他总在您身上选定了另一人。也许，借此选择，他进而做出另一个人，人人最冀望的无非是受到这眼神的看顾。但他却可能从不看顾您，只看顾着您身旁的些许空无。此一空无，一日，曾是一位与我结交的年轻女子。"[2] 我着重标出了我想要强调的话（此前的话要求读者，如果它们应向读者敞开的话，进一步探入这本书的深处——显然是所有书中最深的一本）。

正是这样的空无，"您身旁的些许空无"——但这一表述，在《最后之人》里，从来只有一种可疑的、临时的价值，而我努力引入其中的那一提要本身在我看来也只有一种可疑的价值——无论如何正是这样的空无，更改了生命固有的布置，宣告了记述的人物进入"我们死在其中的这个世界"。似乎，没有这样的空无，叙述者一日曾是的"我"就不会是"一个谁？"，独自一人，"无穷无尽的谁？"[3]。而"我"也不会被遗忘所取代，遗忘正是远远地构成了"我们死在其中的世界"的

"我们"的原则。

一种晦暗的亲近在根本上把记述的各个人物结合起来。我们得到了"最后之人"的特定面貌、特定反应和特定活动。我们得到了其说话或咳嗽的声调，其在过道里走路的步调。他和这个叙述者、这个年轻女子住在同一栋建筑里，他们结成了一种相互吸引的关系。关于这栋"中央大建筑"[4]，关于记述的这个地点，我们几乎一无所知：我们听见有人谈到电梯，谈到无止尽的白色走廊，如同一家医院。疾病就像这房子的众多住户的联系，这里有厨房，有一个可以打雪仗的庭院，还有一个游戏室，像是娱乐场里的那种。但这些可以把握的现实在这里是为了消失。仿佛消失，作为这本书所暗示的事件———它本身也逃避了清晰化的认知———为了发生，为了"到场"，需要消失的对象显现。不然，我们会过早地得到消失的根本方面。我们会过早地知道，这个事件，乃是事件的一种缺席。

这个年轻女子尤其不太关注其邻近的消失。在她身旁，我们恢复了正常。我们会遭受痛苦、感到苦恼。"她所在之处，一切都是明亮的，呈现出一种透明的光彩，而且，当然，这光彩远远地扩散至她身之外。走出房间，依然是如此安静的明亮。走廊不至于在脚步下碎裂，墙壁仍旧坚实且白，活着的人不死，死者不复活，稍远之处亦同，也还是一样明亮，可能没那么安静，或是相反地具有一种更为深沉、更为广延的宁静，其差异无法感知。同样无法感知的，即是举步前行时那道影之帷幕，穿透着光线，却已有可疑的不规则处，某些地方在黑暗中现出皱褶，既无人之热度亦不可亲近，反观咫尺一旁且熠熠闪耀着欢悦的灿阳光面。"⁵纵然不可把握的空无已决定了"最后之人"的"偏好","年轻女子"事实上仍旧身处空无。或至少,她只有通过这"无法感知"的滑移才与生命分离,从"坚实且白的墙壁"所封闭的空间,走向这道"影之帷幕",走向这道死亡的帷幕,在这里,被她称为"教授"的人自身也不知不觉地消失了。但只要空无是其存身之所,她在死者边上的在场就保持着死亡之消失的特点:若身旁没有什么东西继续出现,谁还能消失呢?

年轻女子是一场双重运动的所在。

她突然在光下出现。这光照着一个正在流逝的现实,后者无论如何保持着真实。叙述者想及他所碰触并拥抱的这个女子。"我可以感受到,有那令人绝望的什么就含藏在令她跳出我碰触她的那一晚那一瞬之外的倏然恐怖里。我每每回想,总一再于我内中得见这股激情的奇巧风貌,那印象是欢悦的。我感觉就要再次抓住她,就要拥抱她的散乱,感受她的泪水,还有她做梦的躯体已不像是个形影,而是翻覆于啜泣之中的内心私密。"⁶

这泪水中现实的光彩恰好凸显于空无之上。而透过泪水的现实,空无,蔓延着的遗忘,一下子就变得可以把握了。空无什么也不是,遗忘什么也不是:如果啜泣先于空无,如果啜泣先于遗忘,那么,空无,遗忘,就是啜泣的缺席。那曾令人着迷,如今更令人着迷或更加奇怪地令人着迷的东西,在这个地方消失:这就是正在形成并呈现的消失本身,它不断壮大,乃至于让人神迷并让为之神迷者变得渺小。

然而,探寻者在这双重的运动中迷失了脱离于他的东西,不再属于"我们活在其中的这个世界",在其中,他从不缺乏自身肯定的可能性,说出"我"的可能性。他进入了"我们死在其中的世界",在其中,"我"沉没,只剩下一个任何东西都无法加以化约的"我们"。"我"死了,被死亡驱赶、围捕,被迫落入一阵沉默、坠入一片其承受不住的空无。但作为沉默的同谋、空无的帮凶,它被一个迷失了一切的世界所控。

在抵达这个不可把握的世界,也就是消失的世界时,叙述者又表达了一种感觉。再一次,他把这一感觉归于他自己,但没什么用,因为消失已吸收了他,或者,他已没入他的消失。"巨大的幸福之感,我无法将之排除;它是这些日子的永恒辐照,从最初的时刻就已开始,且让这时刻仍旧持续,永久持续。我们待在一块。我们活着,转向我们自身,如同面对一座晕人头地从一宇界拔高至另一宇界的山岭。永不停息,没有限制,一股永远更加沉醉而且更加沉静的醉意。'我们':这一词永受显耀,无穷高升,穿行于我们之间如一阴影,寓居眼皮之下如那永远明视一切之目光。"[7]

在这里,我们应停留于死亡的这一惊人的蕴意,它坚持那种把它和苦难分开的可能性。

记述中的年轻女子向叙述者说明了其面对死亡时的运动是什么。

"'死亡,我想我是可以的,但受苦,不,我做不到。''您害怕受苦?'她微微一颤。'我不怕,只是做不到,我做不到。'当下我只从这个回答看到一股合理的忧惧之情,但也许她想传达的完全是另一个意思,也许这一刻她表达出了那无法承受的苦痛所呈现的真实,又也许她由此泄漏了她最为私密的其中一个想法：会不会她也是死去很久了呢——她周遭已有那么多人离去——如果，为了死去，不需穿越过那层层叠叠厚重的非致命痛苦，如果她并不害怕自己将永远迷失在那阴暗至极的痛苦空间中无从觅得出路。"[8]

一个变故——"当她死时"[9]——在第一部分的结尾告知，年轻女子的死亡实则继承了临近的空无。

叙述者本人无法谈论她的死亡，但在这一部分终止之时，他谈起了"窄窄的走道上开着一扇又一扇的门，日夜流淌着同样的光，没有影子，没有景象，而且就像医院里的走道，无止尽的低语碎响流涌不息"，并补充道："我从中走过，感受着它那平静、深沉、淡漠的生命，了解到这里对我来说便是未来，且除了这洁白的孤独外，我将别无其他景致，而我的林木将在这儿生长。这儿将绵延出田野的广大窸窣，海洋，云朵变幻的天空，这儿，在这隧道里，我的邂逅以及我的欲望之永恒。"[10]

几句话过后，便开始了第二部分，也就是最后一部分，在那里，记述走上了一个崇高的进程。我用这个词，并无任何赞美的价值（在我看来，莫里斯·布朗肖的小书超出了、超越了一切赞美），而是在如下的确切意义上：这个进程缓慢，却不停地向巅峰攀升。

我已尽力，用一种提要的形式，给出了篇幅最长的第一部分的内容。至于第二部分，我不再试图这么做。我已用某种方式概述了第一部分，我担心给人留下一种捏造的感觉。然而，我已在概述的过程中表露了那无法概述的东西：唯有如此，唯有因其蜿蜒曲折而迷途，我们才真正地进入这本书。

永远的见证人：布朗肖批评手册

唯有错误地留下一个有可能不会迷失于其中的印象，我们才能够在那里找回正途。我说的话也许和作者的思想相差不远，并有可能成为走向这一思想的一个引导，但这一思想并不允许自身被人抓住：它甚至挣脱了靠近它的人。概述所产生的捏造之表象从不符合其运动。从一头到另一头，就像在一场洪水中，缓慢加速的句子逃避只能严格地用来指示其走向的提要：它们始终被一股支配它们的力量加速，这股力量也支配着写下它们的人。这股力量被他克制着。若没有一种平静超乎世外，至少是超乎"我们活在其中的这个世界"之外，就不会有书。但这股力量带着一种如写书者一般的耐心将自身强加于那个有精力阅读它的人。受这股力量激发者无法对之提出异议。他进入了"我们死在其中的这个世界"，进入了普遍之消失的这个世界，在这里，没有什么只是为了消失而显现，在这里，一切显现。

我从第二部分引述了这段话，它或许阐明了这个"我们"的意义，只有"我们"所环抱的那些人无限地消失了才会开启的一种意义：

"压靠着你，静止的思想，那于我们内中反映自所有人的一切就此成形、闪耀并消逝。我们因此拥有那最大的世界。因此，在我们每个人内中，所有人都在那无尽的镜照中被反射着，而从我们被投射出的辐光般的亲密里，人人回神转醒，被那仅是全体之反光所启明。而关于我们每个人只是那宇宙之反射这样一个思想，这个对于我们之轻盈的响应让我们沉醉于这样一种轻盈，使得我们永远更轻，比我们更轻，在那镜光闪烁之球体——其从表面到那独一的星火是我们自身恒久的往来——的无尽中。"[11]

如果我们从哲学的意义上理解这段话，我们就会让自己留在原地，围着词语的确切价值打转。但我说过，《最后之人》所阐明的思想没有什么哲学性。它无法在一个严格的链条中找到其位置。这样的思想拥有一种严格性（这是最大的严格性），但这种严格性并不以根基和结构的形式呈现。这样的思想不会成为阴郁顽固的哲学家通过转离一个终将坍塌的命运而搭建起来的脆弱不堪的建筑的根基。人的思想无法完全地投入劳作，它没法让自己担负一项使命，即证明那些被思想的持续进程揭示为虚假的东西。思想寻求其无法预见之物的显现，其预先从中脱离之物的显现。思想的游戏要求一种力量、一种严格，相比于建构所要求的力量和严格，它们给人留下了一种松弛的印象。空中的杂技演员要比脚不离地的瓦匠遵从更为精密的规则。瓦匠在生产，但在不可能性的极限处：杂技演员立刻松开了他已抓住的东西。他停止了。停止是他所否认的界限，如果他有力量去停止。停止意味着呼吸缺失，而回应思想之努力的那一思想正是我们所等候的思想，如果呼吸，最终，并未缺失。

在"我们活在其中的这个世界"里，一切都安排好了，一切都在安顿、都在建构。但我们属于"我们死在其中的世界"。

在那里，一切悬而未决，在那里，一切更加真实，但我们只能通过死亡之窗到达那里。

在死亡中，可预感到某种东西，它按照由稳定关系所串连起的固体——静止固体——的虚幻稳固性，还原了生命。但我们应让死亡脱离那由难以言表的痛苦所打开并被恶臭所封闭的阴森队列。我们应进入死亡所是的辐照之永恒：普遍的死亡是永恒的。《最后之人》揭示了一个我们只在眩晕的运动中抵达的世界。但这书本身就是运动，我们在其中失去了一切根基，拥有，如果可以的话，看见一切的力量。

《最后之人》是难以谈论的，因为这本书逃避了绝大多数人想要停留在其上面的那些界限。但谁同意阅读它，谁就发觉自己听命于一个人，他在一本书中把思想献给了一个使之摆脱这些界限的运动。前提是敢于冒险。直面危险的勇气不只是对作者提出的要求：读者逃避了不可避免的考验吗？阅读说到底要求直面这个世界——以及我们在那里所过之生存——意味着的东西，直面它们意味着的东西，直面它们的无意义（只有劳累一番，我们才将之分开）。

《批评》，第123—124期，1957年

---

1 拉罗什福科写道："太阳或死亡无法被人直视。"——原注
2 布朗肖：《最后之人》，第18页。
3 同上书，第16页。
4 同上书，第55页。
5 同上书，第55—56页。
6 同上书，第80页。
7 同上书，第94页。
8 同上书，第74—75页。
9 同上书，第82页。
10 同上书，第83—84页（译文有所改动）。
11 同上书，第103—104页。

## 《等待，遗忘》
## 刊登请求

我希望能以一种简化的形式来表达这些文字试图说出的内容，从而让阅读变得方便。但说实话，我做不到。于是我满足于记述人物的一些评论。让读者感到惊讶和气恼的是其不连续的运动：往往从一段话到另一段话，偶尔从一个句子到另一个句子，会有打断，会有停顿。让我们假定，一位习惯于叙事的幸福（或不幸）连续性的作者，被迫接受了这样一种必要性：写下一些分散的、破碎的、封闭的句子，有时几乎是同时写下，并拒绝继续，如定住一般，死死地、固执地停留于虚空，一动不动。相互远离的句子的这一共时性首先只能被接受为一个令人不安的特征，因为它意味着内在联系的某种断裂。但时间一长，在试着用外在的约束，把散乱的东西粗野地统一起来之后，这样的分散看起来也有其连贯性，甚至回应了一个顽固的，可以说独一无二的追求，倾向于肯定一个新的关系，那关系或许就在为记述起名的并列的词语里运行。我得补充一句，我刚说的假定只是一个假定。

然而，从这一迂回透露的东西里（无需参考此处呈现的作品），我们得知，一个不连续的形式仍可以是一个形式并承载着一种不间断的运动感；我们还得知，如果诗歌是分散本身，它就这样，找到了其形式，那么，小说的工作也能由此出发，意图参与一场反对分散之精神的斗争。

确实，现代小说，来自一个失聚世界的小说，尤其引发了对连续性的全方位探索，引发了厚重凝聚的作品（普鲁斯特、乔伊斯、福克纳、布洛赫的作品……），其中，断裂无论如何被掩藏了起来，而没有得到掌控并最终秘密地运作。

但让我们，反过来，想象一段巨大的空白记忆，夹杂一些零散的回想，没有关联，却处在一种持续不断的关系里，或许，它最为成功地，如果我们实现了它，为我们重建了纯粹连续性的空间，在那里，难忘之物不再流行，并且（就像这里说的）回忆和遗忘都不重要了，重要的是，回忆着，在所铭记的空间里忠于遗忘，而遗忘着，又忠于那使我们回忆的来临。

M. B.
1962 年 3 月

# 居间的言语
## 论《等待，遗忘》

米歇尔·德吉

"但她为什么要跟他说话呢？一旦开始思索这个问题，他便不能够再追问下去。然而，这个问题也很关键。只要他没有找到真正的原因，他便不能确信她对他说过那些他现在坚信听到过的话。"[1]开动"理性的原则"，寻求解释，围着一个难题打转：书一开场似乎就被定位于记述的传统。但很快，言语褪去了一切侦探的素材：只剩下纯粹状态的谜，如逗留一般的相遇所是的谜。在那逗留中，紧张的相遇变得永恒。

两个存在者：他，专注的追问者，吸引者，言语的掘井工；她，被追问者，关切者。男人与其本真的另一半（男人与其本真的另一重人格）交换一种论证的相互性。

这是一间空荡荡的房间里的两个旅人，从外表看，他们心不在焉，因为他们陷入了吸引的运动，陷入了沉默和吐露的循环；这两个相遇的存在者符合相遇的存在。没有知识，没有世界观，没有诗。"两句话紧紧地挤在一起，仿佛两个鲜活的身体，却徘徊在模糊的边界。"[2]通常，一位小说家会使用间接的话语向我们述说颤抖的身体，比如世界振动就像一艘发出大海回响的船；但这里，作家更直接，他让言语言说，而那言语就是对话，它不属于任何人，而是一切位置之外的本质位置，是男人和女人这两个被差异所标记的存在者试着理解彼此的所在。言语：一分为二的存在者欲求其同一性的"二者之间"（entre-deux）。

一个男人吸引了一个女人；他们待在一个房间里；他们说话；事物几乎已从视线内消失——作家没有把它们重新带回给读者，哪怕只是片刻。整个场所（空间）都被言语占据。作家只看见他和她看见的；但从这虚空的裸露的并肩中传来了声音，对那声音的倾听形成了一个破碎的空间；在他们分离又相互接近的运动中，有一种带来停滞的张力。维持这样的亲近是否可能？可能又不可能。死亡切碎了话语，麻醉了记忆，驱逐了过去。《等待，遗忘》的文本由简短的段落构成，而虚空分开了这些段落。有时，言语通过场景的种种指示，被戏剧化为记述，言语从场景中流露就像炉火的辐照：夫妻的房间。他们就这样在寻常的场所说话。

\*

存在，一起存在，被遗忘。在寻求遗忘的恋人们向着隐秘之地发起的日常逃逸中开启的这场运动是什么？正如"背信"或"欺骗"这样的东西不仅指示了一类同他人的关系（仿佛这是对他人隐瞒一个已被清楚地获知的真相），而且首先，对其自身而言，就深刻地是其所是（欺骗对自身而言就是彻头彻尾的隐晦）；同样，遗忘不只是远远地从他者的思想中撤退，允许恋人们寻找一种并不沉寂而是充满其独有之絮叨的沉默：遗忘不如说是他们对理解和亲近之寻求的真相，是恋人们为了在共在中存在（être en étant ensemble）而发起逃逸的真正场所。"他郑重地说道：'我们从来不会属于同一段回忆。''这么说来，就是属于遗忘了。''是啊，当我忘记的时候，我感觉离您更近了。''相互靠近却不用接近。''正是如此，'她有些激动，'不用接近。''也没有真相，没有秘密。''就像所有相遇最后的地方都是它消失的地方。遗忘慢慢地、耐心地，用一种它也不知道的力量，让我们远离我们之间存留的共同点。'"[3]

相遇发生在何处？在一个房间里，就像在共同遗忘制造的吸引的深坑中，而共同遗忘的节奏被体验为等待。"她越是遗忘他，越是感觉自己被等待引到她和他在一起的地方。"[4]

在此被捕获并被重绘的对话，没有让生活的日常喧嚣经过。它被抛弃，被遗忘，只由连续不断的空白来再现，空白拆散了对话的文本，那是最朴实、最简单也最困难的文本。言语间歇的闪烁，如同夏日黄昏的天空中划过的苍白闪电，遗忘就藏在它背后；这些脆弱的、决定性的、被抹除的神谕，试图说出遗忘和等待的本质，说出那些藏在一切本质背后的"事物"的本质，它们落回到了遗忘。遗忘并不致力于沉思，因为遗忘乃不可沉思之物，但它从作为事件的对话中显露：无底的深底本身。"遗忘寓于每一句话中。"[5]

\*

书被分成两半。从第二部分开始,可以特别地听到有第三个人;一个第三者占有了当下。无论谁与一个他者一起存在并说话,他事实上都可以说:我从他者与我自身之在场所保持的关系中被排除了。我的在场,对他者来说总是他异的,因此遭受着秘密的侵蚀,而它反过来,对我也是未知的,因为它在遁入他者的同时也避开了我,它阻止了我们之间直接的关系。在场把人推开。仿佛我的在场就在我身旁轻轻移动,而他者所见的这一在场与我几无二致,这是我散发的灵光,而我也看着他者注视我竭力不成为的这个在场,但只要我不得不无可救药地忍受被抛在外的状况,为了成为"我",我还是强迫自己从这一图像中经过。以二者(deux)的方式存在真的没有可能吗?

那么,这第三个人是谁?是"我的在场",女人说。而对话,为了挫败这一在场的诡计,像受制于精明一般,缓慢地,艰难地,寻求不可能的直接关系。

"她不断地把怀疑引向被她称之为在场的东西,确信他一定会与她的在场之间维持某些关系,而她却被排除在这些关系之外,他应该将此视为一片奇怪的光亮。她说话,在场静默不语;她离开,在场仍在那里,不等待,与等待无关,也从不被等待。他试图说服她,他没有区分她们,她摇摇头:'我有我的长处,她有她的优点。她身上的什么如此吸引您?'"[6]

莫里斯·布朗肖的句子在相互对立的表述中找到了平衡，那些表述摇摆于对称的结构，也就是说，它们的对立是基于整部书从中穿过的一个难以言表的中心。"他感受到有一种想法在靠近他，这想法只不过是永远靠近的想法而已。"[7] "没有耐心，没有急躁，既不赞成也不反对，被抛弃却不放弃，在静止中前行。"[8] 对一切片面性的颠倒暗示了本质的东西；但这样的颠倒不是人们今天所说意义上的辩证法，因为辩证法指的是这样的话语：从否定到否定之否定，它产生了一个走向真理的渐进运动。这些纸页让我们沉思的事情在于：矛盾并非辩证。生与死的关系不是"一种辩证法"。在这里，对立项的共属关系比两个词语间的游戏还要深刻、还要神秘，不管那样的游戏有多么精巧；若不被真正地引入其中，就不可能从中摆脱。

标题已述说了一种无过往的忍耐，这专注的情境没有用其自身的历史来充实自己，而是在自我耗尽中得以净化。在这里，语言挺身反抗其追求不平等的倾向，其在差异中维持同一的倾向，后一倾向要让差异再次充满断定，而主语则被谓语鼓胀……语言受着苦（"正如痛苦栖身于思想之中"[9]），为难以言表之物划界（"无需隐藏，却消失不见"[10]），其同一性是同一性与非同一性的同一性，但它自身并不因此就能被把握：X 既是 A，也是非 A，但仍是 X。所以，思想的心境是等待；而思想的体验是"作为永恒临近之思想的思想之临近"的体验。矛盾是根本的不确定者的严格表达，真理就存留于其中，而决断我们命运的确定之物也发源于其中。

*

一对恋人，在言语中，拥有了其遭遇之事的深度。一篇记述，只保留着对话的琐碎，而它们轻轻地触及了本质。"文学"只是对存在的最大忠诚，在此，即对相遇之存在的最大忠诚，不是吗？因为事物之心已被封闭于实证的方法；而文学是这样的言语，它试图尽可能地接近沉默中躲藏的东西；它在沉默的非现象元素中寻找那些非因果的关系。如果文学总有一种意义，那么，其意义就是在科学，一切科学（就我们关注的这本书而言，一切普遍的人类学，以及例如精神分析学）都不充分的地方持守一种言语；这种言语无关复原，无关成见或预见，而是护送着神秘；关于当下的言语，就在当下，它等同于当下的深不可测（"无需隐藏，却消失不见"），因为科学，适合把握因果和条件，只能应对那些可规定的事物——那些隐藏却可以指定的事物。

对于这部惊人又艰难的书，我们曾在海德格尔诞辰70周年之际读到其最初的文稿：在纪念哲学家诞辰的敬献集里，莫里斯·布朗肖给出了其《等待，遗忘》的数页沉思，[11] 当时我们会把那些文字当成一个格言文本。[12]

同海德格尔的亲近从标题开始就得到了暗示，并在语调中得到了某种程度的确认：或许是因为作者使用的现在分词说出了警觉，当下的振动，当下的"存在性"（étance）；它几乎独自说出了：当下即等待-遗忘；或许首先是因为实体（等待、遗忘……)的游戏在不停地告诉我们:存在中决定性的东西——为了不滥用"本质"这样的术语,那会过快地涉及形而上学二元论——并不被客观的尺度测量,而不如说是对那样的尺度保持非显现。不过,同海德格尔的亲近,如果我们以此作结论的话,是为了提出他们之间的差异问题……

《新法兰西杂志》,第 118 期,1962 年

---

1　布朗肖:《等待,遗忘》,第 3 页。

2　同上书,第 27 页。

3　同上书,第 52 页(译文有所改动)。

4　同上书,第 54 页。

5　同上书,第 70 页。

6　同上书,第 73 页。

7　同上书,第 61 页。

8　同上书,第 23 页。

9　同上书,第 14 页。

10　同上书,第 64 页。

11　参见布朗肖:《等待》(L'Attente),收录于《马丁·海德格尔:诞辰 70 周年纪念》(*Martin Heidegger. Zum Siebzigsten Geburtstag*),Pfullingen:Neske,1959,第 217—224 页。

12　我们也会注意到一些谈论等待(attente)的句子与西蒙娜·薇依有关专注(attention)的思想(参见《关于正确运用学校学习,旨在热爱上帝的一些思考》[ Réflexions sur le bon usage des études scolaires en vue de l'amour de Dieu ],收录于《在期待之中》[ *Attente de Dieu* ])之间的紧密相似。——原注

## 思想的游戏

### 论《无尽的谈话》

莫里斯·纳多

当我们并非诸观念的专业操纵者，无法得意地进入当今最为艰难也最为精妙的精神之迂回时，想要与莫里斯·布朗肖的思想为伴，难道不是一句狂言？至少阅读的困难，不同于我们在一些不这么审慎的思想家新近的著作中体验到的，它不在于一种难以逾越的语汇或写作上拐弯抹角的故作风雅：莫里斯·布朗肖使用了一种透明的语言，即便某一断定一开始对我们显得隐晦难解，那也处在一种至高之明晰的中心。

如果我们一下子难以理解他所说的东西，那么，我们恰恰该怪我们自己，怪我们欠缺训练，怪我们不够开放，怪我们迟钝。无论如何，要是我们无法让自己超出理解的最低层面，作者和我们之间的电流也强大且充沛得足以让此刻还锚定于我们心中、充其量不过是一些烦人废话的诸多确定性付之东流。

首先，为什么要用"无尽的谈话"这样一个标题？因为它事实上，以多种多样的形式，关乎一场对话。对话与其说是两个真正的交谈者之间的一场真正交谈的汇报,不如说是一架云梯,在那里,重要的是在迈出左脚之后稳定右脚,诸如此类。至于作品的大部分内容,如果它由我们十年来能够在刊物上连续读到的研究构成,并且按照某一秩序、基于某一目的而结集,那么,我们大可以说,作者同样追求一场"谈话":同一位位作家、同一部部作品进行谈话,而这些作品的特征在其原创性和其特别的光芒中迅速得到了描绘——这是批评家的角色和义务——这些作品同时也被视作与一种思想相连的不同的点,通过它们并经由它们,这一思想寻求着其自身的路。指出这样一点是恰当的,即作者似乎没有给自己指派一个明确的目标,并且他也不想得出什么表明论证已然完毕的结论。正是在途中,像是游戏一般(但这是一场严肃的游戏),莫里斯·布朗肖推倒了哲学或形而上学的一些支架,毁灭了诸如"全体""统一性""连续性""话语"这样的概念,他使众多被我们当作充足理性的隐喻(全都与,例如,"光""明晰",以及"澄清"一个问题或一个难题的欲望相关)干瘪下去,而作者在《文学空间》或《未来之书》中看似仍然坚持的东西,对我们来说不再真正地要紧了:"艺术"的观念,"文学"的观念,"杰作"的观念,简而言之,"作品"的观念,而更根本的,则是"书"的观念。他到底如何就这样清空了一切,乃至于认为"虚无主义"的观念属于一个幸福的时代?他让我们回到了他通过"谈话"听到的内容上,那内容,或公开或隐藏,或明确或暗示,显然和哲学的争执无关:关键是让对手服从或利用对手——如同苏格拉底之所为——好让他在我们协同参与的缓慢的妊娠期中分娩出一个真理。但问题也不是自在地把言语献给恶魔的辩护人，或表达玩弄同伴的那部分自我，或把作家（或作品）当成一个单纯的无声配角——这些都太过轻松了。谈话只有从"他者"的存在出发才是可能的，这样的存在被感受为最大的陌异性和最为切近的陌异性。对莫里斯·布朗肖来说，这个"他者"可以名为乔治·巴塔耶，而他们之间持续着一段30年的友谊，延续着这场"无尽的谈话"。

关于巴塔耶，布朗肖确切地写道："在我们所考虑的对话中，正是思想本身让自己游戏了起来，它召唤我们在未知的方向上维持这场游戏的无限性，此刻的思，就像马拉美所说，乃是掷出一把骰子。"[1] 这场游戏的目的？"在这个运动里，问题不是一种或另一种观看或构思的方式，不管这些方式有多么地重要；问题毋宁总是一种独一无二的肯定，总是最广阔者，最极端者，乃至于一旦得到了肯定，它就应在穷尽思想的同时，把思想和一个完全不同的尺度联系起来：那是不允许自身被抵达或被思考的东西的尺度。"[2]

与其把这类交谈命名为"对话"，莫里斯·布朗肖更愿称之为"复多的言语"，他这样定义："寻求一种肯定，这种肯定虽然逃避了一切的否定，但既不实施统一，也不允许自身被统一，而是时时返回一种总忍不住延宕（différer）的差异（différence）[……]"[3] 由此可知，对谈者"在相同的方向上言说，他们说出相同的东西，因为他们既不讨论，也不谈及那些能够以各种方式接近的话题。他们承担了一种言语，这种言语的言说是鉴于那种超出了一切统一性的独一无二的肯定；在他们不得不说的东西上，他们绝不相互对立，也绝不相互区别；然而，肯定的翻倍，肯定的反思，总是更加深刻地让这样的肯定产生了差异，揭示了肯定所固有的隐藏之差异，那样的差异就是肯定的总未被揭示的陌异性 [ …… ]"[4]。或许更加简单，我们说，两个对谈者，这一个人总是那一个对之说话的人的"他者"，并且，这个"他者"重复了前者之所说，"在言语的在场中言说，并且，言语的在场就是其唯一的在场"[5]，莫里斯·布朗肖把这言语定义为"中性的、无权力的，其中，思想的无限者，在遗忘的守护下，游戏了起来"[6]。或许更加简单，如果这是可能的，那么，就有必要承认，出于执行的目的，思想的"游戏"（在这个词的不同意义上）总需要至少两个伙伴。

正如我们看到的，准确地说是在巴塔耶那里——还有赫拉克利特、萨德、尼采、西蒙娜·薇依、加缪、罗贝尔·安泰尔姆、雷蒙·鲁塞尔及超现实主义——莫里斯·布朗肖让文学家、思想家、哲学家和作家的言语"翻倍"了，而他们所有人，都曾想要超出文学、艺术作品和思想的界限。不是着眼于他们所发现的某一特定的真理，同样不是出于充实人类文化宝库的目的，而不如说就像一种根本地毁灭了共通经验的经验之主体和客体，他们不过是我们因命名之无能而用"未知"加以称呼的东西的代言人，那东西无疑一直不可通达，但会通过他们而得到表达，至少莫里斯·布朗肖在其挖空的能力中（通过对一切现实、一切概念和一切观念的持续不断的质疑，他挖空了现实、概念和哲学观念）对之有过描绘，仿佛这样的"未知"只能在**外部性**（Extériorité）和**中性**（Neutre）的类别下被截获。

**外部性**和**中性**既是书写的特点,也是那个通过人们从中得出的无利害实践而引发(必须说,自动地引发)书写的东西的特点。虽然我们以为它服务于言语(并将自身几乎自然地置于其中),那种从来只是理想主义的或道德化的言语,但布朗肖视之为马拉美所说的"疯狂的游戏",然而,这样的"游戏",如果不同时被感受为一种追求,就什么也不是。虽然我们对它的持有并无多少时日,且在承袭自19世纪的意识形态里,是为了生产"杰作""作品"和"书",但它无论如何是一种"只和它自身相关"的力量,全然致力于它自身,并且"被缓慢地释放出来",成了"缺席的即兴的力量",不属于任何人,也不再有什么身份,"引出"了无限的"可能性"。[7] 虚无化的力量?这仍会赋予它一种肯定性。"以其谜样的严格性来理解",布朗肖宣称,它不如说表现为"一种无名的、消遣的、延异的、离散的关联方式,由此,一切都受到了质疑——首先是**上帝**的观念、**自我**的观念、**主体**的观念,然后是**真理**和**唯一者**的观念,最后是**真理**和**作品**的观念"。[8] "根本不把**书**作为它的目标",它"外在于话语,外在于语言",外在于**书**,"标志了书的终结"。[9]

在"复多的言语"和"极限体验"之后,莫里斯·布朗肖将其作品的三大部分之一确切地命名为"书的缺席"。他让诺瓦利斯、兰波、卡夫卡、阿尔托、勒内·夏尔、安德烈·布勒东进入这里。所有这些人,在他看来,或多或少,心照不宣地认可这一定义:"**书**:一个无限之运动的通道,从作为操作的书写走向了作为无作的书写;一个迅速阻断的通道。书写经过了书,但不命定于书(书不是书写的命运)。书写经过了书，书写在书中得以完成，哪怕是以消失的方式；但一个人书写并不是为了书。书：一个让书写走向书之缺席的计略。"[10] 莫里斯·布朗肖思想的这漫长迂回，对我们这些作为他者的读者能够从中汲取的教益来说并非毫无用处；换言之，与十分折磨人的时髦理论相反，书写首先是追问的力量，是挖空那些看似最为稳固的现实的力量，是不连续性和打断的力量。它不创造什么，也不让任何人充实。相反，它剥离，拆解，毁灭。

这力量通过打破一切圆环（布朗肖补充说："圆环之环：观念的总体——它奠定了历史，它在历史中发展，并且它的发展就是历史"[11]），邀我们一直走向彼岸。这力量首先责难"话语"："这样一种话语：不论我们相信自己多么不幸，只要我们还支配着它，我们就仍被舒适地安置在里头。"[12] 这力量其实从不只被一者支配，但它把存在归于一切之名，并且无名地，如同最后的迫求，"假定了时代的一种根本的改变"[13]。在如此的情境下，依照这一视角，"书写"，布朗肖声称，"就这样成了一个可怕的责任"[14]。它其实是"最大的暴力"：它"僭越了法则，一切的法则，甚至它自己的法则"[15]。

或许，莫里斯·布朗肖的贡献，他对其读者施展的魅力，与其说在于作者的人格，在于把他变成我们认识的那位作家的种种品质的整体，不如说在于他为思想通道提供的这一完美的传导性，在于这种推动思想的能力，思想征服了他，而他也征服了思想，直至让思想超出其界限。不是通过推理、论证、阐述，而是通过本质之物的跳跃，它把我们抛入了一种直到那时才得以察觉的显明性的中心。这一同样近乎游戏的方法（出于看看我们能走多远的好奇心），属于一场至为严肃的游戏，它让本质的东西陷入了风险：我们通常的所思、所感、所信。应邀进行一次艰难的精神操练，我们当然没有获得任何文化的油脂，但我们失去的东西，或零碎，或庞然，都只是我们为财富而采取的一次笨拙的加重而已。

《文学半月刊》，第86期，1970年

---

1　布朗肖：《无尽的谈话》，第419页。

2　同上。

3　同上书，第420页。

4　同上。

5　同上书，第421页。

6　同上。

7　同上书，第2页。

8　同上书，第2页（译文有所改动）。

9　同上书，第2—3页（译文有所改动）。

10　同上书，第818—819页（译文有所改动）。

11　同上书，第3页。

12　同上书，第4页。

13　同上书，第3页。

14　同上。

15　同上书，第4页。

## 谈谈布朗肖

### 论《灾异的书写》

迪奥尼·马斯科罗

首先，我想披露一个允许被披露的秘密。莫里斯·布朗肖第一次使用"灾异"一词是在《委员会》(Comité)的一个匿名文本（1968年10月）中："在我们的世界，资本主义的自由世界，和共产主义迫求的当下（无在场的当下）之间，只有一个灾异（désastre）的破折号，一个星辰（astre）变化的破折号。"[1]这一提示，不是为了把《灾异的书写》压低为政治，而是为了表明这个惊人的破折号：灾异，作为"绝对的理论罅隙"。今天，《灾异的书写》所指定的，无疑不是关于灾异的书写的事实，而是（至少双重的属格，一种极其严密的辩证法的所在）灾异所自称的消解，同时，书写，从它出发且得益于它，激发它又加剧它，把自身变成了灾异。灾异是布朗肖于此用来追逐毁坏之运动的词（破坏者-解放者），它只实现从书到书的扩大，而这本书在此以某种方式回转是为了勾勒其发展，并通过对全部作品的评述，抽出（我会说要点）其最深的裂隙，这样的评述偶尔具有总结的价值，在我看来还具有警告的价值。

*

灾异,某种意义上是一个迷惑性的词。因为(如果将它所缺乏的精神赋予它会令我迷失于其中的话)它也是否认的运动,即否认一个"真实现存的非真"之物:真实之物。因此,革命性的。

我们试图最为准确地把握莫里斯·布朗肖的思想,但长久以来,我们只是累积了种种困难(乃至于认清谈论他的不可能性)。这是合理的,如果我们还未实施一种跳跃,它首先体现为从根本上,如其所做,剥夺我们的概念安全感。用这些不经调整的老话,我们能够说出的东西,把我们抛回到其所决裂的精神之物构形的浅薄的另一头,由同一法则支配的概念星丛,只坚守可能者的宇宙,而可能者已是强力,且很快成了权力——由此出发,若不背叛,我们就无法谈论这一思想。只要我们尚未踏足离莫里斯·布朗肖言说最近的位置,对他的评论就是不可能的。要么这个位置,要么一无所获。(这里说的不是近乎偷懒的模仿,就像一种庸俗的担忧让人怀疑的那样。)同样,任何作家都不要求人们守在其身旁,就像身处同一场战斗,或不如说,背靠同一面墙。但一番真正费劲的努力是必要的。只有陷入无力,束手无策,我们才能说出点什么。

\*

显然，试着谈论莫里斯·布朗肖的写作时，我们最初的言语似乎被最糟糕的抽象化震撼。为什么？首先是因为"抽象"和"具体"之间一种几乎完美的翻转就在我们面前完成。我们诚然要处理一种新的具体。在此，我们瞄准的真实接近一个神圣又沉默的此岸，在这里，万物不必被命名，而只应被一种欲望着的思想的迂回所指定。然而，他必须谈论这难以言喻的真理关系：这是命名和书写的灾异的英雄主义，是作品的冒失。但如果，就我们能够依靠书写提出的东西而言，它所提出的一切又被进一步否认，以通过书写自身的迂回，永远回归一种废除命名的次要审慎呢？反抗概念，同概念开战，必须不惜一切代价，像夺去其贞洁一样夺去其难以容忍的排斥力（由此，减号异常丰富：没有到来的来，没有死亡的死，外在于生命的生命，无权力的权力，等等），反抗话语，反抗人们允许其得出的大致结论。基于这大胆迈出的幽灵似的还原，我们处在了一个彻彻底底的异世界里，但它又以其方式被赋予了人们认为专属于具体世界的全部可感性质。

\*

第 90—91 页，一个关键：它正是笛卡尔式"我思"之确定性的抹除，自我的悬置，思想退回至无主体的匿名者。在此，这一思想坚守了 40 年的位置得到了最好的指示（《黑暗托马》里的托马已直率地说出了它），而在这位置的基础上，直觉（为了命名如此采取的立场）发展成一个个命题，它们不形成话语，只是如游戏一般，借用论证的方法。直觉是一切建立在贫乏、匮缺，即使之缺席者之上的思想的不可动摇的基础。

..................................................................

\*

莫里斯·布朗肖没有体系，只有方法，一种让哲学和诗学在精神活动中变得难以区分的方法（更确切地说：让人的不同能力，把人区分开的不同能力，成为一体）。前苏格拉底是一个自创的词——它并不朝向苏格拉底开启。借由德国浪漫主义，新的起源，借由其中的参与者，黑格尔，莫里斯·布朗肖或许成了第一位（如果存在时代的改变）现代"（非）前苏格拉底主义"的作家，也就是未来文学的作家。

..................................................................

\*

若不激情地专注于其重影里形成的思想，作家就无法动笔书写。在如此的双重化里，思想变成了欲望，而欲望的对象仍是思想。所以，我等同于我所欲望的东西，而不把我自己祭献给它，让我转离我自己：这是本质性的。在如此的伪自恋里，思想在我身上（不管我是男人还是女人，毋庸多言）具有阴性的本质（……）。

＊

必须指出，在这本书里，"现代"批评的附属语言受到了何其可佩的敬重：语言学、精神分析……这意味着评论莫里斯·布朗肖会多么艰难（鉴于批评活动也进行分析行动）。由于一种不知要付出多少的巨大努力，这里不存在被压抑物，且首先不存在超我（……）。我补充一句，很可能，超我的毁灭也属于灾异的运动。灾异最终是幸福的。

＊

在例如1968年的街头，同我们（同你们）一起，孤独之人的景观，也可写到灾异的幸福题下。二分法并不存在于写下其所写之书的人和（在所确认的书的缺席里）撰写传单的人，或在一场友人的聚会里（两百年来鲜有人成功付诸实践的那种"生活艺术"[lebenskunst]的典范），倾听他者的人之间：无与伦比地专注于最细微之物，最不抽象的人。

《文学半月刊》，第341期，1981年

---

1 布朗肖：《无遗产的共产主义》（"Le communisme sans héritage"），收录于《政治文集：1953—1993》，第161页。

# 布朗肖的卡夫卡阅读
## 论《从卡夫卡到卡夫卡》

里夏尔·米耶

布朗肖从未停止过写卡夫卡：这典型的陪伴，如果必须为它指派坐标系，会从至少1943年的《阅读卡夫卡》("Lecture de Kafka")持续到1980年，即《灾异的书写》的出版日期，其中有一个断片就阐明了当前这部文集，它汇聚了有关卡夫卡的一篇篇研究，它们最初发表在杂志上，后又被收入这些重要的作品：《火部》《文学空间》《无尽的谈话》《友谊》。[1]

这样的陪伴不无模糊性。布朗肖对卡夫卡的阅读并不追求任何权威，也不致力于对这部或那部作品进行透彻的研究：它陷入了评论的无尽运动，有时是由遗作及其法语翻译的出版激发的——这样的出版具有"无穷无尽"的特点。但今天我们肯定不能绕开布朗肖的这些文本来阅读卡夫卡（这绝不排斥其他的阅读，比如玛尔泰·罗贝尔[Marthe Robert]的阅读，布朗肖向她表达过敬意）。此外，我们获得的阅读路线也注定会把我们带回到布朗肖的全部作品——尤其是他的早期小说和中篇虚构[2]，倒不是因为这些作品带有卡夫卡影响的痕迹，或因为我们像博尔赫斯一样承认，每位作家都创造了其自身的先驱，而是因为它们，相对于批评文本，构成了卡夫卡阅读的手足一般的遥远背面。

这部文集是单纯的汇编吗？在一篇致力于阅读布朗肖的精彩又痛苦的论文里，罗歇·拉波尔特提到了布朗肖论马拉美的文本的最终汇集（但其评论也适用于论卡夫卡的文本），并指出，这样一部"缺乏统一性"的作品构成了"一份彻底的杂录"，且"清楚地表明布朗肖的思想总与碎片化相联系"。[3] 但这些从刊物转入文集的研究是否意味着它们是杂糅的整体、无结构的书呢？我们在此面对的仍是一本，毫无疑问，碎片化的书，但就像布朗肖在《文学空间》开头所写："就连一本碎片化的书，也有一个吸引它的中心。"[4]

文集的标题暗示着我们无法把卡夫卡拽到其自身之外；但阅读不言而喻，无非叙述而已："作品和作者必须永远说出所有其所知晓的；因此，文学不能忍受任何使它成为外部的玄密；文学唯一的一个秘密主义，就是文学。"[5] 布朗肖在1964年追问评论的事实时作了如是的肯定。但自1943年来，他担心可能的欺骗，强调了卡夫卡的每一位读者遭遇的模糊性，并提出这些真理："卡夫卡只想成为一个作家，这是我们从他的个人日记中所知，然而日记最终让我们得知卡夫卡不仅是一个作家［……］从此之后，我们在他作品中寻觅的，便是这个。"[6] 但卡夫卡只能把我们带回这部哪怕没有完成的或私密的作品；而如果这部作品"探寻着一种欲用否定来赢得的肯定"[7]，引发了苦恼，那与其说是因为它引出了各式各样的阐释，倒不如说是因为好像"我们只能通过对它的背叛来理解它"，而阅读也"焦躁地绕着误解团团转"[8]。

## 一个机会

的确,卡夫卡,由于他对文学的要求和他从文学中获取的,比其他作家要多,他有时似乎在这样的误解之前,给我们留下了一个机会:"隐约看见文学是什么"[9]的机会。写作因此成了这样一场运动,试图混淆两种索求:"作品的索求和能够承担救赎之名的索求。"[10]而卡夫卡被困在一个"周而复始的索求"[11]之中:写作让他活着,却只是为了死于安宁;同时,写作就是"承担写作的不可能性",就是"接近这个像是作品根源的顶点"[12]。所以,卡夫卡体验的是一种无穷的精力,正如他的激情始终看不到希望——"从这层思考来看,希望的缺席便可能成为最强劲的希望"[13]。当卡夫卡在1922年说他已获得"另一个世界"时,体验就变得积极起来,"就好像被丢到世界之外,无尽迁徙的谬误中,他必须马不停蹄地奋战以便能使得这个外部变成另一个世界,并且使得这个谬误能够成为崭新自由的原则和根源"[14];因为在应许之地和荒漠之间,没有第三个世界——对此,布朗肖评论道:"也许应该这样来说,对一个琢磨其艺术并寻找艺术之源的艺术家(此人,也是卡夫卡的理型),一个诗人来说,恐怕甚至不存在一个唯一的世界,因为对他来说,只存在域外,只存在永恒域外的涓涓不息。"[15]

卡夫卡,我们知道,当他用"它"取代"我"时,当他在一个晚上草拟了《审判》时,他就进入了文学。"仍有待发现的东西,"布朗肖说,"就是写作回应这个不可刻画的'它'的要求时,那至关重要之物"[16]——对此,他回答到,"它"就是"一个人叙述的时候发生的未被照亮的事件"[17];并且,布朗肖从卡夫卡的作品里汲取了一个以此表述传达的教导:"叙述让中性运作了起来。"[18] 中性的困难概念,列维纳斯说:"不是某个人,甚至也不是某个东西。它只是一个被排除的第三项,并且,准确地说,甚至不存在。"[19] 中性至少指向了断片化,指向了碎片的断裂运动——而卡夫卡的作品,布朗肖说,整体上"就是一个断片"。的确,这一表述("叙述让中性运作了起来")不能被直接地归于卡夫卡,当布朗肖看到《城堡》这个文本的构成"不是一系列或多或少有着联系的事件或突变,而是一连串不断膨胀的注释版本,这些版本最终只承担了注释本身的可能性"[20]时,他最终问自己是否有权指出:"城堡(伯爵的府邸)不过是中性的至尊权,不过是这陌异的至尊权的所在。"[21]

**两种运动**

中心的固定,以及作为固定之条件的持续不断的位移,不应让我们在这部文集中寻找一个由读者的主体性指定为中心的隐秘之点,而应首先考虑如下做法的重要性:这些研究把布朗肖论文学的最富盛名的一篇文章,收录于《火部》的《文学与死亡的权利》,放在了前头,并被它所照亮。在这篇文章中,布朗肖从黑格尔和马拉美出发,审问了文学的语言(而我们知道,布朗肖的语言观念几乎没有变过,只不过后来赋予了外部、中性、断片、永恒轮回这样的概念更多的特权)。

从 1947 年开始，布朗肖认为文学结合了两种相反的运动：它是"否定，因为它催生对象有关非人性的、未决定的部分"[22]；同时，它"使对象拥有某个意义"[23]——且具有此优势："其超越实际的地域与时刻，以前往世界边际，并且如同时间的尽头，便是从那里，文学开始谈论对象，并且整治人们"[24]。如果文学并非解释或理解，那是因为"从其中而显的是不可理解之貌。然而，它无表达的表达，让其语言得以在话语的缺席中喃喃自语"[25]。文学是一种变得模棱两可的语言，我们看到布朗肖如何被引导着去思忖文学的权力何在："一个人，例如卡夫卡，为何笃信，如果他必须抛弃其命运，那么，对他来说，成为作家便是唯一以真理抛弃其命运之道？也许，这是一个无解之谜 [……]"[26] 卡夫卡的处境被指示为典范和谜题，而这个谜题允许我们接近，为的是更好地揭示其无解的原因。由此，我们或许会隐约地看见，如果不是这本书的"中心"的话，至少也是那不断地"吸引"思想的东西……

### 接近谜题

另一方面，这些文本还从私密的写作（日记和通信）出发接近谜题，依据的正是每一位作家在其所写的整体上留给我们审视的权利，哪怕他予以否认；由此就有对卡夫卡与其知交——命运"悲惨"的勃罗德（Brod）、"光彩照人"的米莲娜（Milena），以及菲丽丝（Felice）——之关系的透彻研究：

在这些研究里，写作的事实通过其与生存的戏剧化关系而得以重新把握，也就是说，写作被"置于世界之外"，而这样一个使命"最终与生活全然无关，如果不是出于写作从生活中获得的必要的不安全感，正如生活从写作中获得的那样"[27]。

卡夫卡直到最后一刻还是作家。他永恒的斗争，他"提前"与死亡建立的关系，对我们来说仍是一个谜——"由哑谜的复杂性与单纯性所共诉"[28]的谜。布朗肖的阅读拆解了作家形象与种种误解所产生的神话，正是那些误解导致了遗作的发表，尽管卡夫卡并不知道"他以为尚未写成的书，或他意图加以毁灭的书，得到了近乎从它们自身中被解放出来的能力，并且，通过抹掉任何杰作或作品的观念，抹掉把其自身与书的缺席等同起来的观念，书的缺席，就这样突然间一下子植入我们自身阅读的无能，很快就反过来被剥夺了自身，被翻转，并最终——重新成为作品——重建在我们的赞扬和我们的文化评判的不可动摇的保证上"[29]。

读完之后，这本书在我们看来就像卡夫卡的一部知识传记——至少是传记的初稿，因为这样一个事业或许是不可能的，无法完成的，注定留有空白，但承载它的激情又使得它必须被人不断地尝试。最后，这样一段旅程允许我们接近那无疑同样谜一般的东西：布朗肖同卡夫卡之关系的索求，那是评论在一种无限分享的明晰中建立的索求，仿佛卡夫卡与布朗肖（超越他们别无二致地引发的神话和着迷的重复），一起又各自地，走向了作家不停奔赴的地方：不是死亡，不是死亡的他者（那也不是生命），而是"另一个死亡，未知的、不可见的、不可名状的也是不可理解的"[30]，但不管怎样，文学有权让这死亡变得可能。

《文学半月刊》,第 367 期,1982 年

---

1　除了 1954 年 11 月《新法兰西杂志》上发表的《米莲娜的失败》("L'Échec de Milena")未被收入文集,如果我没记错的话。此外,一篇从卡夫卡谈起的美妙文章,《虚构的语言》("Langage de la fiction")(《火部》,第 79 页以下),也奇怪地从本书中缺失。还要注意其他涉及卡夫卡但无法与其语境分开的论述:《未来之书》,第 74 页;《文学空间》,第 223、245—246、262 页;《灾异的书写》,第 74、214 页。——原注

2　值得注意的是,《永恒复归》(Ressassement éternel)的第二篇虚构取了一个和本文集倒数第二篇文章一样的标题:最后之词(Le dernier mot)。——原注

3　罗歇·拉波尔特:《一种激情》,收录于《对布朗肖的两次阅读》。——原注

4　布朗肖:《文学空间》,法文版,扉页。

5　布朗肖:《从卡夫卡到卡夫卡》,第 243 页。

6　同上书,第 113—114 页(译文有所改动)。

7　同上书,第 121 页。

8　同上书,第 126 页(译文有所改动)。

9　布朗肖:《火部》,法文版,第 20 页;《从卡夫卡到卡夫卡》,第 127 页。

10　布朗肖:《从卡夫卡到卡夫卡》,第 154 页(译文有所改动)。

11　同上书,第 191 页。

12　同上书,第 161 页。

13　同上书,第 142 页。

14　同上书,第 166 页。

15　同上书,第 185 页(译文有所改动)。

16 布朗肖:《无尽的谈话》,第 736 页;《从卡夫卡到卡夫卡》,第 229 页。

17 布朗肖:《无尽的谈话》,第 737 页;《从卡夫卡到卡夫卡》,第 235 页。

18 布朗肖:《从卡夫卡到卡夫卡》,第 235 页(译文有所改动)。

19 列维纳斯与安德烈·达尔马(André Dalmas)的一次谈话,收录于《文学半月刊》,第 115 期,1971 年。

20 布朗肖:《无尽的谈话》,第 759 页;《从卡夫卡到卡夫卡》,第 249 页。

21 布朗肖:《无尽的谈话》,第 764 页;《从卡夫卡到卡夫卡》,第 254 页。

22 布朗肖:《从卡夫卡到卡夫卡》,第 105 页(译文有所改动)。

23 同上书,第 105 页。

24 同上。

25 同上书,第 107 页。

26 同上书,第 108 页(译文有所改动)。

27 同上书,第 284 页(译文有所改动)。

28 同上书,第 199 页。

29 同上书,第 297 页(译文有所改动)。

30 同上书,第 209 页。

# 对峙中的共通体
## 论《不可言明的共通体》

让-吕克·南希

米兰的 SE 出版社邀请我为莫里斯·布朗肖的《不可言明的共通体》的修订版译本作序。我得知，意大利读者对该书写作和出版的背景不甚了解，虽然作者明确地把它设定为对我发表的一篇题为《无作的共通体》("La communauté désœuvrée")的文章的回应。这一请求让我颇感兴趣，因为它让我有机会回顾一段往事，我已忘了精准地度量其中的得失。

1980 年代关于"共通体"的哲学文本的历史值得细细书写一番，因为在这么多历史里，它尤其揭露了这一时期欧洲思想的一个深刻运动——该运动仍席卷着我们，虽然其语境已大不相同，"共通体"的主旨，非但没有得到昭示，反倒像是陷入一片晦暗（尤其是在我写作这会儿：2001 年 10 月中旬）。在《无作的共通体》里，我提到了这段历史的发端，却语焉不详。借此作序之机，我要旧事重提。回首再看，我有了更好的理解。

与此同时，我刚唤起的沉重背景——各式各样、各个

"世界"（旧世界、新世界，第三世界和第四世界，北方和南方，东方和西方）共同体的暴怒与战争——或许让这样一个运动的追溯显得不无裨益：它属于思想，只因它首先属于生存。

\*

1983年，让-克里斯托夫·拜利（Jean-Christophe Bailly）为当时由克里斯蒂安·布尔古瓦（Christian Bourgois）出版的《变量》杂志[1]的新刊提议了一个主题。提议的主题叫作"共通体，数量"（La communauté, le nombre）。

该表述完美实现的省略——其稳当与考究相抗，堪称拜利的伟大艺术——从我收到征稿请求的那一刻起就吸引了我，此后我不停地赞叹它的适时。

"共通体"（communauté）是一个不为当时的思想话语所知的词。它无疑应被留给"欧洲共同体"的建制化使用，而对此用法，今天，几乎20年后，我们才知道，它让它所调动的概念如何悬而未决：它同样没有脱离"共通体"的问题，就像后者萦绕着我们，离弃了我们或阻碍了我们。无论我们是否清楚，这个词及其概念只能被归入人们所理解的纳粹的民族共同体（Volksgemeinschaft）的陷阱。（此外，在德国，共同体[Gemeinschaft]一词还引起了左派的一种强烈的敌视反应，如1988年，我的书的译本就被柏林的一家左派报纸当成纳粹言论。相反，1999年，柏林另一家民主德国的报刊，则在"共产主义归来"的标题下以肯定的方式谈论同一本书。我觉得这两件逸事很好地概括了"共通体"一词引出的含混、歧义,甚或绝境,还有固执却未必执迷的坚持。)

唯独概念要求审视,由此拜利的邀请已然显露一种相对于普遍的计划秩序的克制。对词语的单独强调把词语列入了分析的议程,无疑也是问题化的议程。

"数量"(nombre)以另一种方式出人意料。它让人突然想起一些证据:不只是世界人口的剧增,还有随之而来——作为其后果或其定性推论——逃避单一假定的多样性,增加其差异的多样性,分散为小团体,甚至分散为个体,分散为诸众或人口密度的多样性。从这方面看,"数量"意味着二战前(勒庞、弗洛伊德,等等)或二战后其他视角下备受分析的"大众"(masse)或"乌合之众"(foule)的重提和位移。现在,我们知道,法西斯主义是对"大众"实施的操控……

因此,拜利的表述可被解读为我们已继承的一个难题的耀眼缩写,那就是"(诸)总体主义"的难题——不再是用政治术语直接提出(就像在说"好政府"的问题),而是用一些应从本体论上来理解的术语:如果数量成了独一无二的现象——甚至成了自在之物——如果不再有"共通主义",不管是民族的还是国际的,来支撑其最小的形象,甚至其可辨认的最小的形式、最小的模式,那么,共通体会是什么?如果其多样性不再充当等着被置入形式(成形[formation]、构形[conformation]、赋形[information])的群体,而是在一种不知该用散播(种子的充沛)还是碎散(贫瘠的裂化)来命名的分散中,总之为自身赋予了价值,那么,数量会是什么?

\*

恰好，拜利提出这个主题时，我正要结束一年来我在政治视角下探讨巴塔耶的课程。我一直在巴塔耶那里，十分明确地，寻找一种全新策略的可能性，它要回避法西斯主义和共产主义，同时摆脱民主制或共和制的个体主义（当时还不说"公民"，那个概念此后试图回应同一难题，却几乎没有作出推进）。事实上，我到巴塔耶那里寻找是因为我已知道，共通体的概念和主旨就散布于其中——而这一研究的动机也是拜利之表述的动机（拜利当然了解巴塔耶，但他并未因此提及后者）。研究的这一指引，对各方来说当然意义重大，却没有一种对利害的清楚意识，一种首先不直接或不专门指向政治的问题立场：在"政治"之前或回撤当中[2]，有这点要考虑，即存在着"共通"（commun），存在着"整体"（ensemble），存在着"众多"（nombreux），而我们或许压根儿不再知道如何思考这一真实的秩序。

课程的工作并不令我满意。巴塔耶没有给我提供抵达一种新的政治的可能。相反，他在不止一个方面，弃置了政治的可能性本身。二战后，直至生命尽头，他的文本都撇开了其二战前思想的政治氛围。类似地，他脱离了一切同社会学"科学"的对抗，正如脱离了一切创立团体或"学院"的尝试。毋庸置疑，"神圣社会学"（sociologie sacrée）从法西斯主义里汲取了冲动的和"激进的"能量，他就是在那里看到了其主要的原动力。异质学的躁动已经搁浅，民主制的胜利所终结的战争没有让迷狂的力量得见天日，而是把政治计划留在阴影当中。

同样，巴塔耶把"主权"（souveraineté）变成了一个非政治的概念，一个存在论的和审美的概念——今天，我们还会说，一个伦理的概念——他最终把共通体的强大的（激情的或神圣的、亲密的）纽带留给了其命名的"恋人的共通体"。因此，"恋人的共通体"源于同社会纽带的对照，它是后者的反真理。一直以来被认为构造了社会的东西——哪怕是通过打开一个僭越的缺口——就被置放于它内部它之外（hors d'elle en elle），就在政治始终捕捉不到的一种亲密性里。

我觉得我在此辨认出了整个时代开始隐晦地确认的一个方面：政治与共通存在（l'être-en-commun）的分离[3]。但从对等的两个方面，即强烈亲密性的共通体和以同质、外延的纽带连接的社会来看，我觉得巴塔耶的指涉点就像一个共通体所欲求的位置（不管是在爱情中得以实现，还是在社会里加以舍弃），那是内在性当中的假定，是已实现之统一的自身在场。所以，我觉得有必要分析共通体的这一预设前提——哪怕它被清楚地指定为不可能并由此翻转为"那些无共通体者的共通体"（我凭记忆引用了这一表述，如今并不知道它是出自巴塔耶还是布朗肖；我决定写下这些话而不回到文本，在此把空间留给记忆，只有记忆能归还那时我所追随的运动，印刻在我心里的运动：重读会让我重写历史）。

就这样，我不得不面对这贯穿哲学传统，一直延续到巴塔耶对其进行超越或突破的思想，一种对共通体的再现。而"总体主义"——它在那些岁月里标记了一切，迫使每个人深呼一口气——引发的反思又让我把这一本质的特征赋予了共通体：共通体将自身实现为其专有的作品。[4] 相反，巴塔耶艰难、不安又略带苦涩的反思邀请人们——带着它又超出它——思考的东西，就是我觉得我能够命名的"无作的共通体"。

"无作"（désœuvrement）取自布朗肖，因此最接近巴塔耶，接近两者之间以"友谊"或"无尽的谈话"命名的共通体或交流。从这极为独特又沉默的，某种意义上秘密的交流中，我想到了一个词，以试着再次抛出重启游戏的骰子。

后续的岁月会表明，共通体的主旨，自它第一次重演，如何吸引了人们的兴趣，而这个不再有任何共通主义的或共通体的计划作支撑的人之领域或存在领域如何需要重新定性的尝试。否则，定性从根本上就意味着不再用其自身来定性，意味着摆脱共通体以其自身为实质和价值的同义反复（那无疑或多或少总带有基督教的痕迹：使徒的原始共同体，宗教共同体，教会，共融——另外，在这方面，巴塔耶的来源十分清楚）。在布朗肖和我的书之后，有一系列对共通体进行定性的主题化工作；如今，它们仍在继续，却有了新的语境：一种需要另加审视的"共通体主义"（communautarisme）已在美国重新被发明。[5]

\*

布朗肖写下《不可言明的共通体》是为了回应我发表的文章《无作的共通体》，当时我已着手把后者扩写成一本书。这回应抓住了我，首先是因为布朗肖如此表露的关注证明了主旨的重要性，不仅是对他来说，还有通过他，对所有那些体会到一种迫切，甚至强烈的必要性的人来说，即有必要重新研究共通主义以一种和其进行昭示一样有力的方式加以掩藏的东西："共通"（commun）的追求——但这也是它的谜题或它的困难，它不被给定、无法支配的特点，在此意义上，世间最不"共通"的特点……

抓住我的还有这样的事实：布朗肖的回应同时是一个回声，一阵共鸣，一场反驳，一份保留，甚至某种意义上，一次责难。

我从未彻底澄清过这份保留或责难，不论是在文本里，还是为我自己，或是在同布朗肖的通信中。借此作序的机会，我第一次在这里谈起。

之前我未加澄清是因为，我从不觉得（今天也是如此）自己有能力或有资格点破布朗肖用其标题清楚地指示的秘密——他甚至是用文本来指示：临近结尾处，他说到了一种由爱情给出的死亡的"不可言明"，一种在死亡中给出的爱情的"不可言明"（确切地说，甚至在被说成的时刻，也不可言明）。

不可言明的秘密，无疑，在于此（但不在此之中）：正当我意图揭示共通体的"作品"是社会的死亡判决[6]，并相应地，确定一个共通体必须拒绝制作作品，以此保存其无限交流的本质（它交流一种，用布朗肖的话说，"缺席的意义"[sens absent]，以及对此缺意 [ab-sens] 的激情，或不如说，构成此缺意的激情）时——就在那一刻，布朗肖向我告知或不如说向我指示了不可言明。这个形容词，添加于但也对立于我标题的无作，示意我思考：在无作之下，仍有作品，不可言明的作品。

它让我思考（再一次，我不重读文本就动笔了，我写不是为了解答，而是为了打开未来读者的注意）：那些无共通体者（从此以往，我们所有人）的共通体，无作的共通体，并不让自身被揭示为共通存在的裸露秘密。因此，它也不让自身被交流，虽然它就是共通本身，无疑因为它就是共通。

它不如说加深了这个秘密，并凸显了通达秘密的不可能性，或强调了对通达的禁止——或不如说，抑制、克制或羞怯（所有这些重音，我想，都在布朗肖的文本里出现）。

不可言明之物并非不能说出。相反，不可言明的东西不断地在那些曾能言明而今却不能言明者的亲密沉默里被说出或自行说出。我想，布朗肖会对我下达这份沉默及其所言：为我规定这份沉默并让它进入我的亲密性，作为亲密性本身——交流的亲密性或共通体的亲密性，某种意义上，比一切无作埋得更深，让无作得以可能和必要，却不让自身消解于其中的作品的亲密性。布朗肖要求我勿停留于共融式共通体的否定，而要在此否定更前之处思考，走向共通者的秘密（secret du commun），而非共同的秘密（secret commun）。

\*

至此，为了重新开始分析，我还没有更进一步，就像我本可以反过来对布朗肖的文本做出特定的回应。我没有在同他的一些通信里做过回应，因为书信几乎不必和文本相混：

文本应按其自身的秩序，在它们之间进行交流。（那么一次通信［correspondance］是什么？参与其中的是什么样的通－［co-］或共－［com-］？）我也没有在文本里回应过，因为，在确切地说工作的秩序里，我并不追随"共通体"一词的脉络或主题。

事实上，我更喜欢用这些难堪的表述逐渐替代它："共在"（être-ensemble），"共通存在"（être-en-commun），以及最终"同在"（être-avec）。对于这些变动，对于这样的顺从，至少暂时地，对于这些语言的难堪，我有一些原因。我从许多方面看到了"共通体"一词的使用所引发的危险：其无比充盈的回响，诚然是被实质和内在性所鼓胀的回响，实难避免的基督教指涉（圣灵的兄弟共同体、共融的共同体）或更广泛的宗教指涉（犹太人共同体、祈祷的共同体、信徒的共同体——乌玛［'umma］），其以所谓的"族群"为支撑的用法，不得不让人警惕。[7] 显然，对一个必要但又总是太不清晰的概念的强调，在这个时期，至少会与一种共通体的，有时还是法西斯主义的冲动的复苏并行。（2001年，我们可以看到我们身处何处，而以此类冲动的方式，我们又经过了何处。）

因此，我最终选择聚焦于围绕"同"（avec）的工作："同"几乎无法和共通体的"共－"（co-）区分，却更为清晰地指示了邻近和亲密当中的间隔。"同"是冷淡和中性的：既非共融，也非裂化，而只是一个位置的分享，至多是一种接触：一种无聚集的共在。（在这个意义上，有必要进一步分析海德格尔那里悬而未决的同在［Mitdasein］。）

\*

这也许会促使我重新阅读布朗肖。这新的意大利语版本是第一个契机。仿佛布朗肖，跨过岁月的流逝，用其他互换的暗号，再次向我传达了他的忠告："请留心不可言明者！"我想这样来理解：请小心共通体的一切假定，哪怕是以"无作"之名。或者，请进一步追随这个词的指示。无作在作品之后到来，但也来自作品。阻止社会把自身变成民族国家或政党国家、普世教会或自治教会、议会和委员会、人民、协会或兄弟会所欲求意义上的作品还不够。还必须想到：已经，总已经，存在一件共通体的"作品"，一种会永远先行于一切独一或类化之生存的分享的操作，一种交流，一种感染，不然，就无法以绝对普遍的方式拥有任何在场或任何世界，因为这些术语，每一个都包含着一种共存或一种共属——这样的"归属"不过是对共通存在之事实的归属。在我们之间——我们所有人一起又有所区分的整体——已存在对一个共通者的分享，那只是其分享，但通过分享，它又创造了生存并因此触及生存本身，乃至于如此的生存就是其自身界限上的外展。这就是让我们成为"我们"的东西，它让我们分开又让我们靠近，通过我们之间的远离创造出亲近——"我们"陷入了严重的犹豫不决：集体或复多的主体就处在那里，注定找不到其自身的声音（但这正是其伟大之处）。

什么已被分享？无疑是某种东西——因此，"不可言明"者——布朗肖在书的第二部分[8]指示的东西，指示它的还有这一事实，即在这本书里，一场关于理论文本的反思与另一场关于爱和死之记述[9]的反思联结在了一起。不论哪一场反思，布朗肖都在关系中写作并写出了他同这些文本的关系，因此也把这些文本置入了两者之间的关系。我觉得，他把它们区分为两个文本，其中，一个停留于对"无作"的否定式或中空化考虑，另一个打开了一个共通体，不是"作成"（œuvrée）的共通体，而是通过对一种极限体验的分享，秘密实行的共通体（不可言明者）：那是爱与死的体验，是暴露于极限的生命体验。

或许他说——这是一次重读必须寻找的——对共通体的无本质之本质的这两次接近，在书的两个部分之间，就像在社会政治的秩序和亲密激情的秩序之间，交汇于某处。在某处，必须思考强度之谜，涌现与丧失之谜，或离弃之谜，正是它同时允许了复多的生存（出生、别离、对立）和独一性（死亡、爱情）。但不可言明者总暗含于出生与死亡、爱情与战争。

不可言明者指定了一个羞怯的秘密。说它羞怯是因为它以两个可能的形象——至尊性的形象和亲密性的形象——参与了一种只能被一般地暴露为不可言明者的激情：其言明将难以承受，但同时它也摧毁了这激情的力量。而若没有激情，我们会早已弃绝一切形式的共在，简言之，弃绝存在。我们会弃绝那，根据退入无尽之审慎的至尊性和亲密性的秩序，把我们置于世界之中的东西。因为把我们置于世界之中的东西也把我们一下子带向分离的极限，有限的极限，以及无限相遇的极限，在那里，每个人都在同他者（也就是同自身），同作为他者世界的世界的接触中，变得虚弱。把我们置于世界之中的东西立刻分享了世界,迟早会解除一切统一。

所以,"不可言明"这个词,在此,与无耻和矜持难解难分地纠缠在一起。无耻是因为它公布了一个秘密,而矜持又是因为它声称秘密仍将保密。

以此方式陷入沉默的东西被已然沉默者所知。但这样的知识并不有待交流,它自身既是知识也是交流,其法则应是不交流,因为它不属于可交流的秩序,而它也不因此无法言说:但它打开了一切言语。

\*

此时此刻,我会通过将如今(我再说一次,2001年10月)正在全世界,尤其是在西方世界及其边缘,在其内外边界上(如果还有外界)蔓延的事件重新结合起来,通过对一种激情爆发的全部特征的捕捉来作出结论。显然,激情的形象——不管是一位**万能之神**的形象,还是另一位同样神通的**自由之神**的形象——用其对峙的模仿,涵盖并揭示了世界的当前运动所展现出的一切所谓的强取豪夺、剥削和操控。但掀开面具还不够,虽然这是首先要求的。还必须考虑,这些激情的形象并非偶然地占据了一个空无的位置:那位置正是共通体之真理的所在。对一个狂怒之神的召唤,或对"我们相信上帝"(In God we trust)的肯定,都以一种对称的方式,动用了对于共在的需求、欲望和焦虑。它们再一次把共在变成了一件作品——既是一个英雄的姿态,也是一个宏伟的奇观,一笔难以满足的交易。如此一来,它们在留住秘密之光芒的同时，也确保了对秘密的揭示。它们其实掩藏了秘密，就掩藏在"神"这个大可言明的名字底下。我们该由此出发来思考：若没有神，没有主宰，没有共同的实质，共通体的秘密，或同在的秘密，是什么？

我们还未足够深入地思考共通体的无作，思考如何可能分享一个秘密而不将它泄露：分享它而不向我们自己，在我们之间，将它泄露。

面对着思想（或"意识形态"）的种种畸形——它们出于权力和利益的同样畸形的赌注而相互对峙——有一项使命，那就是敢于思考同在的不可思考者、不可指派者、不可妥协者，而不使之服从任何实质。这不是一项政治或经济的使命，它要更为沉重，并最终支配政治与经济。我们并不身处"诸文明的战争"，我们身处的是独一无二文明的内在撕裂，它在同一运动中让世界变得文明和野蛮，因为它已触及其自身逻辑的极限：如此的撕裂把世界完全交付给其自身，它把人类共通体完全交付给其自身，交付给其自身的秘密，既没有神，也没有市场价值。必须以此来工作：与其自身对峙的共通体，与我们对峙的我们，与同对峙的同。对峙，无疑，本质地属于共通体：既是一种面对，也是一种对立，一种来到其自身面前，为的是挑战自身、检验自身，用一个作为其存在之条件的间距，于此存在中划分自身。

2001 年 10 月 15 日

1　短短几年后，他不得不停刊，然后试图同几个人一起，创办另一份更加重要的刊物，我也是其中一员（还有拉库－拉巴特、阿尔费里［Alferi］、弗洛芒－默里斯［Froment-Meurice］……）。由于我们拒绝用一条"线"或一份宣言来定义自己，这样一个本质上复杂又多样的计划找不到合适的出版方。对我们来说，用一种"意识形态"创办刊物的时代（随着《原样》[ Tel Quel ]及其他一些杂志）已经结束。也就是说，形成"共通体"的刊物的时代已经结束，虽然它们并不因此使用这个词。我们的团体，一个多变的团体，也没有形成共通体。1950年以来法国刊物的历史当然会表明围绕"理念"的团体、集体和共通体的逐渐消亡，并由此表明一般"共通体"之再现的变异。巴塔耶创办的《批评》杂志就有一个完全不同的前提，它在其原则上远离一切理论认同。而在1960年代和1970年代，它同样产生了一种"网络"效应：这是为那些脱离一切共通体的人准备的共通位置。——原注

2　1981年，菲利普·拉库－拉巴特和我自己提出了"政治的回撤"（retrait du politique）的概念，作为我们在"政治哲学研究中心"的工作的最初主旨，受益于德里达和阿尔都塞的好客（虽然后者绝无可能参与其中），研究中心被纳入了乌尔姆街的高等师范学院。这一表述意图指明一种重绘（retracement）的要求，而不是从此失去其清晰确定之轮廓的政治机构的回退（正如某些人相信的那样）。这项工作总而言之与后来的共通体研究并行：但在某种意义上，这样的并行没有交汇，且恰恰证明了把政治建立在一个理解透彻的共通体之上的不可能性，以及从一种被认为真实或公正的政治出发来定义共通体的不可能性。今天，我会说，"政治"和"共通体"在主旨上的这一裂隙本身也是一种愈发明晰的困难之征兆。不过，这也是拉库－拉巴特和我自己在我们有关共通的工作内部存留的裂隙……（对他来说，"共通体"总是首先回到法西斯主义的亢奋，这点后面会谈。）这里，再一次，没有巧合，也无关乎个人：在那些岁月里，这些细节还可以和其他的许多工作、许多名字联系起来。——原注

3　由于"人民"本身消失了，作为"人民的命运"的政治也就消失了，至少在其以民族国家为形式的政治假定中是如此。对称地，**国家**政治的消失有利于新近被命名为"公民社会"的实体，或者将政治还原为对"人权"的谨慎行使。——原注

4　在这个精确的点上，产生了一种同拉库－拉巴特对纳粹主义之反思的交汇，他把纳粹主义，尤其是海德格尔的纳粹主义，反思为"民族唯美主义"。——原注

5　我简单且无序地提起一些人的工作，不管其书名是否包含"共通体"一词，尤其是：阿甘本（Agamben）、朗西埃（Rancière）、拉克劳（Laclau）和墨菲（Mouffe），以及后来的费拉里（Ferrari）、埃斯波西托（Esposito）。——原注

6　在该表述所能获得的一切意义上，这包括了那些在政治共通体里触及死刑建制的因素——如果存在某种这样的东西，如果"共通体"本身可以直接地是"政治的"。但相反，必须自问：死刑，当其生效时，是否证实了一种合理或虚幻的确定性，是否证实了这样一个社会当中的存在，它能把自身思考为共通体而不只是社会？——原注

7　很快就出现了一些甚至友好的反驳或保留意见：比如德里达，他在这一点上同时反对布朗肖和我自己，或者巴迪欧（Badiou），他要求用"平等"取代"共通体"。——原注

8　第一部分（讨论了《无作的共通体》）题为《否定的共通体》（La communauté négative），第二部分题为《情人的共通体》（La communauté des amants）。——原注

9　玛格丽特·杜拉斯的《死亡的疾病》（*La Maladie de la mort*）。——原注

## 短　评

### 论《白日的疯狂》

马克斯·阿洛

在莫里斯·布朗肖这篇短小的记述里，文学在爆发着疯狂的幻见中占据了什么样的位置？在投身于此疯狂的一系列场景之间，我们难道没有发觉自己正落入一种沉默吗？那样的沉默好比一位作家的无言：他被一段故事的纱线缠住，而他不过是这段故事的不自觉的主人公和无力的叙述者。交流的最初渴望，作为一部作品的事实，从一开始就表露出来："我爱过众生，我失去了他们。当我遭受这一打击时，我疯了，因为那是地狱。"因为同世界进行交流也意味着被他者占有，意味着自我消失于书写，书写仍是一种连续的直接性的证明："那庞大的他人，超乎我之意愿地，打造了我。"

主人公遭遇的种种磨难缓缓地加重了他的疯狂，其中我们会注意到，有一个被当成意外的磨难差点让他失去视力。自那以后，他对真实事物的把握就消失了，换来的是一种孤独的启示，虚无的图像，深度创伤的图像。总之，他承受着一个他没法领会的世界的在场，那也是他在持续经历的一次死亡:"看令人恐惧,而停止去看把我从前额到喉咙撕开。"

这个事件产生的后续或许向我们透露了这篇记述的秘密:沉默的庇护把沉入疯狂的举动,找到最终出路前遭受的贬低,归结于说话的不可能性,摆脱社会的边缘化生存的不可能性,那样的生存在此由法律所代表。

主人公被封闭于这样的孤独,这不自然的沉默,他与一切断绝了关系;在一种让反对它的生命力量变得无效的孤立里,在一座排斥他的城市内部,他的生命破碎了:"我变得极其迟钝、谦卑、疲倦。我吸收着无名废墟的过度部分,接着,我吸引了更多目光,因为这片废墟并不针对我,它把我打造成了某种相当模糊且没有形式的东西 [……]"

通过与其自身的一个重要部分——书写——相分离,这一破产的后果得以宣告。作家激起了一个社会的敌意,在理解这一沉默的不可能性中,社会变成了控告者。角色就这样发生翻转。从前拘禁权力的作家现在任凭一台社会机器的摆布,而这台机器从此只以一种命运的占有为目的,那就是一切文学所产生并无限地予以放大的命运,与文学相结合的命运:"'这里的一切归我们了。'他们会攻击我零碎的思想:'这是我们的。'"于是,主人公被封闭于这样的缄默,被那个在审判中占有了其故事的法律所控告,被一束过于强烈的光芒所刺瞎,再也没有能力为他的生存确保一种昔日的非凡密度。他成了一个从未写下的"故事"的牺牲品,这个故事的听众只在故事结束时才察觉到一个开头。

这篇记述凸显了疯狂与理性的更替,而它的兴趣,会在于指明文学和作家的权力:作家,陌异于社会语境,在弥补书写的沉默中经受"他者"的厄运。他处在亲历与想象的边界上,而他对自身能力之贫乏的供述又把他带回到一个拒绝并否认他的社会内部。

《边缘》(*Marginales*),第 155-156 期,1973 年

布拉姆·范费尔德（Bram van Velde），《白日的疯狂》，石版画（1973）

# 白日的疯狂

莫里斯·布朗肖

我不博学,我不无知。我知道欢乐。这说得太少:我活着,而这样的生命给了我最大的快乐。死亡呢?当我死去的时候(或许就在下一刻),我将感到无边的快乐。我说的不是对死亡的预尝,那是陈腐的,通常让人厌恶。受苦让感觉迟钝。但这是引人注目的真理,我对此肯定:我在存活中体验到无尽的快乐,我将在死去里得到无尽的满足。

我游荡过;我从一个地方到过另一个地方。我曾待在一个地方,住在一个单独的房间里。我曾贫穷,然后比许多人更富裕,然后比他们更贫穷。当我是孩子的时候,我拥有巨大的激情,我得到了我想要的一切。我的童年已经消失,我的青春正在路上。这不重要。我对曾经存在的感到幸福,我对如今存在的感到满足,即将到来的也很合我意。

我的生存比别人更好吗?或许吧。我有地方住,而许多人没有。我没有麻风病,我没有失明,我看见世界,怎样非凡的幸福。我看见这个白日,在它之外,一无所有。谁能把它从我这儿夺走?当这个白日消逝的时候,我将随它一起消逝:一个思想,一种确然,让我迷狂。

我爱过众生,我失去了他们。当我遭受这一打击时,我疯了,因为那是地狱。但我的疯狂无人见证,我的精神错乱并不显然,只有我内心最深处的存在疯了。有时,我变得暴怒。人们会对我说:"您为何如此镇静?"但我从头到脚被烧焦了;夜间,我会咆哮着跑过街道;白天,我会平静地工作。

不久之后,世界的疯狂爆发了。我被迫像其他许多人一样靠墙站着。为什么?不为什么。枪口没有开火。我对我自己说：上帝，你在做什么？那一刻，我停止了疯狂。世界踟蹰着，然后恢复了它的平衡。

随着理性回到我的身上，记忆随之而来，我看到，甚至是在最坏的日子里，当我认为自己绝对且彻底悲惨的时候，我也无论如何，几乎一直，极度地幸福。这给了我些许思考。这一发现并不让人快乐。我似乎失去了许多。我问自己：我不悲伤吗，我不是感到我的生命破裂了吗？是的，那是真的；但每一刻，当我待在房间的一隅一动不动的时候，黑夜的凉意和大地的坚实就让我呼吸并倚靠喜悦。

人想要逃离死亡，多么奇怪的物种。一些人高喊"死，死"，因为他们想要逃离生命。"怎样一个生命。我会杀死我自己。我会屈服。"这可悲又怪异，这是一个错误。

但我遇到过一些人，他们从不对生命说"安静！"，从不对死亡说"走开！"。几乎总是女人，美丽的造物。人被恐惧侵袭，黑夜冲垮了他们，他们看见自己的计划被消灭，他们看见自己的作品化为尘土。他们曾如此重要，他们曾想创造世界，此时却说不出话来，一切崩碎了。

我能描述我的足迹吗？我不能行走，或呼吸，或进食。我的气息由石头构成，我的身体由水构成，而我正死于干渴。一天，他们把我塞到地里，医生用污泥覆盖了我。在那土地底下，进行着怎样的工作？谁说它是冷的？它是一张火床，一片荆棘丛。当我起来的时候，我什么也感觉不到。我的触觉在我身旁六尺远的地方飘着；如果有人进了我的房间，我会大喊出来，但刀子正把我静静地切断。是的，我成了一具骷髅。夜晚，我纤瘦的身体会在我面前升起，让我恐惧。它到来又离去，它损害我，它累坏我；噢，我当然很累。

我是一个自我主义者吗？我感到自己只被少数人吸引，不同情任何人，几乎不希望取悦别人，几乎不希望被人取悦，我，在我自己被关心的地方几乎没有感觉，我只在他们中受难，这样，他们最轻微的不适也成了我无限大的不幸，但即便如此，如果必须，我会慎重地牺牲他们，我会剥夺他们的一切幸福感（有时，我杀了他们）。

我带着成熟的力量从泥坑中出来。我之前是什么？我是一袋子水，一个无生命的延展，一道一动不动的深渊。（但我知道我是谁；我继续活着，没有坠入虚无。）人们从遥远的地方过来看我。孩子在我身旁嬉戏。女人躺在地上，把她们的手伸给了我。我也年轻过。但空无当然让我失落。

我不羞怯。我到处游荡。有人（一个恼羞成怒的人）抓住我的手，把他的刀子刺了进去。到处是血。之后，他颤抖着。他把他的手伸给了我，这样，我就可以把它钉在桌子或门上。因为他已经把我那样划开，这个人，一个疯子，觉得自己成了我的朋友；他把他的妻子推到我怀里；他跟着我穿过大街小巷，喊着"我该死，我是伤风败俗的谵妄玩物，我忏悔，我忏悔"。一个奇怪的疯子。同时，鲜血在我唯一的套装上滴淌。

我绝大多数时候生活在城市里。有一会儿，我过着一种公开的生活。我被法律吸引，我喜欢人群。在其他人中间，我不为人知。我谁也不是，我是至尊。但一天，我厌倦了做一块把孤独者砸死的石头。为了诱惑法律，我温柔地呼唤她："来这里吧；让我面对面地看着你。"（有一片刻，我想把她带到一旁。）一个鲁莽的恳求。如果她应答了，我会做出什么呢？

我必须承认我读过许多书。当我消失的时候，所有那些书卷会发生难以察觉的变化；边缘会变得更宽，思想会变得更加懦弱。是的，我跟太多的人说过话，如今我已被打动；对我，每个人都是一整个民族。那庞大的他人，超乎我之意愿地，打造了我。如今，我的生存令人惊讶地牢固；就连致死的疾病也发现我太过坚强。请原谅，但我必须在埋葬我自己之前埋掉几个别的人。

我开始陷入贫困。慢慢地，它在我周围画圈；第一道圈似乎给我留下了一切，最后一道圈只给我留下自己。一天，我发现自己被困在了城里；旅行不过是一个幻想。我无法打通电话。我的衣服正在破损。我忍受着寒冷；春天，快点吧。我到图书馆去。我成了某个在那里工作的人的朋友，他把我带到一个过热的地窖里。为了帮助他，我满心欢喜地沿着狭小的走道飞奔，把书带来，而他随后就把这些书发给阅读的忧郁灵魂。但那个灵魂向我投来并不十分友好的话；我在它眼前退缩；它看到了我是什么，一只虫子，一头从贫困的黑暗王国里钻出的长着双颚的动物。我是谁？对这个问题的回答把我抛进了巨大的困惑。

户外，我得到了一个短暂的景象：离我几步远的地方，就在我准备离开的街道的拐角上，一个女人推着一辆婴儿车停下，我不能清楚地看见她，她正操纵着婴儿车好让它通过外门。在那一刻，一个我没有看到的正在接近的男人走过了那扇门。他已经迈过了门槛，但他后退又再次出来。当他站在门边上的时候，从他跟前经过的婴儿车，被稍稍抬了起来，通过了门槛，而年轻的女人，抬头看着他，然后也消失在里面。

这短暂的场景让我兴奋得发狂。我无疑不能向自己完全地解释它，但我可以肯定，我抓住了白日撞上一个真实的事件，开始匆忙结束的时刻。它在这里到来，我对我自己说，终结正在到来；某件事情正在发生，结束就是开始。我陷入了喜悦。

我走向房子但没有进去。通过裂口，我看见了一个庭院的黑色边缘。我斜倚着外墙；我真的很冷。随着寒意从头到脚包裹了我，我慢慢感到我巨大的身高获得了这无尽之寒冷的维度；它，依照其真正本质的规律，平静地增长，而我在这幸福的喜悦和完美中徘徊，有一刻，我的头和天空的石头一样高，而我的双脚还在路面上。

这一切是真实的，请留意。

我没有敌人。没有人打扰我。有时，一种巨大的孤独在我脑中敞开，整个世界在里头消失，但又再次完整地出现，没有一丝擦伤，没有缺少什么。我几乎失去了我的视力，因为有人把玻璃塞进我的眼睛。那一次打击让我焦躁不安，我必须承认。我感觉我要回到墙里，或流浪到一片燧石丛中。最糟糕的莫过于白日突如其来的、令人震惊的残酷。我不能看，但我忍不住要看。看令人恐惧，而停止去看把我从前额到喉咙撕开。甚至，我听到了把我暴露给一头野兽之威胁的鬣狗的嚎叫（我想这些嚎叫是我自己发出的）。

玻璃一被取出，他们就在我的眼睑下塞入一块薄膜，又把一层层棉绒铺到眼睑上。我不该说话，因为说话会扯动绷带的固定结。"您睡了"，医生后来告诉我。我睡了！我不得不坚持住，迎战7天的光：一场美妙的大火！是的，一共7天，7天致死的光，成了一个唯一时刻的火花，责问着我。谁想象过这个？有时，我对自己说："这就是死亡。不管怎样，它真的值得，它令人难忘。"但通常，我奄奄一息地躺着，并不说话。渐渐地，我确信我直视着白日的疯狂。这就是真相：光发疯了，光明失去了全部的理性：它疯狂地攻击我，失了控制，没有目的。这个发现一下子咬穿了我的生命。

我睡了！当我醒来的时候，我不得不听一个人问我："您要提出控告吗？"对某个刚刚直面白日的人来说，一个奇怪的问题。

甚至在我痊愈之后，我还怀疑自己是否好了。我不能阅读或写作。我被包围在一片雾气朦胧的北方。但这是奇怪之处：虽然我没有忘记同白日的痛苦接触，但我正因戴着墨镜在幕帘后面生活而日益消瘦。我想要在完全的日光下看到什么；我受够了暗光的快乐和舒适；我对日光有着一种对水和空气一样的欲望。如果看是火，那么，我要求火的丰盈；如果看会让我感染疯狂，那么，我疯狂地想要那样的疯狂。

他们给了我体制内一个小小的职位。我接电话。医生经营着一个病理实验室（他对血液感兴趣），人们会过来喝某种药。在小床铺上伸开四肢躺着，他们入睡。其中一个人使用了一个非凡的计谋：在喝下规定的药后，他服毒并陷入昏迷。医生称之为一个烂计。他把那人弄醒并因这次诈睡"起诉"他。真的！在我看来，这个病人配得上更好的待遇。

虽然我的视觉几乎完全没有弱化，但我还是像一只螃蟹一样走过街道，紧扶着墙，一旦我松手，眩晕就包围了我的脚步。我常在这些墙上看到同一张海报；它是一张印着大字体的简单海报："你也想要这个。"我当然想要，每次我遇到这些显目的词语，我都想要。

但我身上的某种东西很快停止了这个念头。阅读对我来说是一种巨大的疲倦。阅读和说话一样让我精疲力竭，哪怕是我发出的最轻微的真正的言语都要求某种我并不拥有的精力。我得知，"您十分满足地接受了您的困难"。这让我惊讶。20岁的时候，处于相同的情境，没有人会注意我。到了40岁，就有点可怜了，我正变得贫困。这令人悲痛的表象来自何处？我想我在街上无意间发现了它。街道并不让我富有，虽然道理上它们应该那样。恰恰相反。当我沿着人行道行走，陷入地铁的明亮灯光，拒绝城市宏伟地辐射出来的美丽大道时，我变得极其迟钝、谦卑、疲倦。我吸收着无名废墟的过度部分，接着，我吸引了更多目光，因为这片废墟并不针对我，它把我打造成了某种相当模糊且没有形式的东西；为此，它看似做作，恬不知耻。贫困的恼人之处在于，它是可见的，任何看见它的人都在想：你瞧，我被指控了；谁在攻击我？但我压根儿不想把正义随时带在我的衣服上。

他们对我说（有时是医生，有时是护士）："您是一个受过教育的人，您有天赋；如果在十个缺乏能力的人中间分配能力，他们就能活下去，但您不用能力，您就剥夺了他们所没有的东西，而您的贫困，如果它可以被避免，会是一种对其需要的侮辱。"我问："为什么要做这些训斥？我在偷我自己的位置吗？把它拿回去吧。"我觉得我被不公的想法和恶意的揣测包围。他们让我和谁对立？一门不可见的学问，没有人能够证明，我自己则徒然地寻觅。我是一个受过教育的人！但或许不一直是。有天赋？这些像坐在审判席上，穿着长袍，准备夜以继日地谴责我的法官一样说话的天赋在哪里呢？

我很喜欢医生，我并不觉得自己被他们的怀疑所贬低。烦人的事情在于，他们的权威会按钟点赫然显现。人们没有意识到这个，但他们是国王。他们会突然打开我的房间，并说："这里的一切归我们了。"他们会攻击我零碎的思想："这是我们的。"他们会挑战我的故事："说吧"，而我的故事会服务于他们。匆忙之中，我让自己摆脱了自己。我在他们中间分配我的血液，我最深处的存在，我把宇宙借给了他们，我把白日给予了他们。就在他们眼前，虽然他们丝毫没受惊吓，我成了一滴水，一点墨。我把自己还原为他们。整个的我在他们面前，在众目睽睽之下，消逝；当最终呈现的只有我完美的虚无，当什么也看不见的时候，他们也不再看到我。他们气急败坏地站起来，大喊道，"好了，您在哪儿？您藏到哪了？躲藏是不允许的，那是一种冒犯"，等等。

在他们身后，我看见了法律的轮廓。不是人人知道的法律，那是严厉的，几乎不讨人喜欢；这个法律则不同。我根本没有沦为其威吓的牺牲品，我是一个似乎让她恐惧的人。根据她的说法，我的瞥视是一道闪电，我的双手是毁灭的动机。甚至，法律带着全部的力量荒谬地信任我；她宣称自己永远地跪在我面前。但她没让我问任何事情，当她认识到我有权在所有地方的时候，那意味着我在任何地方都没有位置了。当她把我置于权威之上时，那意味着"您没有资格做任何事"。如果她低声下气，那意味着，"您不尊重我"。

我知道她的目的之一是让我"看到正义得以伸张"。她会对我说："现在，你是一个特例；没有人可以对你做任何事。你言而无罪；诅咒不再束缚着你；你可以无所顾忌地行动。你完全迈过了我，我在这里，你永远的奴仆。"奴仆？我无论如何不要一个奴仆。

她会对我说："你爱正义。""是的，我想是的。""你为什么让正义在你如此非凡的个体身上被冒犯？""但我的个体对我并不非凡。""如果正义在你身上变弱，她也会在其他人身上变弱，他们会因此受难。""但这不关她的事。""一切都关她的事。""但如你所说，我是一个特例。""只有你行动了，你才是特例；如果你让别人行动，你就绝对不是。"

她最终说起无用的话："真相就是，我们绝不能再次分开。我会四处跟随你。我会在你的屋檐下生活；我们会共眠。"

我允许自己被关起来。暂时的，他们告诉我。好的，暂时的。在户外活动期间，另一个住客，一个长着白胡子的老头，跳到我的肩膀上，在我头上比划着。我对他说："你是谁，托尔斯泰？"为此，医生认为我真的疯了。最终，我背着每个人到处走动，一群紧紧交缠着的人，一伙中年人，在那上面被一种统治的徒劳欲望，一种不幸的童真，怂恿着，当我垮掉的时候（因为我毕竟不是一匹马），我的绝大多数同伴也摔了下来，把我揍得鼻青脸肿。真是快乐的时光。

法律严厉地批评我的行为："在我认识您之前，您可不是这样。""那是怎样？""人们不会拿您取乐而不受惩罚。看到您就要付出生命的代价。爱上您意味着死亡。人们挖坑，把自己埋在里头，为的是摆脱您的视线。他们会对彼此说：'他走过去了没？愿大地隐藏我们。'""他们这么怕我吗？""畏惧对您来说还不够，发自心底的赞美，一种正直的生活，尘土中的谦卑，都还不够。首先，不让任何人质问我。谁胆敢想到我？"

她变得奇怪地激动起来。她赞扬我，但只是为了反过来抬高她自己。"您是饥荒，是不和，是谋杀，是毁灭。""为什么是这一切？""因为我是不和、谋杀与终结的天使。""那么，"我对她说，"把我俩关起来都还不够。"真相是我喜欢她。在这些男人过剩的环境里，她是唯一的女性元素。她曾让我触摸她的膝盖：一种奇妙的感觉。我对她宣称："我不是满足于一只膝盖的人！"她回道："讨厌！"

这是她的游戏之一。她会向我展示一部分空间，就在窗户和天花板之间。"您在那里"，她说。我努力看着那个点。"您在那里吗？"我用尽全力看着它。"嗯？"我感觉伤疤飞离我的双眼，我的视线是一道伤口，我的头是一个洞，一头被挖出内脏的公牛。突然，她大喊道，"噢，我看见了白日，噢，上帝"，等等。我抗议这场游戏让我极其疲惫，但她不知满足地决心实现我的荣耀。

谁把玻璃扔到您脸上？这个问题在所有问题中一再出现。它没有被人更直接地提出，但它是汇聚所有道路的十字路口。他们向我指出，我的回答不会揭示什么，因为一切早已被揭示。"最好不要说。""看，您是一个受过教育的人；您知道沉默引起注意。您的缄口以最愚蠢的方式背叛着您。"我会回应他们："但我的沉默是真实的。如果我对您隐藏了它，您会稍进一步再次发现它。如果它背叛了我，对您反而更好，因为它帮助您，对我也更好，因为您说您在帮我。"所以，他们不得不移开天空和大地，以抵达其底部。

我开始加入他们的搜索。我们都像蒙面的猎手。谁被质问？谁在回答？一个人成了另一个人。词语自言自语。沉默进入它们，一个完美的避难所，因为除了我，没有人察觉到。

我被问到：告诉我们"就在刚才"发生了什么。一个记述？我开始：我不博学，我不无知。我知道欢乐。这说得太少。我告诉他们整个故事，他们听着，在我看来，还有兴趣，至少是在开始。但结尾出乎我们所有人的意料。"那是开始，"他们说，"现在专心述说事实。"怎么要这样？记述结束了！

我不得不承认，我不能从这些事件中形成一个记述。我失去了故事的感觉；那在许多的疾病中发生。但这个解释只是让他们更为坚持。接着，我第一次注意到，他们有两个人，并且，传统方法的这一扭曲——即便他们中的一个是眼科医生，另一个是精神病专家的事实解释了这点——把一种受严格法则监督和控制的权威审问的性质，不断地赋予我们的谈话。当然，他们俩没有一个是警察局长。但因为他们有两个人，那么就有三个人，并且这第三个人始终坚信，我肯定，一个作家，一个在说话和推断上表现出色的人，总能够详细叙述他所记得的事实。

一个记述？不。没有记述，绝不再有。

1973 年

# 死亡的质疑
## 论《我死亡的瞬间》

### 菲利普·拉库-拉巴特

《我死亡的瞬间》很可能是莫里斯·布朗肖的遗嘱之作。

6年前书面世时,我们不少人都这么想。在这篇十分简短的记述里,如果它算一篇"记述"的话,莫里斯·布朗肖,如我们所知,讲述了1944年7月20日,他如何体会到了"险些被枪决的幸福"(据雅克·德里达转述,这是他自己的原话[1])。

"遗嘱之作"可用多种方式来理解;遗嘱(testament)或凭证(attestation)、证言(témoignage)是最难严格地加以思考的词语和概念,而我也不想忽视近来关于它们的众多分析,哪怕某些情况下,其恶意的卖弄在我看来恰恰可受质疑(contestable)。(我会找机会回过来谈谈是什么把"证实"[attester]、"质疑"[contester]、"抗议"[protester]、"憎恶"[détester]、"立遗嘱"[tester]统一又区分开来。)在此,我以尽可能简单的方式把"遗嘱之作"理解为"最后之作":莫里斯·布朗肖的最后一本书,出于公开的目的,受权写下或说出的话。如果我们能冒险使用受权一词,那么,所受之权就有三项,它们支配(或扰乱)、组织(或拆散)了我们对其作品的心甘情愿的命名,哪怕要为其构形划界并无可能:政治(或历史)、死亡体验和文学。但"最后之作"同样意味着:遗书,仅此而已;"最后言者"的最后之言;临终之言。文学的终结。

"终结"(fin),反过来,仍是一个可从多层意义上理解的词:完结(终止,停止),大功告成(完善),实现目标(根据所谓的目的论原则)。就我而言,我会乐于强调一层补充的意义,它源于亚里士多德对目的(télos)的阐释,但也经过了卢梭和康德以来的现代思想的彻底重制:其中,终结就是作为本源本身的思想。本源并不意味着开端,也不意味着起因,尽管亚里士多德的确是在其因果性的理论框架内,更确切地说,是在其本体原因论的理论框架内,设想目的。它甚至不意味着本质,虽然莫里斯·布朗肖在谈及文学时频繁地使用这个词,譬如这样的语段:文学的本质就是走向其自身的本质,也就是消失。本源意味着可能性的条件;我强调先验的"条件"概念——其他人(例如,黑格尔,荷尔德林)会把它译成"否定性"或"中介"——以准确地指明本源逻辑的运作领域,不考虑其思辨的信念(doxa),它实则是有限性的领域。

由此,当然只要我们接受这些前提,我们就会清楚地看到:如果《我死亡的瞬间》是(莫里斯·布朗肖的)"最后之作",那么,只有在它把指明文学的本源作为其唯一目的的意义上,它才意味着文学的终结。文学的死亡也是文学的诞生。它关乎的与其说是文学的本质,不如说是其存在本身。或者,更直率地说,是其存在的权利。

(我在此打开一段简短的插入语,作为一次内部的排除:那么,一个不可能的位置,如同存在本身的位置。因此,也是必须占据或居住的位置;在此位置上,很有可能,就共同存在着我刚刚提及的三项:政治、死亡体验、文学。

近段时间,布朗肖颇受指摘,除了其成问题的政治幻觉[以及,对应地,"自恋的"得意[2]],还因为一种历史主义和目的论的文学观,它无疑源自马拉美——但布朗肖隐藏过他的欠债,以及巨大的艰辛吗?——而马拉美之外,有时又源于耶拿的浪漫派,有时源于黑格尔,也就是源于科耶夫和巴塔耶,如果不是源于海德格尔。我刚表述的某些命题,实则刻意唐突,却看似"辩证",会让人觉得我由此确认并赞同了,可以说,这样的"血缘关系"。它值得细究;但细究的"位置"不在这里。

相反,我想确认的,其实是我的第一个假设,即没有一种文学,或者,让我们承认,没有一件文学作品,不渴望成为最终之物。文学想要或追求的东西,既然这样的某个东西存在,如果它存在,就是它的终结:也就是其本源的秘密,它为了变得可能而不得不服从的条件[规则、律法、禁忌]。文学想要或追求的东西,我们必须明白并加以考虑,就是不可能者。

我结束 [ferme] 这段插入语。)

那么,我提出我的第二个假设。

《我死亡的瞬间》的"教导",其遗嘱的遗产,如果可以这么说的话,就是肯定了:写作——"重要意义上"的写作,就像罗歇·拉波尔特所说,其独一无二的作品,《一生》(*Une vie*),就完结、完成并结束于一卷恰恰题为《死着》(*Moriendo*)的书——不管选用什么样的时态,不是讲述一个人如何活着,或反之亦然,讲述其他人如何活着。而是讲述一个人如何死了。这是思想的练习,它不惊讶或惊叹于"我存在"的事实,而是忍受"我已不在"的事实,或许还有"我不复存在"或"我未曾存在"的事实,并被这样的事实所震惊和重创。这严格地定义了生存,我希望稍后再谈。

死亡体验——这纯粹的不可能性——会是文学乃至思想的条件、终结和本源,也就是其绝对命令(无条件的"必须")。

我暂且保留我方才对思想的提及,还有同时对伦理的提及——两者实则密不可分。

我会让自己,或试着让自己,仅限于文学。

从《我死亡的瞬间》,从这本书今天,也就是暂时地(上述"文学的终结"是无限的,它按理会无止无尽)呈现的终止或终结来看,我觉得至少有三件事值得我们注意:

(1)相似的场景,不仅,可以料想,重现于布朗肖的作品(《死刑判决》《白日的疯狂》《灾异的书写》),甚至不仅重现于与之接近的巴塔耶的作品,尤其是二战期间写下的文本(《内在体验》《死前之乐的践行》[ La Pranque de la joie devant la mort］）；而且重现于布朗肖的同时代文学，或者他认为的同时代文学的某些不朽之作。

我只在法国文学里，迅速地，举几个例子。

在《反回忆录》(Antimémoires，莫里斯·布朗肖很清楚这个意味深长的标题，他为此谈论过）里，马尔罗以一种，就像他说的，"离奇"的模式，讲述了与1944年场景相同或几乎相同的明显情形。它曾由陀思妥耶夫斯基的一封著名信件引出（对此"谎言癖"会有帮助）已不重要，它被当成"玩笑话"也无所谓：拉撒路也在这儿，近在咫尺，流露另一种庄严，诉说关于死亡的同样"未感受过"的"无体验的体验"（这是布朗肖的表述）。在著名的老鸽巢剧院演讲上，阿尔托曾叙述他在罗德兹电击下的死亡——或2000年前在各各他发生的同样的事（我曾在别处谈及[3]）。在此，尼采的《瞧，这个人》尤其作了引示（"假如像我的父亲，我已经去世了，假如像我的母亲，我仍然活着，并且渐渐地变老"[4]）也不再重要，尽管它包含着把自己认同为基督，认同为狄奥尼索斯，甚至同时认同为两者的谜。除了这些"情形"，我还能援引别的。我们知道，在我们的文学传统中，有马拉美——还有黑格尔，是的，当然：在致卡扎利的信里，他说"我彻底死了"[5]，或"毁灭就是我的贝雅特丽齐"[6]，还有那么多的诗。所以，还有波德莱尔的地狱或兰波的《地狱一季》，以及，无需过多的强调，夏多布里昂的《墓畔回忆录》，其标题至少就说明了问题。

近来有人说，关于死亡（体验）的这个不可能之可能性的悖论应在很大程度上归于爱伦·坡。波德莱尔、马拉美迫使我们这么做。有人甚至会说爱伦·坡的时代或世纪，它已被英语浪漫主义或奇幻文学所多重地决定。(但为何不是德语？爱伦·坡来自何方，如果不是经由柯勒律治，来自谢林？而在耶拿团体之外，布朗肖最重要的一个指涉，难道不是卡夫卡的"猎手格拉胡斯"？)莫里斯·布朗肖仍然依靠这样一个"爱伦·坡的世纪"；甚至以此"注明日期"。至于爱伦·坡，在此情况下，他被还原为瓦尔德马先生那明显不可能的著名陈述："我告诉你我死了！"[7]

让我们无论如何承认——暂时地。毕竟，在我们的文学里，就像人们说的，爱伦·坡扮演的角色，他自身的重要性，无可忽视，以至于我们能在许多方面，把他视为一位"法国作者"。当然，我们也无法低估他在世界文学（Weltliteratur）中的地位。

但就像我提起"马尔罗的情形"——马尔罗也在《我死亡的瞬间》里得到指名——两年前，在瑟里西拉萨勒恰恰就这个文本同雅克·德里达展开的一次对话期间，[8]我发觉有必要在我们所谓的"自传"传统，因此还有我们认为的非虚构文学里，提起未曾感受过的死亡体验"场景"的两个先例，它们都早于浪漫主义时代（早于文学观念的出现）：蒙田在《随笔集》第二卷第六篇《论身体力行》（De l'exercitation）中叙述的一次坠马经历；卢梭《一个孤独漫步者的遐想》的第二次"漫步"。我们有理由把后者视为对蒙田的一次引用，与其说是因为所述的意外（两次都是突然的坠落），不如说是因为（这不大被人提及）卢梭在蒙田那里找到了悖论的确切表达，使他能够抓住其"存在的感觉"[9]。

为了准确起见，我引述：

>死亡是我们一生中要完成的最大的事业,我们却无法对此身体力行。
>
>[……]
>
>然而,我总觉得有办法去习惯死亡,也可**体验**[强调系我所加]死亡。我们可以进行试验,虽不完整也不完美,至少不是毫无用处的,可使完美更加坚强和自信。我们若不能投入死亡,却可以凑近死亡,认识死亡;我们若不能进入死亡王国,至少可以看到和走上进入王国的道路。[10]

的确,蒙田的论述,深思熟虑地,让自身归于古老智慧和死亡沉思的巨大传统:第一卷著名的第二十章,如此常受误解:"探究哲理就是学习死亡",足以表明这点。通过此类论述,我们只能得出话题(topoi)的一种略带学究气并且勤勉的累积。尽管绕道于一则借自塞涅卡的逸事,蒙田并未阻止自己把"体验"死亡的悖论根本化,因为当他谈论那个"不但至死,而且对死也进行哲学探讨"[11]的人时,这其实就是他所采用的词。尤其是,他描述了一种真实的体验,其中,不可能之可能的死亡悖论没有用"仿佛"或"好像"(更不用说"准"或"近乎")的模式来简单地解决,甚至也没有用凑近的模式(蒙田谈到了"接近"死[12])来解决,而是,相反地,将自身维持并凝固或冻结于突然出现的、令人惊愕的"存在的感觉"(存在的事实),在三个文本里,"存在的感觉",每一次都等同于"轻盈的感觉",解脱的感觉,难以解释的喜悦的感觉。总之,就像布朗肖简短"记述"的最后一句概括的那样：

> 留下的只是死亡本身所是的轻盈感觉，或者，更确切地说，从此一直悬而未决的我死亡的瞬间。[13]

或许，这只是不朽的感觉，它从一开始就是我们所谓的伦理的起点。我不仅想到了斯宾诺莎，想到了《伦理学》里那个声称我们把自己感觉或体会为不朽的命题。我同样想到了《斐多篇》，我稍后还会再谈，它受到了古代学院传统，以及随之而来的一切，如此不像话的苛待。

（2）有人会主张，就我而言，我会乐于主张，文学，在我们理解的意义上（在其"现代"意义上）并不诞生——如果在某个地方，它诞生了一次——于小说，小说源自史诗的形式，而是诞生于前述的自 - 传（auto-biographie）。

但我们立刻看到了由此产生的无数问题。

比如，如果一开始就把终结把握为本源，自传要在何处开始？开始于现代早期，介于但丁和蒙田之间？开始于基督教，忏悔考验，圣奥古斯丁？还是更早，开始于柏拉图本人，比如，写《第七封信》的柏拉图？或者，开始于柏拉图主义和新柏拉图主义的传统？

这一文类——但这是古典文类理论意义上的文类吗？——当其确立之时（这样的事当然肯定已经发生），是否假定了**自身**（autos）、**自我**（ego）、**我**（Je）或**自身**（Soi），简言之，从**现代性**发端以来，我们实则称为主体的东西的突变？它是否触及了陈述的体制？如果必须假定自身等的深刻突变，那么，这是否不可避免地意味着，该"文类"被纳入了海德格尔以一种随同并反对黑格尔的方式划定的，从笛卡尔到尼采及其之后的"主体性的形而上学"？或者，相反，我们不得不认为，为了让一本像《谈谈方法》这样的书面世或成为可能，首先应有一种自传的"文类"吗？

或者：在这"主体"之后，对所谓"体验"（expérience）的何种理解又至关重要？它是亲历（Erlebnis）吗，就像海德格尔必定会毫不迟疑地说出的那样？但如此的"亲历"与生命（bios）保持什么样的关系？后者在希腊语里，仍非偶然地进入了传－记（bio-graphie）的概念，就像（先前？）进入了普鲁塔克的语段或标题：《名人传》等。或者，它是严格意义上的体－验（ex-périence）吗：对一场危险（periri）的穿越（ex-）；用德语说：体验（Erfahrung，运送 [fahren]、风险 [Gefahr] 等）？[14] 而如此理解的体验，在拉丁语里，又与考验（épreuve），与情感、司法、叙事、宗教、科学意义上的考验，保持什么样的关系？在神秘主义或哲学的语汇里，体验（或考验）在何种程度上意味着，就像巴塔耶说的，"把生命本身置于赌局"？

显然，我无法回答所有这些问题，但我在减少它们的数量。

关于我所举的几个例子，我只想表明，如果自传，一般地，在其作为本源的终结中，假定了一种严格意义上的体验，并且，如果这样的体验，经常地，与死亡的一场穿越（或一次考验）相混同，而后者可以说是无限地悖谬或不可能，那么，我们至少不得不修改这一"文类的"指示并谈论——至少——死亡自传（autothanatographie）。这个命题或这个表述既不新颖也不原创。它已被我们中的几个人在 20 多年前阐发过了，尤其是在罗歇·拉波尔特的作品 [发表] 之际。但我认为仍有可能追还它；至少是在一定限度内。

很有可能，在体 – 验的概念或"穿越死亡"的语段里，仍隐藏或暗中铭刻着十分古老的秘仪和神话史诗模式的遗迹。说到阿尔托（但尼采，例如，同样引人思索），我脑中想起了古老的招魂仪式（nékuia）：下到地狱并引见亡者，这构成了《奥德赛》《埃涅阿斯纪》乃至《内战记》的核心；正如我们能够看到的，它不断地重复，从但丁到爱伦·坡和兰波，直到今天。也就是说，至少，直到莫里斯·布朗肖，而在此情况下，我还想到了他对俄耳甫斯神话的使用，其目的恰恰是把终结指定为文学的本源。神话的余辉，或对其阴沉又狂暴的再度使用，或许就是我们不能赞同的东西；或必须质疑（contester）的东西。但这里，又不得不加以确认（constater）。

（3）那么，最后一个评注：片刻前，我曾很快地提到陈述体制在"自传"的终结处，正如在其本源上，可能发生的突变。一方面，无需多言，我想到了柏拉图对陈述模式的三分法，即单纯的、模仿的和混合的[15]，它们经由一些误解，成了古典理论的文类三分法的来源：抒情的、戏剧的、史诗的。由于单纯的陈述模式是一种被认为专属于自身或自我（**我**）的模式："我，本人，在这里，我谈论并说……"我们最终可以得出，抒情诗是一种"主观的文类"，而且，这对它来说几乎是命中注定的。但不管是在柏拉图的酒神赞歌，还是在古典或现代的抒情诗里，甚或是在雄辩的文类中，都找不到所谓的自传"主体"的位置。除非我们把蒙田视为一位抒情诗人，因为有人已试着在学校课本上对卢梭这么做了……自传的主体，如果存在这么一个主体，应具有截然不同的坚实性。如果我们坚定地把该"文类"称为死亡自传，那么它理应不再与主体（subjectum，甚至 substantia［实体］）有关。如果在此说话的确是一个有待确立的**我**，那么它极有可能不再有丝毫的坚–实性（con-sistance）；且没有什么能确保其持留，甚或只是确保它是它自己或同一个：autos，ho autos。何种"主体"能够清楚地说出"我死了"呢？

所以，另一方面，我想到了：据我所知，莫里斯·布朗肖公开的"自传"文本只有两个：《我死亡的瞬间》和从《灾异的书写》里抽取的片段，题为《（一个原始场景？）》的短短一页，我们还能读到后者的最初版本[16]，它有一个更少悬念或更加明确的标题：《一个原始场景》。（其他看似"自传"的文本：《事后》[*Après coup*]、《我所认识的福柯》[*Foucault tel que je tai connu*]、《不可言明的共通体》，甚至未发表的《备忘录》["Mémorandum"][17]。它们所属的秩序，我不会说是见证的——真真假假，已不重要——而不如说是证实的：一个他者，不管是事实上的他者［比如，迪奥尼·马斯科罗］或理论上的他者［无名的革命群众，或者，委婉地说，五月风暴的"抗议者"］，还是事实上和理论上的他者［同一批人，以及1962年去世的巴塔耶，还有列维纳斯，等等］，都能把这样的证实，把这总是可能的东西，付诸检验［épreuve］：予以证明或予以确认，也不怕冒犯那些不怀好意地对策兰的话"无人为证人作证"[18]施加咒语的人，他们为数还不少。只要有见证，或证实，一个他者，不管是谁，就总是会被牵涉，也就是在严格的意义上被质疑 [cum-testari]。人们不愿被迫回想往事，哪怕是简略地回想。)

所以，《我死亡的瞬间》，《(一个原始场景?)》。一个童年场景，一个死亡场景。如果的确关乎"场景"。总之，莫里斯·布朗肖比库萨的尼古拉（Nicolas de Cues）更好地实现了"自传"的（近乎）纯粹的简化。

那么，在这两个文本里，引人注目，并且困难的是，莫里斯·布朗肖用第三人称谈论他或"他"。虽然陈述的"我"，或如此假定的"我"，明显介入了《我死亡的瞬间》(例如："在他的位置上 [在'尚且年轻的人'，即'记述人物'的位置上]，我不会试着分析这轻盈的感觉"；根据手稿原封不动地保留下来的动词是将来时，留下了完整的谜)；也通过一种致词，间接地介入了《(一个原始场景?)》："你们后来活着的人，接近一颗不再跳动的心，假设，假设这样的情形：那孩子 [……]"[19]所讨论"主体"的这一奇怪的消解并不隐含于陈述的一般事实（它至少被再次标识出来）；它也不和古典叙事的陈述属于同一秩序；而且，我们知道，布朗肖曾明确，甚至郑重地，摒弃或打发了记述本身，尤其是在《白日的疯狂》的最后一句。但若只是考虑到致词本身的形式和其"不可能"的意味（"你们后来活着的人 [……]"），我们不禁要问自己，莫里斯·布朗肖是否一下子揭示了这整个被归为"自传"的陈述的体制，也就是，这整个被坚决地归为死亡自传的陈述，因为我们已清楚地看到，"主体"只有以某种方式已经死了，才能开始把自己说成并写成一个他者：才能接受对"自身"的召唤或对"自身"的质疑，进而在他身上召唤或质疑死亡（或死者），一起生产双方的证词。

在此情况下，死亡自传其实总是一份异传（allobiographie），如果我们至少敢冒险使用这么一个略微简单的词。[20]

如果在这两个文本里，每一次，"记述"的中心都存在一种迷狂，那么，这绝非偶然。关于迷狂，布朗肖曾在《不可言明的共通体》里心系巴塔耶，说道："其最为关键的特征是：那个经历了它的人，当他经历之时，再也不在那里，因此，再也不在那里来把它经历。"[21] 但它无论如何发生了：存在迷狂。这里的结构和死亡的"未感受过的""无体验的体验"一模一样：我是一个他者（Je est un autre），这很可能比兰波赋予其锻造的那一表述的意义还要激进许多[22]（尽管有《地狱一季》，并且兰波，就像马拉美所说，对自己"活活施行诗歌"[23]）。这就是为什么，死亡是不可追忆的，如同出生，它总已废黜了主体。我们会在《灾异的书写》里读到：

> 死意味着：死了，你[强调系我所加]已死了，在一个不可追忆的过去，死于一种不属于你的死亡……这不确定的死亡，永远列于先前，对一个没有当下的过去的证实[强调系我所加]，永远不是个人的……[24]

死亡自传（异传）——这适用于蒙田，适用于卢梭，适用于其他那么多人——就是主体之撤存（désistance）——如果我有权在此使用雅克·德里达慷慨赠给我的词[25]——的领域，我不敢说类型或形式。主体消失于此，塌陷其中，回撤并抹除自身，它事实上已经消失，它已逃脱了它自己，沉默寡言（infans），缺席（就像我们说某人走神），迷失；然而，它持留或返回来，用另一个声音（恰恰是同一个声音）述说，脱离它（伴随它并在它身上）发生的事，不可能的证实，不以它为证人，却由它固执地生产的见证，因为"它"（不）在此，因为"它"（不）是它（自身）。我们知道，布朗肖如何激烈地把文学的"出生"指派给了从第一人称到第三人称、从"我"到"他"，即到"无人称之它"的转变。总之，在"自传"的审判进程（procès）中，这或许就是本质地受控诉（cause）的东西；有无辩护已不重要，就像是重点不是见证的真切或准确：诚实。要紧的唯有争讼（litige）和质疑（contestation）：古老的证实争讼（litem contestari），意即"发起一场审判"。

不管怎样，此时此刻，正是这样的装置，在这里让我提出最后一个假设，无疑比之前的假设更具"争议"，但我想让它服从判决。

如果我回到蒙田，他在先前的情况下被视为"文类"的开创者——这显然是一种经济的考量，强制的举措——那么我觉得，有两点需要强调。

第一点早已得到强调，我几乎只是将其挑明：那就是，在所有关于死亡的沉思中，苏格拉底的典范（exemplum）占据了主导，而柏拉图的《斐多篇》一直被人参照。无疑，在智慧的关怀下，在对死亡的关怀本身（对死亡的练习 [mélétè tou thanatou ][26]，对死亡的照料或对其"驯服"）下，召集了包括罗马人的关照（cura）在内的整个古代道德：从斯多葛派的说教到伊比鸠鲁和卢克莱修的论证。但苏格拉底仍是哲人的典范，他通过死来研究哲学，并死于践行哲学。正是这个创始的形象决定了死亡乃是思想本身的条件。在此无需强调：尼采和海德格尔在内的整个传统皆是如此。

第二点不那么突出。然而它同样清晰。那就是，《论身体力行》一章所讲述的坠马插曲，事实上涉及一场埋伏，一段军事和政治的波折。蒙田没有明说。但他把该场景置于"我们第二次还是第三次动乱期间"[27]，而这表述清楚地指向了宗教战争（蒙田还称之为"内战"，例如，他写道："法国内战时期，我的家处在兵家必争之地"[28]）；他尽可能直接地指明了新教徒（"我们的邻居"[29]）；他谈到了意外发生时多次响起的"火枪射击"[30]，那极有可能导致了他的马脱缰。蒙田无疑不是枪击的目标：这不是一场袭击，更像是一次出乎意料的偶然"交火"，就像所有"游击战"里那样，而蒙田也觉得自己"离住所很近，不会有危险"[31]（场景发生在他的城堡周围，在佩里戈尔德边界）。但不要忘了，蒙田在这整个时期扮演的政治角色相当重要，不仅是在波尔多，还包括宫廷，尤其是在亨利四世身旁，据说——这是可信的——他还鼓励后者皈依天主教，以确保法国王位的继承并恢复"国内"和平。因此，蒙田，和博丹（Bodin）一样，至少在法国，是最早预见了正在形成的民族国家之现实的政治思想家，那一现实与其说是"自愿为奴"本身——同样由拉·波埃西（La Boétie）从库萨的尼古拉那里继承[32]——不如说是通过宗教的介入，臣服或屈从于政治之物或普遍化的政治。慢慢地，政治变成了总体化的"生命"。

我不会强调蒙田这里围绕其死亡"体验"的政治光晕，如果它没有重现于我所提及的和《我死亡的瞬间》有关的几乎全部"记述"：例如，在马尔罗那里，就很明显；还有阿尔托，他缺乏遁逃之术，服从于反对"先锋派"和"堕落艺术"的镇压，服从于维希政权可耻的精神病学政策。如此的光晕同样，尽管没有那么清晰，重现于布朗肖本人，以及卢梭的"记述"。

如同蒙田，如同马尔罗，布朗肖的"记述"似乎属于"战争记述"的文类——这是一种文类。只需重读一下开篇，就能马上坚信这点。但如果这段插曲发生于战争的某一时刻，也就是1944年6月诺曼底登陆之后，德军尤其是帝国党卫军，尝试对盟军发起反攻，那么，并没有什么表明布朗肖作为一个战斗人员牵涉其中（他最多是当地，也就是家宅所在的上索恩省小村庄里，打游击战的青年农民的同谋者或支持者）。反过来，一切都在暗示，这是一场内战（和社会战争），它其实正酝酿于此刻进行的军事活动之下，哪怕它们从规模上看是世界性的，甚至颇为壮观："可耻地"讲着法语的党卫军军官的在场，瓦拉索夫军队的苏联士兵，以及最后影射的，在通敌中受连累的《新法兰西杂志》和伽利玛出版社的恢复，也就是清洗（马尔罗与波朗的相遇相当于德里厄·拉·罗歇尔［Drieu La Rochelle］的自杀）；此类的多条线索让人想到，这段插曲发生于一场意识形态和政治的漫长斗争期间，而自1930年代，甚至1920年代以来，那场斗争就引起了法国知识界的分裂，并且不要忘了，布朗肖还作为极右的（莫拉斯式的）民族主义者，也就是"法国式的法西斯主义"（尽管也反纳粹或反希特勒）的知名代表和代言人参与其中，直到1938年（慕尼黑），如果不是直到1942—1943年（与巴塔耶相遇）的话。这就是为什么，《我死亡的瞬间》也可被解读为解救和救赎的"记述"——或辩护的"记述"。在此，死亡受到了质疑，在此，布朗肖身上"近乎死亡"，即他（"他"所是的他者）身上"总已死了"的状态，被召唤为一场信仰转变的证词，一次根本断裂的证词。而突然，像是出于神迹，就摆脱了死亡，摆脱了致死（mortifère）。以另一种政治的名义：它没有不公，也不可辩护，只求松开政治的虎钳，而布朗肖会在五月风暴的突然涌入中认出它来。也就是以幸存（survie）的名义：它或许不过是，无论如何不过是，生存。（别忘了这个文本写于1994年7月，也就是我们近来历史的这么一个时期：有些知识分子不费吹灰之力就成了"人文主义者"，似乎不满于清洗，或多或少报复性地含沙射影重提布朗肖的"法西斯主义""反犹主义"等的过去，明显心安于自己能够相对化或低估其困难、急迫和不妥协。）

但卢梭的"第二次漫步"也是一模一样的情形，在如此的谱系里，卢梭或许第一个把不公、过错、迫害给戏剧化了。我们记得，刚讲述完意外事故（鉴于有可能自己把自身的缺席变成"记述"），卢梭的文本似乎就以一种令人难以理解的方式迷失或纠缠于一段可以说"偏执狂"类型的冗长题外话（这起意外发生的那一年，卢梭徒劳地尝试把手稿《对话录：卢梭评判让－雅克》[*Dialogues. Rousseau juge de Jean-Jacques*][强调系我所加]寄放到巴黎圣母院的大祭坛上，并在街上散发他的檄文《致所有热爱真理和正义的法国人》[ *À tous les Français aimant encor la* justice *et la vérite* ][强调系我所加]):次日,整个巴黎都得知此事,他的敌人欣喜若狂,有人(警察、奥穆瓦夫人)纠缠他,有人准备了一部伪撰的文稿,要加在他头上,还有一份外省报纸宣告他的死讯,等等。人们可以发笑或同情。但这是失明,是看不见千真万确的迫害:至少从《爱弥尔》和《社会契约论》这两本被定罪且遭焚毁的书面世以来,卢梭就被审查、迫害、讥讽、禁言,甚至被他以为的那些朋友背叛,被羞辱、曲解和丑化,被迫游荡。这是1776—1777年:智识和宗教(政治-宗教)的内战正在爆发,一场名副其实的战争,尽管有人试着将其遏制于漠不关心之下。恰恰借由卢梭的声音,一个事件得以筹备,或宣告。

如果这样的回想还有一点依据——再一次,对我顺便援引的每一个名字,我都能给出相同模式的分析——那么一个十分简单的真理就呼之欲出:死亡自传(异传)的情境不过是苏格拉底的情境,即内战,本然地政治的内战的常见状态(希腊人如此畏惧的内战[ stasis ]);一个思想者,同时也是政治生命的演员,从许多方面看还是一个革命者,虽然柏拉图把他变成了最富盛名的反动分子;他集仇恨、诽谤和形形色色的指控于一体,其中绝大多数还是出于宗教的动机(渎神、泄露"天机"……);于是,一场审判,一次公开的定罪,而死亡——被接受,也就是,被召唤为思想本身的姿势:哲学化的姿势。

在这里,我重新提起苏格拉底,《斐多篇》的苏格拉底,不是为了得出,所谓"自传"的整个计划必然受制于苏格拉底的典范及其引用。我提起他，哪怕提到了"不朽"的感觉，无疑，也不是为了让人考虑柏拉图借苏格拉底之死——对此，他并未见证——所密谋的形而上学操作。而是因为，我相信，布朗肖也提醒我们（我会回到这点），这样的死亡关乎着文学本身。

在一则与《悲剧的诞生》差不多同时期的笔记里，尼采说，柏拉图，从根本上，"发明了古代的小说"[33]。这一评论诚然迷人，在我看来却不恰切。如果他发明了什么，他发明的不如说是我们总是太快地称为"自传"的东西：一个不在场的陈述者，却如其所是地得到标记和指定（他写道："那一天，柏拉图没有到场"[34]）；另一个人，得到陈述和命名（他，苏格拉底），却述说着由当时的缺席者归于他的言语，仿佛他绝不是"亲自"在说话，而是在一种自身的缺席里说话，并在死时，在同意赴死的超然、从容、近乎轻盈的状态下，思考其自身（？）的思想；如此不朽的感觉，被柏拉图急切地转译并固定为证据（逻各斯 [logos]）的语言，但柏拉图，他"自己"，还不能不把它理解为"死了，你已死了"——不然，他为什么会替那个并不写作，或许也不会"亲自"留下其存在的任何踪迹的人写作（并受其煽动？）呢？或是色诺芬和哲人言行记录者讲述的一些陈词滥调？对于一次定罪的不公（injustice）和不可辩护（injustifiabilité）的持续回想，我不会再说什么，那样的定罪恰恰不过是普遍的政治不公的结果。而一切不公都是政治的。

莫里斯·布朗肖并不经常引用或提起苏格拉底。在《灾异的书写》里，这个名字只出现了两次。第二次出现刚好是在"死意味着：死了，你已死了……"那个长片段之前的一页。我们可以读读这些话，我当然不会予以评论，但它们持续地映入我的眼帘：

> 诚然，苏格拉底没有书写，只有讲学。然而，正是透过书写，他成为他者的永恒主题，并永远注定死亡。他不说话，只有探问。一边探问，他一边不停地打断并被打断，以讽刺的形式让碎片成形，并借由他的死亡将言语献给写作之烦扰，同样将前者献给唯一的遗嘱之书写（然而，没有署名）。[35]

起初，我把《我死亡的瞬间》置于从头到尾支配莫里斯·布朗肖作品的三项权威之下：政治、死亡体验、文学（现在我会说：书写），它们汇聚成了思想本身的练习。就这样，最后，我们再次发现它们，而布朗肖本人，也在柏拉图的《斐多篇》，即在西方哲学的一个开创性文本里，赞同这点。那开创性的文本将自身呈献为苏格拉底，一个"没有书写"的人的不可能的自传，它总之不过是死亡之质疑（同时也是政治之抗议）的奠基性文本。我不清楚《斐多篇》是不是文学，即死亡自传（异传）的出生地。但我隐约瞥见，它制造了本源，因此还有终结；而任何文学，在其无止无尽的终结里，都无法声称离开或完成，这个作为本源的终结。

注

我之前说过"我会找机会回过来谈谈是什么把'证

实''质疑''抗议''憎恶''立遗嘱'统一又区分开来"。从语文学的严格角度来看，这需要一整套我明显不具备的知识，且会跳过对所有这些词的共同词根（étymon）的简单确认。既然我已有意从巴塔耶的词汇中借用了"质疑"一词（它至少从《内在体验》起，成了其关键的术语之一），我会仅限于指明基本的一点：如果"立遗嘱"（testari）意味着"寻求见证"然后"写下一份遗嘱"，那么几乎所有"自传"文学，不用说，都具有"遗嘱性质"（testamentaire），甚至"证词性质"（testimonial）。从中可以得出无数结论，我不会冒险跟在其他那么多人后面这么做。但证词或凭证，总假定了"赞成"和"反对"、友好和敌对的分裂。也就是说，像所有司法词汇一样，假定了一种争议。由此我觉得有必要提及苏格拉底的审判和死亡，提及他对可鄙的宗教狂热和不公的质疑（contestation）或"政治"憎恶（détestation），提及他无罪的抗议（protestation），提及"不在场者"柏拉图的陌异"证词"。自康德、尼采或海德格尔以来我们所谓的"形而上学"起源于《斐多篇》并不重要；柏拉图政治学（如果它并非已经是苏格拉底政治学）的明显"反动"的特点同样不重要：它也可以是"革命的"（一个可怕的词），不巧的是，我们对此太过清楚——并且它仍在激起我们"反抗"。在此情况下，本质的事情在于，《斐多篇》可被视为我们所谓的"文学"的本源，因而也是其条件。

这么说不是为了给布朗肖"赦罪"，他是第一个知道这点并为此悔恨的人。在1987年4月致罗歇·拉波尔特的一封长信里（后者无疑向他审问了其二战前的某些言论包含的反犹主义和"法西斯主义"内容，那是当时的"人文主义"信念[doxa]乐于报道的话题），正是布朗肖自己谈到了其"可憎的（détestables）檄文"和"可憎的言辞"（强调系我所加）——以"该受谴责"（condamnable）的名义。（他同样多次使用了"可恶的"[exécrable]一词。）的确，他也同时指出，人们控诉的这些言论——事实上是难以容忍的——从未被"收入一本书"，"仍然没有作者"。这至少是含糊的，若我们想起1958—1993年《政治文集》的匿名"抗议"[36]。或者，它至少提出了一个棘手的难题。我会尽快另论。

《临终已尽，终无止尽》（*Agonie terminée, agonie interminable*）

2003年

---

1  雅克·德里达：《持留》（*Demeure*），Paris: Galilée, 1998, 第64页。——原注

2  我会在别处再谈这个话题，尤其是关于《灾异的书写》里的片段《（一个原始场景？）》（[Une scène primitive ?]）。——原注

3  参见拉库-拉巴特：《出生即死亡》（"La naissance est la mort"）。

4  尼采：《瞧，这个人——尼采自传》，黄敬甫、李柳明译，北京：团结出版社，2006年，第6页。

5  马拉美致亨利·卡扎利（Henri Cazalis）的信，收录于马拉美：《通信全集（1862—1871）》（*Correspondance complète, 1862–1871*），Paris: Gallimard, 1995, 第342页。

6  马拉美致欧仁·勒费布尔（Eugène Lefébure）的信，收录于马拉美：《通信全集（1862—1871）》，第389页。

7　爱伦·坡:《瓦尔德马先生病例之真相》,收录于《爱伦·坡集:诗歌与故事》,帕蒂克·F. 奎恩编,曹明伦译,北京:生活·读书·新知三联书店,1995年,第933页。

8　参见拉库-拉巴特:《忠诚》("Fidélités")。

9　参见卢梭:《一个孤独漫步者的遐想》,袁筱一译,桂林:漓江出版社,1996年,第21页:"这最初的感受真是妙不可言的一刻。我也只是从这一刻才觉出自己的存在。"

10　蒙田:《蒙田随笔全集》(中卷),马振骋、徐和瑾、潘丽珍、丁步洲译,南京:译林出版社,1996年,第44—45页(译文有所改动)。

11　同上书,第45页。

12　参见蒙田:《蒙田随笔全集》(中卷),第52页:"因为事实上,我觉得要习惯死,必须接近死。"

13　布朗肖:《我死亡的瞬间》(*L'Instant de ma mort*),Paris: Gallimard,1994,第17页。——原注

14　参见拉库-拉巴特:《诗歌作为体验》(*La Poésie comme expérience*),Paris: Bourgois,1986,第30—31页,注释6。

15　参见柏拉图:《理想国》,顾寿观译,吴天岳校注,长沙:岳麓书社,2010年,第116页:"他们或者是用单纯叙述的方式,或者是用模拟仿效的方式,或者,是通过两者结合的方式来达到他们的目的。"

16　发表于马蒂厄·贝内泽(Mathieu Bénézet)和拉库-拉巴特主编的《首发》(*Première Livraison*),第4期,1976年2—3月。——原注

17　后收录于让-吕克·南希:《莫里斯·布朗肖:政治的激情》(*Maurice Blanchot. Passion politique*),Paris: Galilée,2011,第47—62页。

18　参见策兰:《灰烬荣耀》,收录于《保罗·策兰诗选》,第282页:"没有人／出来为这证人／作证。"

19　布朗肖:《灾异的书写》,第92页。

20　参见拉库-拉巴特:《主体的回声》("L'écho du sujet"),收录于《哲学的主体:印刷术 I》(*Le Sujet de la philosophie. Typographies I*),Paris: Aubier-Flammarion,1979,第217—303页。

21　布朗肖:《不可言明的共通体》,夏可君、尉光吉译,重庆:重庆大学出版

社，2016年，第33页。

22 参见《兰波作品全集》，第329页："因为我是另一个。"

23 马拉美:《阿尔蒂尔·兰波》("Arthur Rimbaud")，收录于马拉美:《全集》(第二卷)(*Œuvres completes*, tome II)，Paris: Gallimard，2003，第125页。

24 布朗肖:《灾异的书写》，第84—85页（译文有所改动）。

25 参见德里达:《撤存》(Désistance)，收录于《心灵:他者的发明II》(*Psyché. Inventions de láutre*, tome II)，Paris: Galilée，2003，第201—238页。

26 参见《柏拉图对话集》，王太庆译，北京:商务印书馆，2004年，第241页："因为这是它经常学习的，无非意味着正确地、真正地追求哲学，练习置身于死的状态:这不就是练习死亡吗？"

27 蒙田:《蒙田随笔全集》（中卷），第46页（译文有所改动）。

28 同上书，第46页。

29 同上书，第53页："而新教徒则向全体教徒谈论自己。"

30 同上书，第48页："我首先想到的是头脑上中了一枪。"

31 同上书，第46页。

32 我要把这一指示归功于艾蒂安·巴利巴尔（Étienne Balibar），我为此感谢他。——原注

33 尼采:《哲学作品全集》(第一卷)(*Œuvres philosophiques complètes*, tome I)，Paris: Gallimard，1977，第184页。

34 参见《柏拉图对话集》，第209页："我想柏拉图是病了。"

35 布朗肖:《灾异的书写》，第84页（译文有所改动）。

36 参见布朗肖:《政治文集:阿尔及利亚战争、五月风暴等（1953—1993）》(*Écrits politiques. Guerre d'Algérie, Mai 68, etc. [1953–1993]*)，Paris: Scheer，2003。——原注

布吕耶尔附近，布朗肖藏身的树丛
（罗歇·拉波尔特摄于1989年4月22日）

"他一直藏身于他很了解的树丛……"

## 我死亡的瞬间

莫里斯·布朗肖

我记得一个年轻人——一个尚且年轻的人——被死亡本身——或许还有不公的谬误——阻止了死。

盟军已成功地踏足法兰西的土地。德国人,已经溃败,带着一种无用的凶猛徒劳地抵抗。

在一幢大房子里(人们管它叫城堡),有人相当畏怯地敲门。我知道年轻人来为访客开门:他们无疑在求助。

这一次,一声吼叫:"所有人出来。"

一个纳粹副官,操着可耻地标准的法语,让最年长的人先出来,然后是两个年轻女人。

"出来,出来。"这一次,他在吼。然而,年轻人没有试图逃走,而是缓缓前进,几乎像个僧人。副官摇了摇他,给他展示弹壳、子弹,明显有过战斗,土地是一片战地。

副官在一种奇怪的语言里哽住,而把弹壳、子弹、一枚手雷放在那个不再年轻的人(人老得快)的鼻子下,他清楚地喊道:"这就是你们的下场。"

纳粹让他的手下站成一排,准备,根据规则,击中人靶。年轻人说:"至少让我家人进去。"于是:姑母(94岁),他更年轻的母亲,他的姐姐和嫂子,一列缓慢的长队,沉默着,仿佛一切已然完成。

我知道——我知道吗——德国人只等最后一声令下、已经瞄准的那个人,那时体会到一阵极度轻盈的感觉,一种至福(但毫无幸福可言),——至尊的喜悦?死亡与死亡的相遇?

在他的位置上,我不会试着分析这轻盈的感觉。他或许突然变得不可战胜了。死亡——不朽。或许迷狂。不如说是对受难的人类流露的怜悯之情，是为自己既非不朽也非永恒而感到的幸福。从此，一种秘密的友谊就把他和死亡联系在了一起。

在那一瞬间，唐突地返回世界，邻近的一场战斗发出巨大的噪声。马基游击队的同志们想要帮助那个他们知道身陷险境的人。副官动身去查看。德国人保持队序，准备就这样一直一动不动，让时间停止。

但这时其中一人靠近并用沉稳的声音说："我们，不是德国人，是苏联人。"并笑了笑："瓦拉索夫军队。"然后对他做了个走人的手势。

我想他走开了，仍怀着轻盈的感觉，直到进了远处的林子，名叫"欧石南林"，在那里，他一直藏身于他很了解的树丛。在密林里，突然，过了不知多久，他恢复了现实感。四处，火光冲天，一阵阵持续的大火，所有农场都在燃烧。随后，他得知，三个年轻人，农夫的儿子们，与一切战斗毫无关系，只是因为他们的年轻，被杀死了。

甚至路上或田里肿胀的马也证实了一场持久的战争。事实上，过去了多少时间？当副官回来并意识到年轻的城堡主不见了时，为什么怒气、狂暴没有促使他烧掉（静止庄严的）城堡呢？因为那是城堡。门上镌刻着"1807年"，像是一段不可磨灭的记忆。他有足够的学识知道这是耶拿的著名年份吗：那时拿破仑，骑着他的灰色小马，从黑格尔的窗下经过，后者从他身上认出了"世界精神"，就像他写给一位朋友的那样？谎言与真相，因为，正如黑格尔对另一位朋友写道，法国人掠夺并洗劫了他的住所。但黑格尔知道如何区分经验与本质。在1944年，纳粹副官对城堡怀有一种敬意或尊重，这是农场激发不了的。然而，四处都被搜查了一遍。一些钱被拿走了；在一个独立的房间，也就是"高阁"里，副官找到了一些纸和一沓厚厚的手稿——也许包含了战争计划。他最终离开了。一切都在燃烧，除了城堡。领主逃过一劫。

那时对年轻人来说无疑开始了不公的折磨。不再有迷狂；他觉得自己活着只是因为，甚至在苏联人眼里，他也属于一个高贵的阶级。

这就是，战争：对一些人是生命，对其他人，则是谋杀的残忍。

然而，在枪声只差响起的时刻，留下了我不知该如何表述的轻盈感觉：摆脱生命？无限敞开？既非幸福，也非不幸。同样不是恐惧的缺席，或许还有已经迈出的脚步。我知道，我想象这不可分析的感觉改变了生存为他留下的东西。仿佛他身外的死亡从此只能和他体内的死亡相撞。"我活着。不，你死了。"


后来，回到巴黎，他遇见马尔罗。后者告诉他，他曾被俘（但没被认出）并顺利逃脱，途中弄丢了份手稿。"这只是对艺术的反思，容易重构，而手稿就没那么容易。"随同波朗，他做了些调查，但仍旧徒劳。

不管怎样。留下的只是死亡本身所是的轻盈感觉，或者，更确切地说，从此一直悬而未决的我死亡的瞬间。

1994 年

# 附 录

# 莫里斯·布朗肖年表

克里斯托夫·比当

**1907 年**　9 月 22 日，莫里斯·布朗肖出生于（索恩 – 卢瓦尔省）德弗鲁兹小村甘恩一个信仰天主教的富裕的地主家庭，家中住宅继承自母亲祖上。他有两个哥哥和一个妹妹。住所移动频繁：父亲是学校教师和家庭教师，奔波于巴黎和埃尔伯夫，萨尔特和夏隆。

**1923 年**　中学毕业。一场被他后来判定为无用的十二指肠外科手术把他进入大学的时间推迟了一年。他一生都将享受一种，用德勒兹评价许多艺术家和作家的话说，"不可抗拒的柔弱的健康"[1]。

**1925 年**　学习哲学和德语，布朗肖在斯特拉斯堡大学与伊曼纽尔·列维纳斯相遇。他们一起阅读德国现象学、普鲁斯特和瓦莱里。"布朗肖和列维纳斯之间的友谊，乃是一份恩典；它仍然值得我们时代祈祷。"（雅克·德里达）[2]

**1930 年**　布朗肖在索邦提交了一份关于怀疑论者的论文。

**1931 年**　他开始在圣安妮医院学习医学。但新闻业比大学更吸引他。他发表了第一篇关于莫里亚克的文章。他向极右翼的报纸和杂志投稿，尤其是亲近蒂埃里·

莫尼埃领导的"法兰西行动"的青年异端分子。他开始写一部小说，但其草稿很可能已被他销毁。

**1933 年** 反资本主义、反代议制政体是他持久的口号，服务于一种精神的革命。反德主义和反希特勒主义：布朗肖也处在一群迅速揭发纳粹勒索的民族主义犹太人中间。在其好友保罗·莱维主编的日报《堡垒》上，他反对最早把犹太人送进劳改营的做法。

**1936 年** 父亲去世。激进化的一年。他加入了让·德·法布雷盖（Jean de Fabrègues）和蒂埃里·莫尼埃主编的月刊《战斗》（*Combat*）。

**1937 年** 他在《起义者》上撰写尖锐的政治专栏，同时还有他最早的文学专栏。但同年，他终止了这双重合作，不会再为极右的政治文章署名。保罗·莱维主编的杂志《监听》的亲密合作者克洛德·塞维拉克（Claude Séverac）去世。他和让·波扬很可能也是在这一年相遇。

**1940 年** 他追随垮台的政府，先是在波尔多，然后是维希，加入《论争报》。随后他放弃了其编辑职务。他在当局资助的文化机构"青年法兰西"（Jeune France）中负责"文学"研究部；同其他几个人一起，他打算"用维希反对维希"。12 月，他遇到了乔治·巴塔耶。在后来的一份自传简述里，巴塔耶描述了他们迅速形成的关系之本质："欣赏和赞同。"

**1941年** 他开始《论争报》上的171篇文学专栏写作。同年秋天，他的处女作，小说《黑暗托马》出版。他收容了伊曼纽尔·列维纳斯的妻女，并为她们提供庇护。

**1943年** 在迪奥尼·马斯科罗的请求下，《失足》出版，它收集了《论争报》的54篇文学专栏。

**1944年** 布朗肖站在老家房子的墙前接受枪决，危难之际，他被游击队同志的伴攻所救。50年后，在《我死亡的瞬间》里，他会写道，枪口下逃生的奇迹给他留下了幸存的感觉（"从此一直悬而未决的我死亡的瞬间"）。

**1946年** 他在《拱门》（*L'Arche*）、《批评》和《现代》上发表文章，并加入各类文学评委会，开始被接受为二战后最重要的批评家。同德尼丝·罗兰（Denise Rollin）的关系开始发展。他离开巴黎，独自定居在地中海沿岸的埃兹村，虽然也频繁地造访首都。

**1946至** 文章改变形式：变得更长，也更稠密。它们证实了一种新的权威和一致的研究。

**1958年** 1953年，他开始每月向重启的《新法兰西杂志》供稿。他创造了他自己的文学空间：无止无尽，持续不断，中性，外部，本质的孤独。1955年，《文学空间》面世。那些年，他也在埃兹写记述，就在后来献给德·福雷的一篇文章《前奏》（Anacrouse）

的开头提及的"小房间"里。他撰写了《黑暗托马》的第二个更为精练的版本。他出版了《死刑判决》《在适当时刻》《那没有伴着我的一个》《最后之人》。1957年，母亲去世。

**1958年** 布朗肖回到巴黎。他向刚刚创办了《7月14日》(*Le 14 juillet*) 杂志，反对戴高乐将军"政变"的迪奥尼·马斯科罗写信："我想对您表达我的赞同。我既不接受过去，也不接受当下。"他在第二期杂志上发表了《拒绝》。他开始亲近安泰尔姆夫妇、玛格丽特·杜拉斯、路易–勒内·德·福雷、莫里斯·纳多、维托里尼夫妇。

**1960年** 《121宣言》：连同迪奥尼·马斯科罗和让·舒斯特 (Jean Schuster)，他是主要起草者。《国际杂志》计划：连同马斯科罗和维托里尼，他是主要发起者。安泰尔姆、布托、德·福雷、杜拉斯、莱里斯、纳多、卡尔维诺、帕索里尼、巴赫曼、恩岑斯贝格尔、格拉斯、约翰森、瓦尔泽等人都参加了聚会。其他人，像热内和夏尔，则提供了文章。该计划在4年的努力后失败，令布朗肖心灰意冷。

**1962年** 第一部断片体作品《等待，遗忘》出版。乔治·巴塔耶去世。布朗肖写了一篇文章向这位逝去的朋友致敬：《友谊》("L'amitié")。

**1964年** 布朗肖给德里达写了第一封信：这是后续通信的起点。

**1966 年**　《批评》杂志推出布朗肖专刊,第一次公开向他致敬。作者包括夏尔、科兰、德·曼、福柯、拉波尔特、列维纳斯、法伊弗、普莱、斯塔罗宾斯基。福柯的论文《外部思想》("La pensée du dehors")引起了轰动。埃利奥·维托里尼去世。

**1968 年**　布朗肖参与示威,撰写传单,并主持学生-作家行动委员会的会议。《委员会》杂志第一期也是唯一一期上超过一半的文章都是他匿名所写。

**1970 年**　布朗肖多次遭受严重的健康问题。

**1972 年**　他写了一篇向保罗·策兰致敬的文章《最后的言者》,后被收入文集。

**1973 年**　第二部断片体作品《诡步》出版。

**1978 年**　1 月,他的哥哥勒内(René)和德尼丝·罗兰接连去世。

**1980 年**　第三部断片体作品《灾异的书写》出版。

**1983 年**　《不可言明的共通体》回应让-吕克·南希随后成书的论文《无作的共通体》。写作变得很少。只有小册子、再版之作、序言、致敬、对问卷或调查的回应、公开信、政治声明。

**1990 年**　罗贝尔·安泰尔姆去世。

**1995 年** 伊曼纽尔·列维纳斯去世。接着是 1996 年，玛格丽特·杜拉斯去世。1997 年，迪奥尼·马斯科罗，以及他哥哥勒内的遗孀，自勒内走后同他一起生活的安娜·伍尔芙（Anna Wolf），也去世了。

**2003 年** 2 月 20 日，莫里斯·布朗肖去世。4 天后，雅克·德里达在葬礼上发表演说，向这位"永远的见证人"致敬。

《文学杂志》(*Magazine littéraire*)，第 424 期，2003 年

---

1 德勒兹，《批评与临床》，刘云虹、曹丹红译，南京：南京大学出版社，2012 年，第 7 页。
2 出自德里达，《永别了，列维纳斯》。参见《解构与思想的未来》，夏可君编校，长春：吉林人民出版社，2006 年，第 23 页。

que votre amitié veuille bien accepter
passagèrement ce commencement
extrait d'un récit, peut-être
destiné à rester inachevé,

votre
M

愿您的友谊暂时同意
接受这从一篇或许
注定永不完结的记述中
摘录的开篇，

您的
M

## 图书在版编目（CIP）数据

永远的见证人：布朗肖批评手册/尉光吉编译. —上海：上海社会科学院出版社，2024
ISBN 978-7-5520-4393-8

Ⅰ.①永… Ⅱ.①尉… Ⅲ.①莫里斯·布朗肖—文学评论 Ⅳ.①I565.065

中国国家版本馆CIP数据核字（2024）第094919号

拜德雅

**永远的见证人：布朗肖批评手册**
Un témoin de toujours. Hommage à Maurice Blanchot

编 译 者：尉光吉
责任编辑：熊　艳
封面设计：左　旋
版式设计：李雨萌
出版发行：上海社会科学院出版社
　　　　　上海顺昌路622号　邮编：200025
　　　　　电话总机：021-63315947　销售热线：021-53063735
　　　　　https://cbs.sass.org.cn　E-mail：sassp@sassp.cn
照　　排：重庆樾诚文化传媒有限公司
印　　刷：上海盛通时代印刷有限公司
开　　本：1092毫米×850毫米　1/32
印　　张：13
字　　数：271千
版　　次：2024年7月第1版　2024年7月第1次印刷

ISBN 978-7-5520-4393-8/I·528　　　　　　　　定价：78.00元

版权所有　翻印必究